Le baiser interdit

PATRICE MICHELLE

Le baiser interdit

NOCTURNE

éditions Harlequin

Titre original : SCIONS : INSURRECTION

Traduction française de YOHAN LEMONNIER-MEHEU

HARLEQUIN®
est une marque déposée par le Groupe Harlequin

NOCTURNE®
est une marque déposée par Harlequin S.A.

83-85, boulevard Vincent-Auriol, 75646 PARIS CEDEX 13.
Service Lectrices — Tél. : 01 45 82 47 47
www.harlequin.fr

ISBN 978-2-2802-1252-6 — ISSN 2104-662X

Prologue

On me pourchasse.

Landon sentit des vibrations imperceptibles traverser le sol sous ses pieds nus. Il leva sa hache.

Le vent froid de l'automne fit frissonner la forêt, asséchant la sueur qui coulait sur son torse nu.

Il enfouit ses orteils dans la terre meuble afin de mieux discerner la présence du prédateur à ses trousses et sentit un frisson lui parcourir l'épiderme tandis que ses perceptions gagnaient en acuité. Il demeura immobile, humant les courants d'air, attendant que son odorat se mette au diapason de son ouïe et de son toucher surdéveloppés. Il mit mentalement de côté les odeurs puissantes de pin, d'humus et d'écorce et se concentra sur les parfums étrangers, l'oreille dressée, guettant le mouvement le plus infime.

Ça arrivait à toute vitesse. Juste derrière lui. Il identifia aussitôt le pas furtif de celui qui le chassait.

Ses biceps se tendirent et il abattit la lame acérée avec force. La hache fendit sans mal la bûche en deux morceaux égaux qui rejoignirent le tas qui grossissait de part et d'autre de la souche.

Le prédateur était tout près. Une vingtaine de mètres tout au plus. Il replaça avec des mouvements lents et précis une autre bûche et abattit une nouvelle fois la lame.

Quinze mètres. Il était assez proche maintenant pour que Landon perçoive l'odeur de sa sueur.

Ses lèvres s'étirèrent en un sourire carnassier et il pivota vivement, faisant décrire à son arme un arc de cercle mortel.

— La vache, t'es cinglé ! s'exclama Caine en se figeant à moins d'un mètre de Landon.

Il fixa la lame triangulaire qui brillait à quelques centimètres de sa gorge et reprit :

— Tu as failli me décapiter.

— Est-ce que tu vas finir par comprendre qu'il ne faut pas essayer de m'approcher par surprise ? lui demanda Landon en reposant la hache sur le sol.

— Pourtant, j'étais sous le vent, dit Caine avec un sourire satisfait.

— Tu sais bien que je ne me fie pas qu'à mon nez, grogna Landon, mécontent du comportement du jeune changeforme.

Son odorat n'était sans doute pas aussi fin que celui des autres Luprédas, mais il avait appris à développer ses autres sens bien au-delà de ce dont les membres de la meute étaient capables.

— Qu'est-ce qui t'amène ? s'enquit Landon en posant la hache sur son épaule.

— Les trois zerkers ont disparu.

Visiblement sous le choc, Landon abattit la hache qui fendit non seulement la bûche, mais aussi une bonne moitié de la souche qui la soutenait.

— Pourquoi est-ce que tu me racontes ça ? lui demanda Landon en serrant les poings, je ne fais plus partie de la meute.

— C'est le conseil des Eminences Grises qui m'envoie. Ils ont besoin de ton aide.

Landon fut saisi par un accès de rage. Le conseil

des Eminences l'avait empêché de participer au rituel permettant d'accéder au statut de mâle dominant en raison de son faible odorat. Ce défi, car c'était bien de cela qu'il s'agissait, visait à mettre à l'épreuve la supériorité physique, mais surtout les talents de chef et de stratège. Et voilà qu'aujourd'hui, ils venaient lui demander son aide.

— Ils ont choisi Nathan comme mâle dominant, il me semble, gronda-t-il entre ses dents, à lui de retrouver ses garous zerkers égarés.

— Nathan n'est pas au courant.

— Il est le chef de meute, il aurait dû en être informé.

— Tu sais très bien pourquoi on ne lui a rien dit, répondit Caine, visiblement agacé.

Il croisa les bras sur sa poitrine et ajouta :

— S'il l'apprenait, il entrerait aussitôt en guerre contre les vampires. Les Sanguinas sont les seuls capables de venir à bout d'un zerker.

— Les vampires ignorent jusqu'à l'existence des zerkers, rétorqua Landon, et qu'est-ce qui nous dit que ces trois-là ne sont pas juste partis de leur plein gré ? Ce n'est pas comme si la meute les avait traités en frères jusqu'ici !

Landon n'était pas condamné à vivre sous sa forme hybride, contrairement à eux, mais il savait néanmoins quel effet cela faisait d'être considéré comme un pestiféré.

— Il leur est arrivé quelque chose. Il y avait du sang partout. Du sang de loup-garou.

Quelle histoire. Landon se passa une main dans les cheveux tout en réfléchissant aux implications de ce que Caine venait de lui apprendre.

— Qu'est-ce que les Eminences attendent de moi au juste ?

Les épaules de Caine retombèrent légèrement.

— Ils sont conscients du fait que tu es parvenu à établir une trêve fragile avec Jachin Black, le nouveau chef des Sanguinas. Ils veulent que tu discutes avec lui et que tu tentes de découvrir si les vampires ont quoi que ce soit à voir avec la disparition de nos zerkers.

Et comment diable voulaient-ils qu'il s'y prenne sans révéler l'existence même des hybrides aux Sanguinas ?

— Les Eminences font tout pour empêcher qu'une guerre n'éclate, Landon, refuserais-tu de faire ça pour ta meute ?

Landon glissa à Caine un regard lourd de menace. Cette petite ordure savait parfaitement que rien ne comptait plus pour lui que le bien-être des Luprédas.

— Ils ne t'ont pas choisi par hasard comme messager, dit enfin Landon en arrachant la hache de la souche dans laquelle elle était restée fichée, avant de s'éloigner en direction de son chalet.

— C'est sans doute vrai, admit le jeune loup-garou avec un petit rire.

Tout en emboîtant le pas à son aîné, il ajouta :

— Ils savent que tu as un faible pour moi.

— Je dirais que c'est toi qui as le plus intérêt à ce qu'on éclaircisse cette affaire de zerker, lâcha Landon. Tu ferais bien de t'en rendre compte rapidement.

— Ça, c'est un coup bas, grogna le jeune loup en s'arrêtant soudain, le visage déformé par un rictus de colère muette.

— Je l'admets, concéda Landon en caressant la douille suspendue à son cou par une chaîne en argent, mais tu avais besoin que quelqu'un te remette les idées en place. On vit tous avec nos erreurs passées, mon garçon.

L'expression de Caine s'adoucit et il rejoignit Landon.

— Ouais, je sais, dit-il en assénant une tape amicale à son aîné.

Leurs regards se croisèrent et ils demeurèrent un moment immobiles, face à face.

— Je vais voir ce que je peux faire, proposa enfin Landon avec un soupir.

— J'ai déjà plaidé en faveur de ta réintégration, dit Caine en lui empoignant amicalement le bras.

— Nathan va adorer que les Eminences complotent derrière son dos, prédit Landon.

— Nathan est un crétin, affirma Caine en le rejoignant à la porte de son chalet.

— Nous sommes d'accord là-dessus, rétorqua Landon avec un sourire.

— Il ne te pardonnera jamais de l'avoir rabaissé devant tout un parterre de loups-garous et de vampires.

— J'ai simplement fait ce qui était nécessaire pour protéger notre clan si l'éventualité d'une guerre contre les vampires se présentait, répondit Landon avec un haussement d'épaules. Jachin fera un bon chef pour les Sanguinas.

— Nathan n'a pas non plus digéré de ne pas pouvoir te bannir, à cause de tes terres qui jouxtent celles de la meute. Au fait, juste pour ton information, depuis l'humiliation que tu lui as fait subir, il y a trois mois, il clame à qui veut l'entendre qu'il te hait et qu'il arrachera ton cœur de sale traître de ses propres mains s'il recroise ta route.

Landon ressentit brusquement un besoin impérieux

d'en finir avec Nathan. Il observa le jeune Caine d'un regard serein et dit avec un sourire de prédateur :

— Va donc dire à Nathan que je l'attends.

Landon était en conversation avec un officier de police. Il avisa Jachin qui passait la porte du Jamie's Pub, un bar du Lower East Side, et lui adressa un signe de tête. Le vampire avait l'air en meilleure forme que jamais; apparemment, la vie en concubinage lui convenait à merveille.

— Je dois voir un ami, s'excusa Landon en se levant de table.

— A la prochaine, Rourke ! lança l'officier en levant sa pinte, avant de l'avaler d'un trait.

— Tu ferais bien de rentrer en métro, Mike, lui conseilla amicalement Landon en lui posant la main sur l'épaule.

— Ouais, ouais, d'accord.

Landon se dirigea vers le comptoir du petit bar en traçant un sillon dans l'air chargé de fumée de cigarettes. Les effluves des cacahuètes et de l'alcool se mêlaient à l'odeur de sueur que dégageait le patron, un remugle chargé d'émotions antagonistes allant de l'euphorie à la déprime la plus profonde. Il fit de son mieux pour ignorer les relents nauséabonds en fendant la foule, naviguant entre les tables occupées. A l'extérieur, son odorat n'était pas aussi efficace que celui de ses frères de sang, mais dans un endroit clos... La surcharge sensorielle lui donna le tournis et il se moucha pour chasser les parfums innombrables ; il avait besoin d'avoir les sens et les idées claires pour sa rencontre avec Jachin.

Le vampire le vit approcher, l'observant de son regard bleu de prédateur.

— Ça faisait une éternité, dit-il à Landon en levant son verre en guise de salut.

— Trois mois, précisa Landon en prenant place sur un tabouret.

Il commanda une Guinness au barman qui le servit rapidement avant de s'éloigner.

Landon avala une longue gorgée du liquide sombre. Bon sang, que ça faisait du bien ! Sans quitter Jachin du regard, il se demanda comment sa compagne humaine parvenait à vivre parmi les vampires.

— Comment va Ariel ? s'enquit Landon, elle est plutôt résistante pour avoir survécu à une blessure par balle.

— C'est vrai que ma compagne est quelqu'un de solide, mais sans les talents de médecin de ma sœur..., enchaîna Jachin avec un petit rire, dissipant un silence qui devenait gênant. Elle est tout à fait remise à présent, continua-t-il, et elle est enceinte. Ça fait des semaines qu'elle a des nausées.

Un enfant ? Landon accueillit la nouvelle avec un sourire, tandis qu'un sentiment étrange lui saisissait les entrailles. La jalousie ? Non, ce devait être un simple haut-le-cœur. Ce maudit steak cru qu'il avait avalé pour le dîner refusait de passer.

— Comment se porte ta meute ? demanda Jachin en redevenant sérieux, faisant rouler son verre vide entre ses paumes.

Landon se tendit subitement et ses épaules se contractèrent malgré lui. Il serra sa pinte et plongea son regard dans le liquide noir et blanc.

— Le mâle dominant m'a banni pour avoir défié son autorité à l'intérieur du cercle sacrificiel.

— C'était osé d'attaquer ton chef.

Landon leva les yeux vers son interlocuteur.

— Nathan était obsédé par votre présence sur les terres des Luprédas. Il était prêt à lancer toute la meute contre vous, et peu lui importaient les pertes subies dans un camp ou dans l'autre. Il fallait que je trouve un moyen de te faire gagner du temps pour que tu puisses brandir le calice sacré et revendiquer ton statut de chef. Avec toi à la tête des vampires, une paix fragile entre nos deux races n'est plus une utopie.

— Il n'aurait pas dû te rejeter, lança Jachin avec colère.

Landon haussa simplement les épaules. Il savait qu'un jour ou l'autre, il finirait par tuer Nathan. Le mâle dominant mourrait de son arrogance et de sa stupidité. Etait-ce vraiment un crime ? Restait à savoir qui, une fois Nathan éliminé, aurait le cran de prendre la tête de la meute. Nathan avait bien un bras droit, mais c'était un crétin qui n'avait pas les épaules pour cela.

— Tu ne m'as pas fait venir ici sans raison, dit Jachin.

Leurs regards se croisèrent.

— Le mâle dominant souhaite savoir si les Sanguinas ont quoi que ce soit à voir avec l'absence de trois des nôtres.

Le sourire de Jachin disparut brusquement.

— Pourquoi les Luprédas suspectent-ils les Sanguinas ?

— Parce que nos hommes semblent avoir disparu.

Le regard du vampire se fit inquisiteur et sa mâchoire se contracta.

— C'est très grave d'accuser les Sanguinas sans preuve.

La tension entre les deux hommes s'intensifia brusquement. Landon entendit le rythme cardiaque du vampire ralentir de façon inquiétante, tandis qu'il se mettait à dégager de puissantes phéromones de testostérone. Un mur de musc se dressa entre eux, comme si le vampire agitait délibérément un mouchoir rouge sous le nez de Landon, dans le seul but d'attiser sa colère.

L'assaut olfactif agressa les narines hypersensibles du loup-garou. Il éternua et se pinça le nez pour conserver son sang-froid. Une bonne bagarre lui ferait sans aucun doute le plus grand bien, mais il n'était pas venu pour ça.

— Nos frères n'ont pas été enlevés en douceur, expliqua Landon d'une voix neutre.

— Et qui aurait pu faire une chose pareille ? s'étonna Jachin avec une sincérité presque crédible. Quel Sanguina pourrait se glisser au milieu d'une meute de loups-garous et en abattre trois sans qu'on le remarque et que tout le groupe ne lui tombe dessus ?

Landon sentit les poils de son échine se hérisser rien qu'à l'évocation d'une telle situation.

— Ils vivaient à l'écart de la meute, dit-il.

Les traits de Jachin se muèrent en un masque de calme absolu.

— Et pourquoi ces trois-là vivaient-ils à l'écart du clan ? Est-ce que le mâle dominant les a chassés, eux aussi ? C'est pourtant en restant groupés que les Luprédas sont les plus forts.

— Aucun humain n'aurait pu les vaincre, coupa Landon sans répondre, et je te repose la question : est-ce que les Sanguinas ont quelque chose à voir avec ça ?

Les doigts de Jachin se refermèrent sur le verre qui rompit sous la pression. Des éclats tombèrent sur le zinc.

— As-tu seulement envisagé que l'un des tiens pouvait s'être attaqué à ses frères de race ?

Landon sentit un poids s'abattre sur ses épaules. Il

refusait d'envisager une telle éventualité. Un Lupréda responsable d'une chose aussi ignoble ? Mais n'était-ce pas Nathan lui-même qui avait suggéré d'éliminer les zerkers le jour même où leur état était avéré ? Seule la sagesse des Eminences avait évité une exécution sommaire aux jeunes loups. Peut-être Nathan avait-il rallié d'autres frères à sa cause et s'en était-il pris aux zerkers, malgré l'arrêt prononcé par les Eminences Grises ?

Jachin ouvrit la main et les éclats de verre prisonniers de sa paume tombèrent sur le bar. Landon fut alors témoin de sa prodigieuse vitesse de guérison en voyant les coupures disparaître le temps d'une respiration. Manifestement, Jachin avait totalement recouvré ses moyens après l'épidémie qui avait failli éradiquer son espèce, vingt-cinq ans auparavant, lorsque le sang humain était devenu un poison mortel pour les vampires, les forçant à se retirer du monde.

Une humaine avait publié un livre sur les vampires trois mois auparavant, et Jachin avait eu la conviction qu'elle était l'instrument de la prophétie dont son père l'avait entretenu sur son lit de mort. Prophétie selon laquelle vampires et humains trouveraient un jour un terrain d'entente. Il avait pris le contrôle de son clan et avait choisi Ariel comme compagne. A voir son étonnant pouvoir de guérison, le sang d'Ariel était, semble-t-il, parfaitement comestible pour les vampires.

De nouveau les regards des deux créatures se croisèrent. Landon commençait à craindre pour la sécurité de sa meute. Si les Luprédas entraient en guerre contre des Sanguinas totalement guéris, la bataille serait déséquilibrée.

— On a parlé de SDF humains qui auraient disparu ces derniers mois. Est-ce que vous avez mis la main sur d'autres humains dont le sang est viable ?

Jachin acquiesça.

— Apparemment, la maladie est en train de disparaître d'elle-même. Le sang des jeunes générations n'est plus empoisonné.

Landon serra les poings malgré lui.

— Est-ce que d'autres vampires se sont déjà nourris? Dévorer des humains portés disparus n'est pas très charitable.

— Certains vampires ont déserté le clan lorsque j'en ai pris la tête, rétorqua Jachin d'une voix égale, et notre unité de nettoyeurs n'a pas encore localisé tous ces francs-tireurs. Certains sont encore dans la nature et échappent à nos recherches. Il est possible qu'ils aient trouvé un moyen de distinguer les humains sains.

— Si c'est le cas, il se peut que tes vampires déviants soient responsables de la disparition de nos loups-garous, hasarda Landon en observant les réactions de son ami.

Chacun tâchait de jauger au mieux la sincérité de l'autre.

— Notre rêve de paix pèse bien peu face à la défiance et à la haine qui existent entre nos races, déclara enfin Landon qui semblait avoir retrouvé un peu de son calme.

Sa remarque arracha un sourire à Jachin.

— A nous de donner l'exemple dans ce cas, proposa-t-il en inclinant légèrement la tête, même si je vois mal comment des vampires déviants auraient pu supprimer trois loups-garous sans laisser la moindre trace. Quoi qu'il en soit, s'ils se sont attaqués à tes frères, ni moi ni aucun membre de mon clan ne pourra en être tenu pour responsable.

— Les Eminences Grises n'aimeront pas cette réponse, mais je pense qu'ils s'en satisferont.

Jachin engagea sa carte de crédit dans la borne de paiement posée sur le bar.

— Nous allons intensifier la présence de l'unité de nettoyeurs en ville, expliqua-t-il. Je ne vois pas ce que des vampires déviants pouvaient avoir à faire avec tes loups-garous, à part les combattre pour le plaisir. Leur garde-manger, c'est la ville, pas les montagnes Shawangunk.

Il descendit de son tabouret et conclut :

— A ce propos, tu ne m'as pas dit pour quelle raison tes disparus vivaient à l'écart de la meute ?

Landon paya à son tour et se leva en faisant crisser le tabouret sur le sol de ciment. Il était légèrement plus large d'épaules que Jachin, mais le vampire le dominait de quelques centimètres. Les deux hommes se mesurèrent une fois de plus du regard. Landon inspira, adoptant malgré lui une posture de garde. Des siècles de méfiance avaient modelé leurs comportements. Les braises de la guerre étaient encore chaudes et un rien pouvait les enflammer de nouveau.

Les vieilles habitudes avaient la vie dure et la confiance devait se gagner sur le long terme.

— Ils ne rentraient pas dans le rang, expliqua Landon en songeant avec amusement au double sens de la réponse qu'il venait de fournir au vampire.

1

— Il paraît que tu as été géniale avec les mômes de Handleburg ce soir.

Assise dans sa voiture, le téléphone contre l'oreille, Kaitlyn étouffa un petit cri de surprise.

— Bon sang, Abby Brooks, est-ce que tu es voyante ? Je n'ai pas encore quitté l'orphelinat ! s'écria-t-elle. Qui est ton informateur, je suis sûre qu'il n'est même pas majeur..., poursuivit-elle en s'attendant à apercevoir son interlocutrice sur le parking.

— C'est mon petit doigt qui me l'a dit, minauda Abby à l'autre bout du fil. J'ai entendu dire que tu rentrais la semaine prochaine. Tu vois, je t'avais dit que tu t'attacherais à ces gamins.

— Ouais, c'est vrai qu'ils sont adorables.

Ç'avait vraiment été une soirée fantastique. Kaitlyn avait grandi auprès de parents aimants, mais elle avait tout de même quelque chose en commun avec les enfants instables de Handleburg, elle s'en était rendu compte de façon assez brutale un peu plus tôt dans la journée, lorsqu'un gamin l'avait provoquée, l'interrompant au milieu d'une phrase ; elle évoquait alors sa collaboration avec la police. Le garçon lui avait lancé qu'elle ne pouvait pas avoir la moindre idée de ce à quoi sa vie à lui pouvait ressembler.

Il avait raison. Elle n'avait pas grandi auprès de

parents toxicos et n'avait pas eu à éviter les fusillades entre gangs qui pouvaient éclater en pleine journée, comme au beau milieu de la nuit. Mais elle savait que dans un avenir pas si éloigné, elle aussi perdrait ses parents, puis ses coéquipiers. Abby et les enfants de l'orphelinat seraient alors sa seule famille. Tout ce qu'elle souhaitait, c'était avoir la chance de leur faire comprendre qu'ils n'étaient pas *nécessairement* destinés à marcher dans les traces de leurs parents.

— Merci de m'avoir filé un coup de main pour cette petite conférence, au fait. Ah, et j'oubliais, les enfants veulent que je participe à ton cours de taekwondo mardi prochain. Et accroche-toi bien, roulements de tambours... j'ai décidé de consacrer au moins une soirée par semaine aux gamins de Handleburg, apprit-elle à Abby en faisant démarrer la voiture.

— C'est fantastique, Kaitlyn, mais ta mère, dans tout ça ?

Elle poussa le chauffage à fond pour dissiper les volutes qui sortaient de sa bouche.

— Elle a de moins en moins de bons jours ces temps-ci, et quand elle est trop malade, elle ne veut voir personne. Les antalgiques la font dormir énormément. Je me suis dit qu'en passant du temps avec les petits, j'éviterais de penser à elle en permanence. Sans ça, je crois que je...

Elle s'interrompit, la gorge serrée en songeant à l'état préoccupant de sa mère.

— Tu fais le bon choix, ma chérie. Est-ce que tu as reçu mon petit cadeau de félicitations, dis-moi ?

Kaitlyn éclata de rire.

— Oui, j'ai déjà accroché ton Dictaphone à mon porte-clés.

— Je me suis dit que tu pourrais continuer à bosser

pendant les planques. Mais ne crois pas t'en tirer à si bon compte, on va aller faire un tour au Fuel pour fêter ta promotion, mademoiselle le lieutenant !

Kaitlyn sortit du parking et s'engagea sur la route.

— Pas ce soir, Ab.

— Tu devrais vraiment faire la fête, ma chérie, te détendre un peu. Et puis... avec un peu de chance, tu tomberas sur M. Perfection et il fera bouillir ton sang d'Irlandaise !

Ou bien je me retrouverai avec M. Nimportequi, le genre de type prêt à coucher avec la première qui veuille bien de lui. Kaitlyn savait que si sa meilleure amie l'avait incitée à donner un coup de main à Handleburg et si elle l'invitait au bar ce soir, c'était uniquement pour lui fournir l'occasion de rencontrer quelqu'un et de donner un sens à sa vie. Abby avait encore mentionné son fameux M. Perfection et aussitôt Kaitlyn avait repensé à sa dernière relation en date. Elle n'était sortie avec personne depuis sa rupture avec Rémy, deux ans auparavant.

Au départ, elle avait été immédiatement séduite par son charme et son petit côté mauvais garçon. Ils étaient sortis ensemble pendant environ un an, et puis leurs priorités avaient commencé à diverger. Ils n'avaient finalement pas grand-chose en commun. Rémy ne pensait qu'à une chose : devenir un Garotteur comme son père. Kaitlyn avait fini par ne plus supporter cette obsession. Rémy voulait vivre dans le passé, elle non.

Elle ne fut pas surprise d'apprendre qu'il avait finalement rejoint le groupe de chasseurs de vampires. Les Garotteurs avaient repris du service trois mois auparavant, après l'enlèvement d'une femme. Ariel Swanson avait été séquestrée juste après la sortie de son roman sur les créatures de la nuit. Un enlèvement, juste pour un livre... Les vampires avaient laissé par le passé un sillage sanglant parmi la population humaine, c'était un fait, mais ces monstres avaient disparu depuis vingt bonnes années.

— Désolée, je me lève tôt demain, et avec ma promotion, j'ai hérité de ma première affaire. Je vais avoir un paquet de recherches à faire.

— Quel sens du devoir ! se moqua gentiment Abby avec un soupir résigné, ton père serait fier de toi, tu sais ?

Est-ce qu'il le serait réellement ? se demanda Kaitlyn en s'arrêtant à un feu rouge. Elle se plaisait à le croire en tout cas. Sa voix grave et son accent lui manquaient tellement...

Elle cilla pour chasser le voile qui commençait à embuer son regard et enfonça l'accélérateur quand le feu passa au vert.

— Merci pour tes félicitations, Ab, et merci d'être là pour moi. Je ne sais pas comment j'aurais fait sans toi ces dernières années. On s'appelle demain, tu me raconteras ta soirée au Fuel.

— Comment tu as deviné que j'irai quand même y faire un tour sans toi ?

— Je commence à te connaître, ma chérie, pouffa Kaitlyn. On se rappelle. Tchao.

Elle reposa son téléphone et plutôt que d'allumer la radio, elle mit machinalement en route le scanner de la police.

Elle écouta d'une oreille distraite le flot des appels entrants et les dialogues avec les officiers de permanence, en songeant au mal qui gangrenait le plus cette ville. Il y avait la drogue, bien sûr, mais la circulation des armes était un véritable fléau.

Quelques mois auparavant, un véhicule blindé convoyant des armes à pulsations avait été détourné alors qu'il se dirigeait vers un entrepôt du gouvernement. Les armes laser avaient été conçues afin de donner un avantage à la police, face à des criminels équipés de gilets en Kevlar. Manifestement, les malfrats avaient trouvé les armes de la police à leur goût et maintenant ils voulaient les mêmes. Des rumeurs prétendaient également que les Garotteurs étaient de nouveau actifs et qu'ils étaient équipés d'armes à pulsations. La plupart des officiers de police s'étaient contentés de regarder ailleurs lorsqu'ils l'avaient appris. Mais pas le chef de Kaitlyn.

Les phares de sa voiture fendirent la nuit tandis qu'elle empruntait une route secondaire pour regagner la voie rapide.

Son supérieur hiérarchique avait clairement annoncé son objectif. Il voulait des résultats, et il ne serait pas avare en promotion s'il pouvait étaler sur la table des dossiers estampillés *affaire classée*, le moment venu. Ses informateurs lui avaient rapporté que les Garotteurs nouvelle génération avaient des liens avec la mafia, ce qui recoupait les informations selon lesquelles certains notables de la Cosa Nostra arboraient eux aussi ce type d'arme. Le premier dossier de Kaitlyn en tant que lieutenant était d'établir ces soi-disant liens s'ils existaient réellement — d'où la masse de recherche qui l'attendait le lendemain.

— Une femme nous signale des cris et des éclairs de lumière vive du côté du parc Morningside, crachota la voix de l'opérateur sur les fréquences de la police.

Sans la moindre hésitation, poussée par la force de l'habitude, Kaitlyn composa le numéro de son insigne et enfonça le bouton d'appel.

— Ici le lieutenant McKinney. Je suis sur zone. Je vais jeter un œil.

— Reçu, McKinney. Les renforts sont en route. T moins sept minutes.

— Reçu, central.

Le cœur battant, Kaitlyn ouvrit la boîte à gants. Elle glissa son arme dans le holster en cuir et l'accrocha à sa ceinture, puis changea de direction et fila vers le parc Morningside.

Elle était comme son père... Toujours en service même lorsqu'elle ne l'était pas.

Kaitlyn vint stationner sur une place de parking baignée d'ombre. Son regard passa sur la cabane de pique-nique défoncée et son toit couvert de graffiti, ainsi que sur les toilettes qui la jouxtaient.

Un unique lampadaire jetait une lumière chiche sur cette partie du parc voisine de la forêt. Malgré son manteau, un frisson lui courut sur la peau. Son instinct la mettait en garde.

Elle éteignit les phares et saisit la puissante lampe torche de service placée sous son siège. Ses doigts s'enroulèrent autour du lourd cylindre de métal puis elle sortit du véhicule.

Elle referma silencieusement la portière, inspira lentement et, écartant son manteau d'un revers de la main, elle posa sa main sur la crosse de son arme, tout en examinant le parc noyé dans les ténèbres.

L'adrénaline jaillit le long de ses terminaisons nerveuses lorsqu'elle braqua sa lampe sur le petit tourniquet qui tournait sur lui-même. Elle fit sauter le bouton-pression qui retenait son arme. Les renforts n'allaient pas tarder, songea-t-elle, comme mue par une force invisible qui la poussait à avancer vers les jeux pour enfants.

Une chouette hulula et son cri nocturne glaça Kaitlyn jusqu'aux os. L'air du soir transportait des fragrances

Son pouls s'accéléra brusquement et elle fut prise d'un tremblement incontrôlable. Elle avait conscience que très peu de gens partageaient son don de perception des auras. Elle percevait un fin filament lumineux qui dessinait les silhouettes. C'était comme si, au moment de leur mort, les victimes laissaient derrière elles une puissante signature énergétique, et cette empreinte lui offrait parfois des indices. Cette fois l'aura était violette et avait la vigueur d'un néon. Cette couleur signifiait que le décès avait été brutal.

La mort la mettait toujours mal à l'aise, notamment si elle avait été violente, mais ce qui l'effrayait le plus face à ce cadavre en particulier, c'était le tracé de son aura.

Elle balaya une nouvelle fois la forêt du faisceau de sa lampe et prépara le discours qu'elle allait tenir aux officiers dès que les renforts arriveraient. L'aura n'avait rien d'humain. Elle savait que les policiers seraient incapables de percevoir sa signature énergétique, mais elle espérait que le labo parviendrait à faire parler les cendres et qu'elles livreraient des échantillons d'ADN exploitables.

Des lumières apparurent derrière elle et elle reprit pied dans la réalité. Elle se retourna et vit un véhicule se garer sur le parking; ce n'étaient pas ses collègues.

— Bon sang, cracha-t-elle en plongeant au sol, masquant dans le même geste la lumière de sa torche.

L'endroit était l'un des plus mal famés de la ville et elle était seule. Abby lui avait enseigné le taekwondo à un niveau plus qu'honorable et elle était armée, mais elle ne voulait prendre aucun risque.

Elle ignorait qui était au volant de ce camion noir, même si le motif sur la grille du radiateur lui était familier. Un homme de haute stature descendit alors du véhicule.

Landon Rourke.

Son blouson de cuir cintré le faisait paraître encore plus large d'épaules qu'il ne l'était déjà. La lumière du réverbère mettait en valeur ses courts cheveux bruns et la ligne racée de sa mâchoire, tandis qu'il avançait vers l'aire de jeux.

Kaitlyn se releva lentement en poussant un soupir de soulagement. Elle rangea son arme et attendit qu'il la rejoigne.

Dans le passé, Landon avait de temps à autre offert ses talents de détective privé à la police. Sur le terrain, principalement. C'est à ces occasions qu'elle avait croisé sa route une ou deux fois, à l'époque où elle n'était encore qu'étudiante. Son charisme et son pas décidé faisaient de lui le genre d'homme qu'on n'oubliait pas aisément.

On lui avait dit qu'il avait cessé de collaborer avec la police quelques années auparavant et les rumeurs étaient allées bon train. La plus populaire prétendait qu'il avait eu des différends avec le chef de la police de l'époque, aujourd'hui à la retraite.

Qu'est-ce qu'il fichait là ?

Landon traversa l'aire de jeux et se dirigea vers Kaitlyn McKinney, serrant les dents à s'en donner des crampes à la mâchoire. Il avait cru halluciner en voyant la voiture de la jeune femme sur le parking.

Les apparences étaient vraiment contre lui maintenant ! Il n'aurait jamais dû suivre les conseils du salopard qui l'avait appelé sur son portable vingt minutes auparavant en lui demandant de se rendre à cet endroit précis du parc. La présence de Kaitlyn fit résonner comme un signal d'alarme dans son esprit.

Si tu veux revoir les membres disparus de ta meute, rends-toi au parc Morningside. Ils seront peut-être un peu roussis lorsque tu arriveras sur place.

L'inconnu avait raccroché aussitôt. La seule information dont il disposait, faute d'avoir eu le temps de tracer l'appel, était qu'il s'agissait d'une voix d'homme, et qu'il ne l'avait jamais entendue auparavant.

Lorsqu'il ne fut plus qu'à quelques mètres de Kaitlyn, il ravala un rugissement de rage. L'odeur de chair brûlée — celle d'un Lupréda — flottait dans l'air. Le désir de vengeance le saisit aux tripes. *Foutus désaxés.* Les poings serrés, il fit le serment silencieux de tuer de ses mains les responsables du meurtre de ses frères de meute… zerkers ou non.

Il rejoignit Kaitlyn. Les braises perdaient déjà leur éclat orangé.

— Landon Rourke, c'est bien ça ? lui demanda Kaitlyn en lui tendant une main fine, je suis le lieutenant McKinney.

Lieutenant ? Elle avait donc été promue ? Landon observa la main tendue. Il serra les poings au fond de ses poches et lui adressa un bref salut de la tête. La dernière chose dont il avait besoin était bien de la toucher.

— Ravi de faire votre connaissance, lieutenant.

— Appelez-moi Kaitlyn. Que faites-vous ici ? Et ne dites pas que vous vous baladiez juste dans le coin, ajouta-t-elle en baissant sa main tendue, l'œil soudain inquisiteur.

Le sarcasme ne lui échappa pas, mais une unique question le taraudait : *Pourquoi diable le tueur avait-il commis ce meurtre ici plutôt que n'importe où ailleurs ?* Son regard passa sur les restes consumés de son frère défunt. Le vent se leva et commença à disperser les cendres. Quelques gouttes de pluie s'écrasèrent au sol. Il n'allait pas tarder à tomber des trombes d'eau.

Qui pouvait être assez tordu pour les attirer, lui et Kaitlyn, dans *ce* parc en particulier ? Son esprit tournait à plein régime, faisant battre le sang à ses tempes. La balle qu'il portait autour du cou sembla lui brûler la peau.

— Avez-vous intercepté l'appel sur les fréquences de la police ? hasarda-t-elle face à son silence.

— Ouais, j'étais... dans le coin.

C'est ce qui s'appelle m'offrir une justification sur un plateau, songea-t-il en contemplant une nouvelle fois les cendres.

— Alors, qu'en pensez-vous ? dit-il, des gamins qui se sont amusés à brûler un animal ou carrément autre chose ?

Les sourcils de la jeune femme se soulevèrent.

— Je penche plutôt pour la seconde option.

Le cœur de Landon manqua un battement. Elle n'avait absolument aucun moyen de déterminer ce qu'avait été ce tas de cendres rien qu'en l'observant. A moins que...

— Qu'est-ce que ça pourrait être d'autre ? Vous ne pensez tout de même pas sérieusement que c'était une personne ? demanda-t-il en désignant l'amas noirâtre qui se dispersait rapidement au vent nocturne, une expression impassible sur le visage.

Elle secoua la tête et passa derrière son oreille une mèche rebelle qui avait échappé à sa barrette.

— Non, je... Je dirais que c'est humanoïde, mais que ce n'est pas tout à fait humain, avoua-t-elle enfin en observant les restes avec perplexité.

Landon sentit son sang se figer.

— Humanoïde ? Mais de quoi est-ce que vous parlez ?

Elle lui adressa un regard gêné. Elle se mordit la lèvre et se décida à braquer sa torche sur les restes.

— La victime était étendue et son... visage était tourné vers le nord. Elle faisait au moins deux mètres et possédait une mâchoire allongée, quelque chose comme un museau.

Elle se déplaça et éclaira les cendres sous un autre angle avant de poursuivre.

— Ses pieds et ses jambes étaient étrangement arqués, continua-t-elle, comme si... comme si elle se déplaçait sur la pointe des pieds.

A chaque mot, l'étau se resserrait autour de la poitrine de Landon. Sa description précise et fine était un véritable supplice. Kaitlyn venait de faire le portrait exact d'un zerker Lupréda, mais il ne pouvait pas, bien entendu, avouer à quel point elle était dans le vrai.

— Halloween n'est que dans deux semaines, fit-il remarquer d'une voix égale, même si ça sent la fourrure carbonisée.

Il donna un coup de pied dans les cendres afin de perturber la perception qu'elle avait de ce qui restait du corps.

— On ferait bien de s'assurer que le feu est complètement éteint, poursuivit-il sans attendre sa réponse, je ne sais pas quel genre d'accélérateur ils ont utilisé, mais même les os ont fondu. Le feu pourrait bien reprendre à n'importe quel moment avec ce genre de substance et ça m'inquiète. Nous sommes très proches de la forêt.

— Attendez ! Vous n'avez pas senti une goutte de pluie ? Les preuves vont disparaître s'il pleut. Tenez-moi ça, vous voulez bien ?

Elle lui tendit sa torche, ôta vivement sa barrette en

forme de griffe creuse, puis s'agenouilla pour la remplir de cendres.

— J'ai discerné des reflets argentés là où les mains et les pieds devaient se trouver. J'aimerais prélever quelques échantillons et les faire analyser.

— Cette barrette ne va pas vous être d'un grand secours, nota-t-il en l'éclairant comme elle l'avait demandé.

— Sans doute, mais je n'ai pas mieux sous la main.

Elle le fixa de ses magnifiques yeux bleus. Le rideau soyeux ondulait désormais librement sur son épaule. Elle ramena une mèche rebelle derrière son oreille, et son odeur de musc mêlée de fragrances de violette submergea les sens de Landon.

Leurs regards se croisèrent et il *sut*. Elle était agitée d'infimes tremblements, son cœur s'emballait et sa température corporelle augmentait, révélant le parfum intime de son excitation.

Elle avait envie de lui.

Il y avait quelque chose dans l'odeur qui émanait de cette femme qui le bouleversait. Il était comme pris à la gorge par ce parfum entêtant. Le faisceau de sa lampe pénétra dans l'épaisse chevelure auburn de Kaitlyn, révélant de délicates nuances de rouge. Il raffermit sa prise sur la lampe pour ne pas être tenté de laisser ses doigts courir dans le rideau soyeux et mouvant. Il commençait à avoir le souffle court. Le parfum de la jeune femme était désormais imprimé au plus profond de sa mémoire, et il avait le plus grand mal à garder son self-control.

Il serra les dents pour ne pas la saisir par la nuque et l'embrasser à pleine bouche. Jamais il n'avait désiré une femme avec une telle intensité et il n'était pas du genre à refouler ses désirs. Les Luprédas avaient coutume d'obéir aveuglément à leurs instincts dès qu'il s'agissait de sexe.

Mais il n'était pas un Lupréda.

Pendant plus de quinze ans, il avait veillé sur cette femme. Il l'avait protégée depuis ses six ans, lorsqu'elle avait perdu son père.

Durant les dernières années, le veilleur qu'il était avait vu son instinct protecteur se muer en quelque chose de différent, un sentiment plus trouble. Aussi avait-il décidé de prendre ses distances avec elle et avec le département de la police. Depuis trois ans, il n'avait pas collaboré une seule fois avec les flics.

Il se rendait compte ce soir à quel point elle avait changé. C'était désormais une belle jeune femme de vingt-quatre ans, infiniment désirable. Elle était svelte, élancée et cette fragilité apparente aurait dû le dissuader, mais c'était précisément cela qui l'attirait chez elle, malgré la crainte de la briser en deux à la moindre caresse.

Il suffisait qu'il perde pied, même l'espace d'une seconde, que sa fièvre l'aveugle, pour qu'il la tue d'un seul geste.

Il s'était résolu à demeurer loin d'elle, mais à présent... cette proximité soudaine commençait à faire vaciller ses belles résolutions. L'attirance qu'il avait toujours refoulée dans le passé s'épanouissait en lui en dehors de tout contrôle ; il la voulait, il la désirait, elle *devait* être à lui.

Il se releva, les poings serrés, et s'éloigna de quelques pas. Il fallait qu'il mette de la distance entre eux.

— J'ai réussi à emprisonner un peu de cendre entre la charnière et la barrette elle-même, annonça triomphalement Kaitlyn.

Landon déglutit avec difficulté. Elle n'avait pas perçu — et c'était tant mieux — le désir bestial qui brûlait au fond de son regard. Il n'aurait jamais dû s'approcher si près d'elle.

— Expliquez-moi un peu comment vous avez réussi à tirer des conclusions aussi abracadabrantes rien qu'en observant un simple tas de cendres ? lui demanda-t-il, à court d'idées, pour faire diversion.

Je peux communiquer avec les morts, faillit répondre Kaitlyn, mais elle imaginait déjà la mine incrédule du colosse à la veste de cuir si elle lui assénait ce genre d'ineptie.

C'était pourtant la stricte vérité.

Les défunts laissaient derrière eux une signature énergétique unique. Violette en général si la mort avait été violente, comme s'ils tentaient d'appeler à l'aide par-delà la tombe. Le cadavre qu'elle avait devant elle était différent. Son aura était presque fluorescente. C'était sans précédent.

Qu'est-ce qui lui avait pris de partager ses conclusions avec Landon ? Peut-être avait-elle besoin d'être rassurée, tant ce phénomène était étrange, même pour elle ? Ou peut-être était-ce parce que, de façon inexplicable, elle se sentait en confiance avec lui ? Il n'en demeurait pas moins que son don particulier faisait d'elle une personne à part. Aucun de ses coéquipiers n'était au courant. S'ils l'avaient su, ce n'est pas d'une promotion qu'elle aurait hérité, mais d'une visite chez le psy. Cela devait rester secret aussi longtemps que possible.

— J'ai une imagination débordante, répondit Kaitlyn. Merci pour votre aide. Je vais récupérer la torche, si vous voulez bien, ajouta-t-elle tandis qu'une grosse goutte de pluie éclatait sur l'arête de son nez, suivie d'une autre, ce qui lui évita d'avoir à soutenir le regard sceptique de Landon.

Elle protégea la barrette au creux de sa paume, se releva et lui tendit sa main libre. Landon rendit la lampe sous un début d'averse.

— Vous allez faire un rapport là-dessus ? lui demanda-t-il.

Elle songea alors que les renforts auraient dû l'avoir rejointe depuis un moment. Elle se tourna de nouveau vers le tas de cendres et eut un mouvement de recul. Sans le faisceau de la torche pour éclairer la scène, elle discerna plusieurs empreintes partielles sur le sol. Des empreintes de mains humaines qui brillaient faiblement dans les ténèbres autour du corps calciné. Ce n'était pas une rémanence d'aura, il s'agissait d'autre chose.

— Est-ce que vous voyez ce que je vois ? demanda-t-elle en faisant mine de faire demi-tour.

Landon s'arrêta et prit son temps avant de répondre.

— Non, je ne vois que les cendres, répliqua-t-il en lui lançant un regard interrogateur.

La voix de Landon était sereine et Kaitlyn sentit son cœur se serrer ; il devait la prendre pour une dingue. La pluie tombait maintenant en un épais rideau argenté. Elle se dirigea vers sa voiture en enfouissant la barrette au fond de sa poche. Elle aurait de la chance s'il restait le moindre échantillon exploitable. Rapidement elle fut trempée jusqu'aux os.

Landon attendait manifestement une réponse précise à sa question. Il ne se contenterait pas de faux-fuyants.

— Pour ce qui est de mon rapport… je ferai mention d'un animal brûlé illégalement. Et puis nous verrons bien ce que dira le labo.

Ses dents commençaient à s'entrechoquer, elle força l'allure.

Avant d'atteindre le parking illuminé par l'unique réverbère, elle prit le temps de se retourner en direction de l'aire de jeux, mue par un instinct inexplicable, comme si la solution allait se révéler à elle. Avait-elle rêvé tout cela ?

Elle s'arrêta pour respirer calmement… et s'immobilisa : il y avait les mêmes empreintes fluorescentes sur les poignées du tourniquet. Elles n'y étaient pas lorsqu'elle l'avait examiné en arrivant, elle l'aurait juré.

Un frisson désagréable lui courut le long de l'échine.

— Kaitlyn, vous allez bien ? demanda Landon, la faisant sursauter au passage.

Son cœur battait à cent à l'heure. Landon était face à elle, ses larges épaules la dominant du haut de son mètre quatre-vingts. Elle suivit le trajet des ruisseaux de pluie qui dégoulinaient de long de ses sourcils et de ses joues bien dessinées. Kaitlyn sentit son ventre lui jouer *Le Lac des cygnes*, avec petits sauts et entrechats.

Heureusement pour elle Landon restait immobile, ce qui lui évita de humer une nouvelle fois son obsédante odeur mâle. Lorsqu'il s'était agenouillé près d'elle, la torche à la main, elle avait perdu la notion du temps, nimbée par son odeur puissante, comme enveloppée dans une épaisse couverture chaude et douce. Bercée par sa chaleur, elle avait perdu le cours de ses pensées.

Des lumières rouges et bleues apparurent derrière Landon. Kaitlyn cilla, reprenant pied dans la réalité. Le véhicule d'intervention vint se garer non loin d'eux.

— Ça va aller, dit-elle après avoir inspiré profondément. Nous ferions bien d'aller informer l'officier qu'on en a terminé ici. Merci pour le coup de main.

— De rien.

Landon tourna les talons et retourna vers son camion. Lorsqu'il fut parti, Kaitlyn approcha du véhicule de police.

Charlie Johnston baissa légèrement la vitre et leva le regard vers elle. Quelques gouttes de pluie parvinrent à se frayer un chemin jusque sur son visage rubicond.

— Désolé, McKinney. On a été retardés par une crevaison. J'ai aperçu Rourke, ça fait un moment qu'on ne le voit plus au commissariat. Tout va bien ?

Elle acquiesça.

— Quelqu'un s'est amusé à mettre le feu à un animal.

— On ne va quand même pas perdre notre temps avec ce genre d'affaire, si ?

— T'inquiète, je me charge de faire le rapport.

Elle laisserait tout de même Ryan jeter un œil aux cendres, par curiosité.

— Allez, passe une bonne nuit, lui lança-t-elle en tapotant contre sa vitre.

Charlie attendit que Kaitlyn ait regagné sa voiture avant de quitter le parking. Assise sur le siège, la jeune femme fut prise alors de tremblements incontrôlables. Elle poussa le chauffage au maximum, saisit la lampe torche et s'apprêtait à la ranger dans la boîte à gants, lorsqu'elle sentit comme des reliefs sur le cylindre de métal. Elle alluma le plafonnier pour en avoir le cœur net. Quatre sillons parallèles étaient incrustés dans le métal sur l'un des flancs de la lampe et un cinquième ornait le côté opposé.

Son cœur s'affola de nouveau lorsqu'elle logea ses doigts dans les cinq larges sillons.

L'idée que Landon ait pu plier le métal à main nue la plongea dans un état de perplexité et d'excitation proche de ce qu'elle avait ressenti en humant son parfum entêtant. Il dissimulait un secret sous le masque de sérénité qu'il affichait, quelque chose de profond, de mystérieux.

Quelque chose de terriblement intrigant.

2

Deux heures plus tard, Landon pénétrait dans son chalet niché au cœur de la chaîne des Shawangunk. Caine était allongé de tout son long sur son canapé en cuir brun.

— Fais comme chez toi, surtout, lança-t-il à l'intrus en jetant ses clés sur la table.

— C'est toi qui m'as donné rendez-vous ici, répondit Caine avec un grand sourire. Tu ne pourras pas dire que je n'accours pas quand tu m'appelles, ajouta-t-il en écartant les bras.

— Tu n'entends que ce qui t'arrange, c'est ça, ton problème.

— Merci, Doc, pour ce diagnostic éclairé, railla-t-il avant d'ajouter sur un ton plus sérieux : Qu'est-ce qu'il y a de si important pour que tu veuilles me voir en personne ?

— J'ai reçu un appel hier. On me demandait de me rendre au parc Morningside si je voulais retrouver nos disparus.

Caine se redressa et s'assit, les mains posées sur les genoux.

— De qui venait l'appel ?

— Je n'en sais rien. La piste m'a mené à une cabine publique à l'autre bout de la ville. Je suis allé jusqu'au parc, poursuivit-il en serrant les poings, et j'y ai trouvé un tas de cendres. A l'odeur, c'était un Lupréda, aucun doute.

— Saloperie ! s'exclama Caine, j'aurais dû être là, j'aurais peut-être senti une piste.

Landon fusilla le jeune homme du regard. Il venait de l'insulter sans même s'en rendre compte.

— Moi, je n'ai rien senti. Mon odorat n'est peut-être pas aussi fin que le tien, il ne me permet sans doute pas de suivre une piste sur des kilomètres, mais là, il n'y avait vraiment... rien, quelque chose ne tourne pas rond.

— Pas la moindre piste olfactive... c'est impossible ! s'étonna Caine en fronçant les sourcils.

— Précisément, répondit Landon en venant s'asseoir dans le canapé, mais il y a encore pire : Kaitlyn était là, et elle a été capable de dresser le portrait précis de la créature calcinée qu'elle avait sous les yeux.

Caine pâlit à vue d'œil.

— Et elle n'est pas devenue dingue dans les secondes qui ont suivi ?

Curieusement, elle était restée étonnamment stoïque. Ce qui amena Landon à se demander d'où elle tirait ce sang-froid. Caine était dans le vrai : si elle croyait à sa propre thèse, son monde était en train de basculer. Sur le moment, il avait eu autre chose à penser et il ne s'était pas soucié des réactions de Kaitlyn.

— Elle a voulu récolter des échantillons, mais il s'est mis à pleuvoir et les cendres ont été emportées.

— Encore une chance pour nous, soupira Caine.

Oui, ils avaient eu de la chance, mais le loup qui vivait en Landon était paradoxalement heureux que Kaitlyn ait accepté la réalité — si extraordinaire soit-elle — de ce qu'elle pensait avoir vu.

— Je ne sais pas comment elle est arrivée à ses conclusions, mais sans elle, il y a une chose que je n'aurais jamais sue : il n'y avait qu'un seul Lupréda.

Son téléphone se mit alors à vibrer à sa ceinture. Il saisit l'appareil.

— Ça, c'est la cerise sur le gâteau, soupira-t-il en lisant le nom de son correspondant.

Il décrocha et annonça :

— Ici Rourke.

— Eh bien, j'aurai quand même fini par réussir à te contacter ! s'exclama la voix exaspérée de Jachin. Je suppose que tu es de retour dans les montagnes. Ça fait deux jours que j'essaie de te joindre. Tu vas arrêter de me balader, Rourke, je veux des réponses et je les veux maintenant !

— Mais de quoi est-ce que tu parles ! s'enflamma Landon à qui le ton de Jachin déplaisait souverainement.

— J'ai trouvé l'un de tes loups… du moins ce qu'il en reste.

Landon tomba assis sur le canapé.

— Où ça ? Je veux mener mon enquête sur place…

— Nous nous sommes occupés du corps.

Landon tressaillit et ses épaules se contractèrent.

— C'est un membre de ma meute, j'ai le droit de…

— On l'a jeté devant chez moi, à moitié carbonisé. Il était à demi transformé. Je veux une explication.

Les implications de ce que Jachin venait de lui apprendre étaient d'une importance capitale. Cela ne faisait plus aucun doute désormais : les Luprédas n'avaient rien à voir avec la disparition des zerkers. Pendant vingt-cinq ans les loups-garous avaient tout mis en œuvre pour découvrir le lieu de résidence des Sanguinas, en vain. S'ils y étaient parvenus, la guerre aurait éclaté depuis belle lurette.

— Si tu veux que je coopère, il va falloir commencer à parler, Rourke, le prévint Jachin d'un ton peu amène.

Landon sentit le regard de Caine peser sur ses épaules. L'ouïe surhumaine du jeune loup lui permettait de ne rien perdre de leur conversation.

— Nous les appelons des zerkers, avoua Landon dans un soupir. Lorsque nous passons de notre forme humaine à notre apparence lupine, cet état intermédiaire est inévitable. Avec le temps, nous sommes parvenus à maintenir cette forme pendant une courte période. Certains sont devenus dépendants de cet état, comme drogués. Quelques jeunes se sont mis en tête de revêtir cette apparence aussi souvent que possible, en particulier durant les combats rituels, ceux qui déterminent le prochain mâle dominant.

— En d'autres termes, ils espéraient être capables, sous cette forme, de vaincre des vampires, résuma Jachin d'une voix blanche.

Landon poursuivit son récit sans confirmer — ni infirmer — la conclusion à laquelle était parvenu Jachin.

— A force de pratique, ils ont fini par réussir à maintenir cette forme hybride, mais ils en ont payé le prix. Leurs esprits encore malléables ont été affectés par cette apparence intermédiaire, instable. Pour faire court... ils n'ont jamais retrouvé le chemin de leur aspect humain.

— Tu es en train de me dire qu'ils sont restés bloqués entre l'homme et le loup?

Landon poussa un lourd soupir.

— Oui, et cette perspective leur a vraiment grillé le psychisme.

— Voilà pourquoi ils vivaient en dehors de la meute, souffla Jachin, comme pour lui-même.

— Nous avons retrouvé les cendres de l'un d'eux dans le parc cette nuit. Tu as trouvé l'autre. Il nous en manque un.

— Nous allons continuer à chercher. Il semble évident à présent que ni les Sanguinas ni les Luprédas ne sont impliqués.

— Je pensais que c'était l'œuvre d'un de tes vampires francs-tireurs, pour te déstabiliser. Eux seuls connaissent le sanctuaire de ton clan.

— Je n'ai pas senti la présence d'un autre vampire alentour, et pas davantage celle d'un Lupréda. Assez curieusement, je n'ai rien senti du tout. Comme s'il n'y avait rien à trouver.

— Idem dans le parc, pas la moindre piste, avoua Landon, tout en repensant à l'étrange halo dont Kaitlyn avait parlé.

Lui aussi avait perçu cette substance et cela l'avait mis extrêmement mal à l'aise.

— Y avait-il quelque chose autour des restes, des empreintes de pas, ou quoi que ce soit d'autre ?

— Non, rien que ce corps à demi carbonisé. La pluie aura de toute façon effacé les empreintes, dit Jachin avec regret. Ce serait peut-être le moment d'envisager que tout cela soit en rapport avec la prophétie. Mon père s'est adressé à Ariel en rêve, peu de temps après que je suis devenu le nouveau chef du clan. Il lui a livré l'intégralité de la prophétie, et selon lui elle n'implique pas uniquement les vampires, contrairement à ce qui est ordinairement admis parmi les Sanguinas.

— Je t'écoute, l'encouragea Landon.

Une femme parlera de notre réclusion
Grâce à son esprit nous survivrons.
En devenant la compagne du premier des vampires,

Elle exaucera notre plus cher désir.

Alors qui fut chassé deviendra le chasseur,
Et la clarté viendra de l'ennemi intérieur.
Reconnais tes erreurs, vois quelles furent tes faiblesses,
Pour que la vérité que tu cherches apparaisse.

Une voix devra s'élever pour régner,
Elle aura deux bouches pour s'exprimer.
L'objet de cette quête est savoir puissant,
De ce que tu as enseigné, tu apprendras à présent.

Les tromperies prendront fin,
Afin que les trois ne fassent qu'un,
Et que la paix règne enfin.

— Envisage la prophétie comme un tout, maintenant que tu connais l'intégralité du texte, précisa Jachin après avoir terminé son récit. Les événements récents prendront peut-être une tout autre signification à la lumière de ces mots. Quelque chose ou quelqu'un essaie délibérément de nous dresser les uns contre les autres. Quoi que ce soit, cela s'est révélé assez puissant pour piéger tes zerkers, alors surveille tes arrières.

— Est-ce que tu as complètement perdu les pédales ? s'écria Caine à la seconde où Landon raccrochait, les zerkers sont notre meilleure arme secrète contre les Sanguinas si une guerre devait éclater !

— N'emploie pas ce ton avec moi, gronda Landon. Nous pouvons toujours utiliser la forme primale, mais la priorité pour le moment, c'est d'identifier cette chose qui nous traque. Elle est au moins aussi puissante qu'un zerker — sinon davantage — et elle surpasse peut-être même les Sanguinas. Et surtout, elle est salement futée…

— Pourquoi se fier à ce point à cette prophétie ? Cette ânerie guide les pas de la race qui nous a créés pour leur servir de chiens de chasse ? cracha Caine.

Landon pouvait comprendre l'amertume de Caine. Il avait partagé ce point de vue, jusqu'au jour où Jachin avait évoqué son idéal de paix. Il reprit tout depuis le début.

— Tu dois certainement te demander comment je me suis retrouvé à établir une trêve avec un vampire, n'est-ce pas ?

— J'espérais que tu finirais par aborder la question de toi-même.

Landon avait toujours eu un grand respect pour la loyauté et la confiance indéfectible du jeune loup-garou.

— Nous nous sommes rencontrés un soir dans un bar, Jachin et moi. Nous étions aussi ivres l'un que l'autre.

Et chacun de nous traversait alors un véritable enfer personnel, ajouta-t-il mentalement.

— Nous nous sommes retrouvés dans la ruelle derrière le bar et nous avons bien failli nous entretuer. Le combat a fini par nous épuiser complètement et nous avons fini adossés à un mur, couverts de blessures, à bout de force. C'est là qu'on a commencé à discuter. Jachin m'a parlé d'une prophétie qu'il voulait voir s'accomplir et l'idée d'une paix entre nos deux races m'a séduit. C'est cette nuit-là que nous avons jeté les bases informelles de la trêve. Jachin croyait dur comme fer à cette prophétie, et elle a bel et bien commencé à se réaliser lorsqu'il a pris une compagne humaine : Ariel.

Landon repensa aux dernières lignes de la prophétie et les mots résonnèrent en lui avec force. *Afin que les trois ne fassent qu'un et que la paix règne enfin.* Qu'est-ce que ça pouvait bien vouloir dire ?

— Je me demande si les trois qui deviennent un font référence aux vampires, aux loups-garous et aux humains qui seraient supposés vivre en paix ? Je doute fort que la population humaine accueillerait nos deux races à bras ouverts. Le traumatisme a été énorme lorsqu'ils ont appris l'existence des vampires, alors des loups-garous…

Caine acquiesça.

— Tu as raison. Si tu es vraiment convaincu que cette prophétie parle de nous, alors il faut envisager que le nombre trois fasse référence à autre chose, comme… nos zerkers. Est-ce qu'il existe une autre race plus puissante encore que les Luprédas et les Sanguinas ? Une race qui ne laisserait aucune odeur derrière elle ? Qui aurait intérêt à nous monter les uns contre les autres ?

— Certainement pas les gouvernants humains, ils ont bien retenu la leçon après l'échec de leur projet Scions et la vague de terreur que les vampires ont fait peser sur la ville.

La meute de Landon avait payé le prix du sang face aux vampires par le passé, mais les Luprédas n'étaient pas blancs comme neige et portaient également le poids de leurs erreurs. Pour ce qu'il en savait, il n'existait qu'une autre race inhumaine. Mais elle était censée être éteinte… Il repoussa cette éventualité qui semblait décidément trop improbable et son regard croisa celui de Caine.

— Ta théorie selon laquelle l'agresseur des zerkers serait la troisième force à laquelle la prophétie fait référence est intéressante. C'est en tout cas un début de réponse. C'est ce texte qui nous a permis, à Jachin et à moi, de trouver un terrain d'entente, d'éviter de nous entretuer. Le pouvoir, les promesses contenues dans ces quelques mots, voilà ce qui porte Jachin. Il avait été banni de son clan lorsque j'ai fait sa connaissance. Imagine-toi ce que ressent un vampire forcé de vivre parmi les humains, exposé à chaque seconde à la tentation de boire leur sang empoisonné ?

— C'est tout ce qu'ils méritent, statua Caine.

— Nous devrons nous unir avec eux si nous voulons la paix, tempéra Landon.

— O.K., pigé. Je savais que Jachin avait pris la tête des Sanguinas avec l'idée de réformer le clan en profondeur, mais je ne pensais pas qu'il voulait *vraiment* la paix. Et comment la prophétie vient-elle s'imbriquer dans tout ça, selon toi ?

— Je n'en suis pas encore très sûr, soupira Landon en se levant du canapé, mais pour le moment, ne dis rien aux Eminences. S'ils insistent, raconte-leur simplement que j'y travaille. Nous devons avant tout trouver le dernier zerker.

— Compris.

Caine se laissa raccompagner jusqu'à la porte d'entrée en jetant un regard à la dérobée sur la douille en argent en partie écrasée que Landon portait autour du cou.

— Que comptes-tu faire de la fille McKinney ?

Si seulement je pouvais faire d'elle ce que je veux…

— Je vais lui rendre une petite visite.

— Tu veux savoir si elle va laisser cette affaire de côté ?

— Non, j'aimerais qu'elle nous aide.

— Tu veux impliquer une humaine là-dedans ? s'étrangla Caine, et tu prétends que c'est *moi* qui aime jouer avec le feu ?

— Elle ignore notre existence, répondit calmement Landon en laissant Caine franchir le seuil.

— Par moments, j'ai encore l'impression d'avoir ce maudit collier en argent autour du cou, fixé là par les vampires, lui confia Caine en se retournant et en tapotant le pendentif de son aîné, et avec ce qui rôde en ce moment, à ta place j'envisagerais d'enlever ça, au cas où tu serais forcé d'adopter ta forme primale.

Aucune réponse.

— Landon..., reprit Caine, la mine contrite, face au visage impassible de son interlocuteur.

— Bonne nuit.

Landon lui ferma la porte au nez, mettant un terme brutal à leur discussion.

Il monta l'escalier en serrant ce pendentif qui lui permettait de ne jamais oublier à quel point il était vital de maîtriser ses instincts.

Le cœur de Landon bat la chamade dans sa poitrine tandis qu'il poursuit Isabelle dans les bois en pleine nuit. Elle est nue et sa peau semble scintiller sous la lune. Elle disparaît derrière un arbre, laissant un rire cristallin dans son sillage.

— Allez, Landon, montre-moi ta forme primale ! lui lance-t-elle en lui adressant un clin d'œil coquin par-dessus son épaule.

Elle reprend sa course, plus vite encore, ses longs cheveux blonds flottant derrière elle comme une traîne diaphane. Il n'a jamais été autant attiré par une autre femelle garou.

Sa cage thoracique semble vibrer de l'intérieur, la bête en lui lui donne l'ordre de se métamorphoser. Chaque fois qu'il la poursuit de cette façon, une irrépressible envie de la posséder et de la faire hurler de plaisir le saisit.

— Je suis sûre que Caine a déjà pris sa forme primale

pour Margaret, le provoque-t-elle. Allez, transforme-toi pour moi, ça m'excite.

Sa voix chaude et sensuelle semble voler jusqu'à lui, incendiant chacun de ses sens.

L'excitation de la traque, le vent d'automne sur sa peau… il veut profiter d'elle de tout son corps, sentir sa peau douce sous ses doigts, contre sa poitrine, sa croupe plaquée contre les reins d'Isabelle.

Les démangeaisons le gagnent et les os de son thorax craquent. Sa mâchoire et son nez s'allongent douloureusement et ses jambes s'arquent. Ses vêtements se déchirent, mais il n'y prête pas attention et arrache les derniers morceaux de tissu de ses mains griffues, avec un grognement satisfait.

Le vent passe sur sa fourrure, comme la promesse du plaisir à venir. Sa vision devient plus précise et il perçoit les zones de chaleur. Isabelle est à présent une silhouette colorée, un farfadet rouge bondissant comme une gazelle par-dessus une souche. Elle contourne un tronc et s'immobilise. Elle se plaque contre l'écorce, le souffle ample et rapide. Le vent forcit et lui apporte l'odeur puissante de la pluie. L'air se charge d'humidité.

Sa mâchoire s'élargit dans un sourire carnassier. Il la rattrape, l'imminence de la pluie aiguise son appétit.

Il contourne le tronc et y enfonce ses griffes, immobilisant Isabelle qui accueille cet assaut avec un feulement torride. Au loin, les cris de plaisir de Margaret résonnent dans la forêt.

— Dis-moi que tu n'as pas envie de…, commence Isabelle en levant un sourcil blond comme le soleil.

Un énorme bruit sourd retentit entre les arbres. Landon lève l'oreille.

Il lance un cri de guerre, dégage ses griffes de l'écorce balafrée et s'élance entre les arbres en direction de la détonation, obsédé par l'idée de protéger ses frères de meute.

Il arrive bientôt à l'orée de la forêt. Il y a là un humain qui se tient au milieu de l'aire de jeux en bordure de la forêt. Il tient une arme et fait feu à plusieurs reprises.

Landon suit la trajectoire des balles du regard. A cet instant Caine émerge de la forêt en compagnie de Margaret. Elle crie le nom de Caine et sa peur est palpable.

La pluie s'abat, lourde, aveuglante. Landon se tourne de nouveau vers leur adversaire humain qui lève une nouvelle fois son arme avec une détermination absolue.

— Je ne te laisserai pas lui faire du mal, marmonne-t-il en faisant feu.

Le besoin impérieux de protéger sa meute monte en Landon. Son souffle devient le métronome haletant d'une bombe à retardement logée dans sa poitrine. Il hurle sa rage en surgissant du couvert à pleine vitesse, droit vers l'homme armé.

L'humain pivote vers lui, et prend conscience qu'un loup-garou sous sa forme primale fonce droit sur lui. Il n'a le temps de tirer qu'une seule balle avant que Landon soit sur lui. Le projectile le percute et une douleur violente lui vrille l'épaule, décuplant sa rage. Il pousse un mugissement inhumain et le frappe de son immense main griffue, le projetant avec aisance droit sur l'aire de jeux.

L'humain heurte violemment la cage à singes et s'effondre au sol, inerte.

Landon tremble sous le feu de cette balle qui lui déchire la chair. Jamais il n'a ressenti une douleur aussi atroce.

Il plonge ses griffes dans la plaie en serrant les dents, fouillant entre les muscles et les tendons. Le sang jaillit par à-coups tandis qu'il localise la balle maudite.

Enfin il arrache le projectile de son épaule et crache sa haine à la face de l'humain immobile avant de rejoindre Caine à toute allure.

La peur au ventre, Landon se jette au sol, là où gît son ami, les yeux révulsés, son vaste corps agité de spasmes. Landon examine rapidement ses blessures. Il en a trois et elles saignent abondamment. Une à la cuisse, une autre à la poitrine et une troisième près de l'estomac. Landon ne perd pas de temps et déchire la chair au niveau de l'épaule pour atteindre et ôter la balle. Puis il tourne vers lui la cuisse de Caine pour intervenir sur la seconde.

Caine laisse échapper une faible plainte lorsque Landon plonge sa main dans son abdomen à la recherche du dernier projectile. La pluie ne lui facilite pas la tâche.

Une fois les trois balles retirées, Landon se détend et pousse un soupir de soulagement en voyant son jeune ami défaillir ; il survivra.

Sur son injonction mentale, Margaret et Isabelle les rejoignent. Il leur ordonne de ramener Caine sur les terres des Luprédas.

Une fois ses sœurs et frère de meute partis, Landon reprend forme humaine et s'enfonce dans les bois noyés de pluie. Il ramasse tous leurs vêtements, ainsi que les balles retirées du corps de Caine. Il sait que leur sang ne pourra pas être analysé puisqu'il se dissipe à la lumière du jour, mais les balles pourraient avoir emporté des fragments de chair. Les experts scientifiques pourraient-ils tirer quoi que ce soit d'exploitable de ces prélèvements ? Mieux vaut ne jamais être en position de le savoir. Un peu de vapeur s'élève de sa peau alors qu'il se dirige vers l'homme inconscient.

Pas de battement cardiaque, la culpabilité commence à l'étreindre. Il s'agenouille près de la silhouette inerte et contemple la marque laissée par ses griffes sur la poitrine de l'inconnu. La pluie a déjà nettoyé le sang. Sous sa forme primale, il a beaucoup de mal à contrôler sa force et ses pulsions, mais la blessure qu'il a infligée ne semble pas profonde au point de tuer un homme.

Il avise alors la mare de sang sous la tête de sa victime et prend conscience avec un haut-le-cœur que l'une des barres métalliques de la cage à singes est poisseuse de sang.

Il a la nausée et le souffle court ; la culpabilité le taraude.

Il n'avait pas l'intention de tuer cet homme, mais il a pourtant sa mort sur la conscience. Il ramasse la balle extraite un peu plus tôt de sa propre épaule et examine les vêtements de l'inconnu. Un jean, une chemise et un coupe-vent, rien qui puisse l'informer sur son identité.

Il aperçoit alors un portefeuille à quelques pas du corps. Il l'ouvre d'un coup de pied et son cœur fait un bond.

— Bon sang...

Un insigne d'officier de police. Il vient de tuer un officier du nom de James McKinney.

— Landon ?

Nouveau choc lorsqu'il reconnaît la voix de Kaitlyn.

Elle avance sur le parking, abritée sous un parapluie. Elle arbore une expression très professionnelle, qui donne une étrange sévérité à son visage en forme de cœur.

— Je viens de recevoir un appel du Central. Qu'est-ce qu'on a ?

Landon se redressa sur son lit, les poumons en feu. Il était en sueur et il dut faire un effort pour desserrer les poings.

Il repoussa les draps trempés et emmêlés et posa un

pied par terre. Les coudes repliés sur les genoux, les paumes plaquées contre ses paupières closes, il s'employa à retrouver une respiration ample.

Quelques secondes passèrent et le va-et-vient de son pendentif le sortit de sa transe. La nuit qui avait suivi le meurtre non prémédité du père de Kaitlyn, il avait fait monter en pendentif la balle douloureusement retirée de son épaule.

Il contempla la chaîne avec animosité, ce symbole de servitude. Lorsque les vampires avaient commencé à périr de l'empoisonnement du sang humain et étaient partis se terrer dans leurs refuges, il avait juré de ne plus jamais porter d'argent. Il ferma les yeux de toutes ses forces, la culpabilité lui brûlant les entrailles comme s'il venait de commettre ce meurtre. Il n'avait pas prévu que sa forme primale le mènerait à tuer un humain. L'ironie qui voulait qu'il se soit lui-même passé la chaîne au cou à la suite de ce drame ne lui échappait évidemment pas.

Il avait croisé la route de cet officier de police lors de cette funeste nuit, dix-huit années plus tôt, et il avait appris quelque chose de capital, un détail qu'il n'aurait jamais pu apprendre ailleurs. Les balles de McKinney étaient faites sur mesure. Elles contenaient juste ce qu'il fallait d'argent pour pouvoir être efficacement tirées par une arme.

Landon avait appris que l'argent n'empêchait pas uniquement les garous de se transformer à la pleine lune. Manifestement les Luprédas avaient développé une allergie létale aux amalgames contenant un pourcentage élevé d'argent dans leur composition. Une fois que l'argent avait pénétré dans le corps, il se mêlait au sang et empoisonnait à coup sûr sa victime. Il ne faisait aucun doute que s'il n'avait pas retiré les projectiles, Caine et lui auraient péri cette nuit-là.

Mais seul un homme était mort. Landon n'avait pas contrôlé son instinct protecteur et le père de Kaitlyn l'avait payé de sa vie.

L'image de la jeune femme envahit ses pensées et sa gorge se serra. Les émotions antagonistes qu'il ressentait pour elle avaient pris des proportions affolantes depuis qu'il s'était agenouillé près d'elle dans le parc.

Sa douce odeur de fleur ne le quittait pas et il ne cessait de voir son visage, ses joues douces, ses lèvres pleines…

Il était au supplice.

Elle lui demeurerait toujours interdite, inaccessible.

Pour tout un tas de raisons.

3

Kaitlyn était assise dans sa voiture à une rue des bureaux et des entrepôts de la Tacomi.

Elle avait passé la matinée à éplucher tout ce qu'elle avait pu trouver sur l'entreprise qui avait vu son chargement d'armes à pulsations détourné. Kaitlyn avait croisé les informations, pour finalement parvenir à établir des liens indirects entre la mafia et la Tacomi. Aucun argent sale ne transitait par les comptes de la société, pas le moindre prêt, aucune trace comptable, mais les deux entités étaient indubitablement en cheville par le biais de certains employés, connus pour entretenir des relations avec des dirigeants haut placés de la pègre. Qu'un seul salarié soit impliqué, cela pouvait être un hasard, mais quatre ? Elle ne croyait pas à ce genre de coïncidences.

Elle avait également passé en revue la liste des membres du conseil d'administration et un nom avait retenu son attention : Kenneth Duvoe. Kenneth, un ancien pilier des Garotteurs, était le père de Rémy. Le fils avait pris la suite au sein de la nouvelle structure. Un schéma commençait à se dégager, impliquant la pègre, le fabriquant d'armes et la milice populaire.

Il fallait qu'elle aille voir de plus près ce qui se tramait dans ce bâtiment — en particulier dans l'entrepôt —, mais la Tacomi ne plaisantait pas avec la sécurité. Une clôture métallique de cinq mètres de haut ceinturait les huit kilomètres carrés de terrain appartenant à l'entreprise. Son estomac grogna, lui rappelant qu'elle n'avait rien avalé de la journée. Elle avait passé l'heure du déjeuner à tenter d'entrer dans les lieux par la manière douce en demandant à l'employé de l'accueil de lui faire visiter le complexe, prétextant qu'elle était une étudiante de l'école de police. Elle lui avait raconté qu'elle avait un article à rédiger au sujet des armes à pulsations.

— Je sais comment on les utilise, mais j'aurais voulu en savoir plus sur la fabrication elle-même, avait-elle expliqué en adressant un sourire charmant au jeune garde blond.

— Seul le personnel autorisé est admis, s'excusa-t-il après avoir passé un coup de fil à son supérieur hiérarchique.

Le soleil commençait à taper sur le capot de sa voiture et Kaitlyn se rongeait les ongles en imaginant un moyen de pénétrer dans les bâtiments qui jouxtaient le terrain de la Tacomi.

On frappa à la vitre côté passager et elle fit un bond, s'apprêtant à répondre que non, elle n'avait pas un dollar pour dépanner l'importun.

Le visage de Landon apparut derrière la vitre et il tapa de nouveau, en lui faisant signe de déverrouiller la porte.

Kaitlyn s'exécuta et le détective se glissa vivement à ses côtés, apportant avec lui un peu d'air frais chargé de son parfum mâle et de l'odeur de sa veste en cuir. Le mélange des deux effluves était absolument envoûtant et la jeune femme en fut bouleversée.

— J'essaie de planquer de façon discrète, lui fit-elle remarquer tandis qu'il refermait la portière.

Il sentait terriblement bon et ses yeux verts étaient

parfaitement irrésistibles, pourtant elle restait sur ses gardes.

— Qu'est-ce que vous faites dans les parages ? Ne me dites pas que vous passiez par hasard, ça ne prendra pas.

— Je vous ai suivie jusqu'ici, répondit-il le plus simplement du monde.

— Je n'ai pourtant pas semé des petites miettes de pain derrière moi, dit-elle d'un ton faussement étonné en jetant un coup d'œil dans son rétroviseur.

— J'ai utilisé le traqueur GPS qui se trouve à bord de tous les véhicules du Département, expliqua-t-il en riant.

— Génial, on vit vraiment dans une société où la liberté prime... Pourquoi me suiviez-vous ?

— Je voulais vous reparler de ce que vous avez vu la nuit dernière.

— Quoi ! Si c'est pour me dire que je déraille et que je ferais bien d'avaler des calmants, je me passerai de vos conseils.

— Je n'imaginais pas que vous aviez si mauvais caractère..., répondit Landon avec un sourire amusé.

Il reprit son air sérieux et ajouta :

— Vraiment, Kaitlyn, c'est important.

Elle poussa un soupir, le regard perdu en direction du bâtiment de la Tacomi. Elle avisa alors un beau chêne, planté juste en bordure de la haute grille. Il avait des branches épaisses et solides et il s'élevait tout près d'un vieil entrepôt transformé en attraction : la maison hantée.

— J'accepte de répondre à condition que vous me rendiez un service.

— Dites toujours.

— Vous et moi, on va sortir ensemble ce soir.

Landon en eut le souffle coupé.

— Vous... heu... voulez qu'on sorte ensemble ? bredouilla-t-il.

Elle acquiesça en se passant la langue sur les lèvres et Landon dut mobiliser toute sa volonté pour ne pas l'embrasser violemment, la coucher sur le siège et lui faire l'amour là, au vu et au su de tous. Dans l'intimité de l'habitacle, le soleil jouait dans sa chevelure et sur sa peau légèrement hâlée, et magnifiait les fragrances florales qui émanaient d'elle. Landon avait une conscience douloureusement aiguë de chacune des respirations de la jeune femme, de chaque battement de son cœur. Leur proximité mettait le loup en lui aux abois.

— Voilà par où je vais entrer dans l'enceinte de la Tacomi. Je vais acheter un billet pour la maison hantée. Je me glisserai ensuite par la porte de derrière et je grimperai à l'arbre pour franchir le grillage, expliqua-t-elle en se tournant vers lui pour guetter sa réponse.

Elle avait des cils interminables, il l'aurait volontiers contemplée toute la journée. Il n'y avait aucune intention malveillante dans ce regard, rien de dissimulé. Rien qu'une grande honnêteté.

— Pourquoi est-ce que vous voulez vous introduire dans ce bâtiment ? lui demanda-t-il en observant l'immeuble et la grille qui encerclait le périmètre.

— Je suis mon intuition.

Il lui saisit doucement le menton et la força à le regarder.

— Kaitlyn, je veux connaître la vraie raison.

Les yeux de la jeune femme considérèrent un instant cette main posée contre son visage. Il sentit qu'elle retenait son souffle et retira sa main, non sans avoir éprouvé la douceur de sa peau sous ses doigts.

— Je cherche à établir un lien entre les Garotteurs

et la mafia, expliqua-t-elle en désignant l'immeuble, cette boîte est impliquée dans des vols d'armes, conclut-elle.

Landon sentit son instinct protecteur passer en alerte rouge. S'il existait réellement un lien et qu'ils la prenaient à fouiner, les nouveaux Garotteurs et la pègre n'hésiteraient pas à supprimer celle qui menaçait leurs petits arrangements. Il aurait fallu qu'elle rentre chez elle pour qu'il puisse la protéger, mais Kaitlyn faisait partie de la police, et elle était lieutenant, de surcroît... Le besoin de servir la communauté coulait dans ses veines.

— Votre patron n'approuverait sans doute pas de vous savoir là-dedans toute seule.

— Ça va aller, répliqua-t-elle, l'air borné, je veux juste glaner une ou deux infos.

— Mais votre idée d'entrer sans renforts... c'est un peu inconscient, non ?

Kaitlyn se redressa et croisa ostensiblement les bras, mettant brusquement sa poitrine en valeur.

— Mais je ne serai pas seule puisque vous allez venir avec moi.

— Je... quoi !

Elle ne manquait tout de même pas de culot.

— J'ignore pourquoi, mais quelque chose me pousse à vous faire confiance, lança-t-elle avec un sourire, et puis vous n'êtes pas allé raconter à mon patron que j'avais besoin d'une évaluation psy après l'épisode d'hier soir, et ça, ça joue en votre faveur.

Quelle tête de mule ! Elle s'en tiendrait à son idée, qu'il décide de l'accompagner ou non.

Il acquiesça en poussant un long soupir, certain — pour tout un tas de raisons — qu'il allait regretter de s'être laissé entraîner dans cette expédition.

Elle lui adressa un large sourire qui lui fit manquer un battement cardiaque. Les top models retouchés des magazines de mode pouvaient bien aller se rhabiller face au charme de Kaitlyn McKinney.

Elle lui indiqua la maison hantée d'un mouvement de la tête.

— On se retrouve derrière « La Maison des Hurlements » à 7 heures.

Landon ravala le dégoût que lui inspirait la perspective d'entrer dans ce lieu, de cautionner cette mise en scène grand-guignolesque et pitoyable des terreurs humaines. Il ferait noir à l'intérieur, elle ne verrait pas son air atterré.

Il acquiesça et s'apprêta à l'entretenir au sujet de l'épisode de la veille.

— Pour hier soir…

— Ah oui, mon moment d'égarement, le coupa-t-elle avec un sourire.

— Vous avez vu quelque chose au moment où on s'éloignait. Qu'est-ce que c'était ?

Elle prit le temps de se passer les mains dans les cheveux avant de se tourner vers lui.

— J'ai vu des empreintes de main phosphorescentes sur l'herbe, autour du corps.

Elle s'interrompit et fronça les sourcils, comme si elle visualisait de nouveau la scène.

— On avait l'impression que celui qui avait fait ça s'était accroupi un moment près de sa victime et avait touché le sol à plusieurs reprises. A moins qu'ils n'aient été plusieurs ! s'exclama-t-elle, les yeux écarquillés.

Elle avait donc vu beaucoup plus de détails que lui. Landon savait que ses autres sens s'étaient développés au-delà de la moyenne des loups-garous, à cause de la relative faiblesse de son odorat, pourtant lui n'avait perçu que de faibles scintillements, là où Kaitlyn avait été capable de discerner une forme précise. Peut-être possédait-elle une sorte de don qui lui permettait — en plus de reconnaître un zerker à ses cendres — de lire les empreintes.

— Merci d'avoir partagé ça avec moi, la remercia-t-il.

— Est-ce que vous les avez vues, vous aussi ? l'interrogea-t-elle, les yeux pleins d'espoir.

Il ne fallait pas qu'elle apprenne sa véritable nature, mais il refusait, sans parvenir à se l'expliquer, qu'elle se croie folle.

— Non, mais je me suis dit qu'il y avait peut-être une piste à suivre en utilisant une lumière spéciale, ou quelque chose de ce genre.

Elle poussa un soupir de déception et posa ses poignets sur le volant.

— La pluie a redoublé au moment où nous partions, je doute qu'il reste quoi que ce soit d'exploitable.

Landon confirma d'un signe de tête et laissa le silence s'installer entre eux. De nouveau, la jeune femme devint le centre de son attention et il eut envie de saisir sa nuque à pleine main pour la prendre contre lui. Il se mit à rêver d'enfouir son visage dans son cou et d'humer son parfum entêtant. Il avait envie d'elle. C'était comme… comme pendant la traque, comprit-il soudain dans un éclair de lucidité. L'excitation de poursuivre sa proie, de la rattraper, de sentir l'adrénaline courir le long de ses veines.

Oui, les émotions étaient semblables, à ceci près que durant la traque, il ne ressentait pas cette empathie avec sa proie. Il y avait un puissant lien physique qui l'unissait à Kaitlyn et c'était une faim d'une autre nature qui le dévorait. Elle n'était pas une proie, mais il la convoitait cependant de toute son âme.

Il ferma les yeux et s'adossa à l'appui-tête. Il devait refréner ses pulsions animales, calmer ce feu qui lui brûlait l'échine.

— Vous allez bien ? s'enquit Kaitlyn avec inquiétude.

Elle effleura sa main qu'il retira vivement en plissant les sourcils pour qu'elle ne puisse pas voir que ses iris avaient changé de couleur sous l'effet de l'excitation. De nombreuses femelles Luprédas lui avaient confié que son regard vert émeraude avait quelque chose d'hypnotique et de terriblement fascinant.

— Pas la peine de paniquer, je n'ai pas la gale, lança-t-elle avant d'éclater de son rire mélodieux.

— J'ai juste... la migraine, grogna-t-il en ouvrant la portière.

Il allait la refermer quand Kaitlyn se pencha sur le siège passager.

— 7 heures précises, Rourke, on est d'accord ?

— Attendez-moi avant d'aller fouiner, Kaitlyn, on est d'accord ? répondit-il sur le même ton.

Elle lui adressa un salut comique avant de regagner son siège.

— J'attendrai mon garde du corps.

— *Le Dictionnaire des loups*, *l'Encyclopédie de la lycanthropie*, *Phénomènes surnaturels*, lut Abby en laissant son doigt courir sur le dos des livres alignés sur l'étagère derrière Kaitlyn.

— Impressionnante collection. Dire que je n'étais jamais entrée dans le bureau de ton père avant aujourd'hui, constata-t-elle en s'accoudant au large dossier en cuir du siège sur lequel était assise Kaitlyn.

— C'est toi qui as insisté pour venir jusqu'ici. Tu voulais tellement en savoir plus sur mon expédition dans la maison hantée, répondit Kaitlyn en tapotant sur son clavier.

— C'est ça les amis, ma cocotte, ça fourre son nez partout. Et puis j'avais deux heures à tuer avant mon prochain cours.

Kaitlyn leva les yeux de son ordinateur et son regard suivit la multitude d'ouvrages alignés sur les étagères du bureau de son père.

— D'aussi loin que je me souvienne, mon père a toujours été un fondu de livres traitant des loups. C'était un passionné de recherches. Je pense qu'il a fini par fusionner avec son sujet d'étude, par être aspiré par lui.

— Je suis étonnée que ta mère n'ait pas mis tout ça dans des cartons depuis des années, enfin, je veux dire : ni l'une ni l'autre, vous n'êtes intéressées par ce genre de choses.

La référence à sa mère serra le cœur de Kaitlyn. Elle comprenait qu'elle ne veuille pas imposer à qui que ce soit le spectacle de sa déchéance, pourtant, elle ne parvenait pas à se départir du sentiment qu'on la privait d'elle. Elle espérait que le lendemain serait un jour *avec* et qu'elle pourrait prolonger un peu sa visite à l'hôpital.

— Elle s'est débarrassée de certaines choses qui appartenaient à mon père, mais elle ne veut pas qu'on touche à son bureau. Papa avait un rapport très particulier avec sa *pièce. Chaque chose à sa place et une place pour chaque chose*, ce genre de principe.

Son regard se posa sur le sous-main de bois, sur la

lampe d'étude et sur la chope de bière dans laquelle étaient rangés un crayon et un porte-plume. Et puis il y avait le presse-papier de verre en forme de loup hurlant. Combien de fois s'était-elle amusée avec cet objet sous le bureau de son père tandis qu'il menait ses recherches ? songea-t-elle en jouant machinalement avec le petit pendentif en forme de tête de loup qu'elle portait autour du cou et que son père lui avait offert pour ses six ans.

— Il veillera sur toi lorsque je suis absent, lui avait-il dit en le lui offrant.

Depuis, elle ne l'avait plus jamais enlevé.

Elle s'intéressa de nouveau à l'écran de son ordinateur en enfouissant son pendentif sous son T-shirt. Le bijou retomba à sa place au creux de ses seins, tandis qu'elle entrait « Landon Rourke » dans la base de données.

Abby vint à ses côtés.

— Tu ne trouves pas un peu tordu de faire des recherches sur un type *après* lui avoir filé un rencard ?

Un rencard ? L'icône indiquant une recherche en cours tournait sur elle-même au centre de l'écran. Kaitlyn songea avec amertume qu'il s'était écoulé vingt-quatre mois depuis son dernier *rencard*. Quant au sexe...

— Tu n'as pas vaguement un cours à donner ou un petit Conan le barbare en herbe à mater ? lança-t-elle à Abby avec une pointe d'agacement.

Abby arbora un sourire digne de celui du chat d'*Alice au pays des merveilles*.

— Tu aurais dû venir hier soir, je t'assure. On s'est vraiment éclatés avec Willie. Ce soir, il m'emmène dîner en ville dans ce nouveau restaurant.

— Willie ? pouffa Kaitlyn, tu m'avais dit que tu sortais avec un gros lourdaud, mais tu avais fait l'impasse sur son prénom. Heureusement qu'il est balaise, parce qu'il a dû en entendre, à l'école.

— Oui, ma chérie, effectivement, c'est un beau bébé. Bon, et si on parlait un peu de *ton* mec. Raconte-moi…

A cet instant, une photo très flatteuse de Landon apparut à l'écran et Abby en eut le souffle coupé pendant quelques secondes.

— Nom de… Ça, c'est ce que j'appelle un beau morceau. La maison hantée, hein ? C'est un bon prétexte pour se coller contre lui, bien joué.

— C'est pour le travail, Abby ! s'exclama Kaitlyn en levant les yeux au ciel. Je déteste ce genre d'attraction, mais c'est le seul moyen dont je dispose pour entrer dans l'entrepôt de la Tacomi.

Abby croisa les bras sur sa poitrine mise en valeur par son T-shirt en Lycra tendu à l'extrême.

— Oui, oui, oui, continua Abby avec un hochement de tête entendu, et c'est pour cette raison que tu consultes le dossier de M. « Je suis une bombe », juste histoire de savoir si ce n'est pas un psychopathe, c'est bien ça ?

Kaitlyn rabattit l'écran de l'ordinateur portable.

— Sérieusement ? Tu n'es pas loin de la vérité. Si je dois compter sur ce type ce soir, j'aimerais en savoir un peu plus sur lui.

Même si son parfum me fait tourner la tête dès qu'il s'approche de moi.

Abby se pencha et releva l'écran.

— Tu crois que cette base de données référence toutes les femmes à qui il a fait tourner la tête ? La liste doit être interminable.

Kaitlyn faillit s'étrangler. Pourquoi ce commentaire la dérangeait-il à ce point ?

— Cette base de données contient toutes les affaires

sur lesquelles il a collaboré avec le Département ainsi que les officiers avec qui il a travaillé.

Abby fit défiler les informations.

— On dirait qu'il a donné un coup de main à la police pendant une quinzaine d'années, mais qu'il n'est plus actif depuis trois ans. Tu sais pourquoi ? demanda-t-elle à Kaitlyn.

— Je n'en sais rien, répondit-elle avec un haussement d'épaules. Il est toujours répertorié comme étant une source fiable, en tout cas.

— Quel âge a-t-il ? demanda Abby en étudiant le visage de Landon. Moi, je dirais une petite trentaine.

Kaitlyn fit défiler les données.

— Il est écrit ici qu'il a quarante ans.

— Les hommes vieillissent mieux que nous, c'est injuste.

Après avoir passé en revue les affaires sur lesquelles Landon avait travaillé, Kaitlyn acquit la certitude que le détective privé était capable de faire face à n'importe quelle situation.

— Une fois que tu auras terminé ta petite *virée frisson* avec M. « Séducteur malgré lui », tu devrais prendre un peu de bon temps avec lui pendant le reste de la soirée. Tu sais comme moi que tu en meurs d'envie, insista Abby en avisant la mine renfrognée de son amie.

— Laisse tomber, Abby, soupira Kaitlyn en refermant la base de données et en éteignant le portable.

Bien sûr qu'elle avait les mains moites à la seule idée de se retrouver de nouveau près de Landon, mais elle devait rester concentrée sur l'affaire. Et puis, mis à part cet étrange lien empathique qui semblait exister entre eux, il n'avait pas montré la moindre attirance à son égard.

De l'intérêt, sans doute, mais pas d'attirance.

*
* *

A 7 heures, Kaitlyn quitta son appartement pour se rendre en banlieue, là où se trouvait la maison hantée. Elle se gara sur le parking en faisant crisser les gravillons, étonnée de trouver l'endroit à ce point encombré de voitures en stationnement. Elle éteignit le contact et entendit aussitôt les hurlements de plaisir et de peur qui filtraient du bâtiment.

Super.

Elle vérifia que le cran de sûreté de son arme était bien enclenché et elle la rangea dans son holster avant de le fixer à sa ceinture. Elle boutonna son blazer noir cintré sur son petit pull turquoise avant de sortir de la voiture.

Elle verrouilla la porte, s'engagea sur le parking et ralentit en apercevant la longue file d'attente qui serpentait au pied du bâtiment.

Landon se tenait à quelques mètres de la queue. Il l'attendait. Elle le rejoignit et aussitôt ils prirent la suite du flot humain.

— Où est votre manteau ? s'étonna Landon.

Kaitlyn frissonna et remonta le minuscule col autour de son cou en jetant des regards envieux à la veste de cuir de Landon.

— Je ne pensais pas qu'il y aurait une file d'attente pareille. J'ai un manteau, mais il est en laine, j'ai eu peur d'avoir trop chaud une fois à l'intérieur. J'ai... disons, tendance à défaillir quand j'ai trop chaud.

— C'est bon à savoir, commenta Landon en la contemplant des pieds à la tête avec un air indéfinissable.

Elle pouffa et se frotta les mains pour conserver un peu de chaleur.

— Et vous alors ? Vous avez des travers dont je

devrais être au courant avant qu'on aille affronter les monstres ?

— Non, tout ça me laisse froid.

Kaitlyn plissa le nez avec amusement.

— Regardez-moi ça, M. « Même pas peur » nous fait son numéro ! Ne me dites pas que ça ne vous fait pas sursauter, ce genre de truc ? demanda-t-elle en désignant le bâtiment.

— C'est eux qui devraient avoir peur de moi, affirma-t-il en enfonçant les mains au fond des poches de son jean.

Le regard qu'il lui lança à cet instant électrisa la jeune femme, qui sentit une chaleur intense lui brûler le bas-ventre, la réchauffant de l'intérieur, l'espace de quelques secondes.

L'instant de grâce s'évapora si vite qu'elle se demanda si elle n'avait pas imaginé cet éclat de désir ardent qu'elle avait cru voir dans ses yeux. Un courant d'air glacé parcourut la foule, dissipant aussitôt la chaleur qu'elle avait ressentie. Elle frissonna et fut saisie d'une terrible chair de poule. La file avança de quelques pas et Kaitlyn en profita pour battre des semelles afin de réchauffer ses pieds engourdis. Comme elle avait froid ! Landon, lui, ne semblait même pas ressentir la morsure glacée du vent.

Mais il est bien au chaud dans sa veste en cuir.

Landon luttait pied à pied contre l'attirance qu'il ressentait pour Kaitlyn. Ses joues roses, son sourire éclatant, tout l'incitait à laisser enfin ses doigts explorer sa peau douce, à imaginer son corps nu contre le sien…

Il retint un hurlement de frustration, verrouilla ses

mâchoires et serra les poings pour ne pas tendre la main vers sa joue frissonnante.

Comme si la torture n'était pas déjà assez insoutenable, il fut surpris de voir Kaitlyn lui passer devant, ouvrir sa veste en cuir et coller son dos contre son ventre. Il retint son souffle. Il baignait littéralement dans le parfum musqué et floral de la jeune femme. Le parfum n'attendait qu'une inspiration pour pénétrer en lui.

Elle ne se rendait pas compte qu'elle était à deux doigts de se faire enlever.

— Qu'est-ce que vous faites? souffla-t-il d'une voix qu'il espérait calme, ignorant la bête sauvage qui se débattait en lui avec fureur, lui hurlant de saisir ses seins à pleines mains et d'enfouir son museau dans ce cou offert.

— Je me gèle! répliqua-t-elle sans ambages en levant vers lui un regard réprobateur, avant de faire de nouveau face à l'entrepôt, et de se plaquer de nouveau contre Landon, annihilant toute résistance chez le loup-garou.

Ce dernier savait qu'il risquait de la casser en deux s'il faisait un geste trop brusque, aussi lui saisit-il les hanches avec d'infinies précautions, afin de l'écarter légèrement de lui.

— Ne bougez pas, lui ordonna-t-il d'une voix sourde, bataillant pour juguler ses pulsions animales et pour maintenir son érection dans des proportions acceptables.

Kaitlyn ne bougea plus.

— J'espère que c'est votre arme que je sens, répliqua-t-elle sur le même ton.

— Bien sûr, je m'arrange toujours pour la glisser à cet endroit, j'adore le contact du métal froid!

— C'est malin, rétorqua-t-elle, amusée.

Landon sentit les battements du cœur de la jeune femme s'accélérer et il se pencha pour lui murmurer à l'oreille :

— C'est ça ou rien, chérie. Je ne peux pas enlever ma veste sans révéler que je porte une arme, je vous suggère donc de rester aussi immobile que possible si vous tenez à vous réchauffer.

— Que je reste aussi raide que vous, en somme ?

Il laissa échapper un petit rire.

Ils avaient presque atteint la caisse. Les cris et les rires provenant de l'intérieur du bâtiment leur jaillirent littéralement au visage lorsqu'un groupe franchit l'entrée. Kaitlyn se pencha en arrière pour murmurer à l'oreille de Landon :

— J'ai un aveu à vous faire. Je déteste vraiment les maisons hantées. Je ne regarde jamais de films d'horreur et je n'aime pas me faire peur. Mon métier est suffisamment angoissant pour que je ne m'amuse pas à occuper mon temps libre d'une façon aussi débile.

— Dire que celle qui me confie cela est la femme qui m'a raconté hier soir, sur une scène de crime, des histoires tout bonnement abracadabrantes sans manifester plus d'émotion que si elle énumérait sa liste de courses, dit-il d'un ton ironique, ému malgré lui par la confession de Kaitlyn.

Que penserait-elle de lui si elle le voyait sous son apparence de loup, engagé dans un combat contre un Sanguina ? Elle n'accepterait jamais sa vraie nature, et il ne comptait pas la lui révéler.

Il grogna lorsqu'elle lui enfonça son coude dans les côtes.

— Très drôle. Contentez-vous de rester près de moi, murmura-t-elle en s'approchant de la caisse.

L'employé saisit le poignet de Kaitlyn et passa son

doigt osseux sur sa peau avant d'y apposer le tampon fluorescent indiquant qu'elle avait payé, pendant que Landon glissait sa carte de crédit dans la machine.

Sans réfléchir, Landon retira la main de Kaitlyn et posa lourdement son avant-bras dénudé sur le comptoir en fusillant le type d'un regard menaçant.

L'employé grimaça et tamponna son poignet avec plus de force que nécessaire. Landon lui adressa un sourire de prédateur et suivit Kaitlyn qui montait déjà l'escalier.

Ils franchirent l'entrée et pénétrèrent sous une arcade dont le plafond était décoré de taches de sang et d'ossements suspendus.

— Qu'est-ce que vous nous avez fait, là, avec le caissier ?

Je voulais qu'il ôte ses sales pattes de toi.

— J'en avais assez de faire la queue.

— Ça fait plaisir de voir que vous avez hâte d'y être. N'oubliez pas que nous sommes là pour trouver un accès à l'arrière du bâtiment. Restez près de moi.

Les portes s'ouvrirent sur un vestibule plongé dans l'obscurité. La lumière d'un stroboscope éclairait violemment le labyrinthe qui démarrait juste devant eux, et dont les murs étaient éclaboussés de faux sang.

Landon entendit à peine ce que Kaitlyn venait de lui dire, ses paroles s'étant noyées sous le vacarme assourdissant qui régnait à l'intérieur.

Même si elle excellait dans son métier, Landon se rendit compte que la jeune femme ne plaisantait pas lorsqu'elle disait ressentir une profonde aversion pour ces mises en scène monstrueuses, et son instinct protecteur prit temporairement le dessus sur sa libido. Il posa une main sur l'épaule de Kaitlyn, d'un geste qu'il voulait rassurant.

Elle lui prit la main et la serra. Aussitôt il la sentit se détendre. Ils avancèrent côte à côte, et un étrange sentiment envahit Landon ; il la voulait pour lui seul.

Ses yeux de loup-garou s'accoutumèrent sans mal à la faible luminosité, tandis qu'ils s'engageaient dans le labyrinthe étroit. A quelques mètres devant eux, des trous avaient été aménagés dans le contreplaqué afin que les employés puissent agripper les visiteurs par surprise, provoquant des cris de terreur suraigus mêlés de rires hystériques.

Lorsque ce fut leur tour, Landon sentit que Kaitlyn ne ferait pas exception à la règle. Afin de lui éviter de hurler comme une adolescente, il la prit contre lui et chassa les mains baladeuses surgies du mur, en prenant soin de ne pas briser les membres des employés.

La respiration de la jeune femme reprit un rythme normal et elle se serra un peu plus fort contre lui. Une joie primaire envahit Landon et il se surprit à laisser errer son nez quelques secondes dans sa chevelure odorante, avant de passer à la section suivante de l'attraction.

Ils franchirent un coude et tombèrent nez à nez avec une femme au visage triste, vêtue d'une chemise de nuit surannée, qui tenta de les saisir de ses doigts immatériels. Les cris du soi-disant fantôme firent frémir Kaitlyn qui serra un peu plus fort la main de Landon. Il étouffa un petit rire et lui embrassa furtivement la tête avant de l'inciter à avancer.

Ils passèrent ensuite devant une succession de pièces thématiques qui s'ouvraient de chaque côté d'un couloir tortueux. La première d'entre elles proposait la représentation d'un asile d'aliénés, avec tout le nécessaire de torture et les patients au supplice en pleine séance d'électrochocs. La seconde pièce offrait un assortiment de membres et autres organes flottant dans un liquide indéfinissable, logés dans des bocaux alignés sur des étagères de bois. Des morceaux de viande étaient suspendus à des crochets sur le mur du fond et un soi-disant tueur à la tignasse ébouriffée vociférait des imprécations à l'intention des visiteurs, en brandissant une hache. Chaque coup de l'arme sur la paroi de Plexiglas qui fermait la pièce provoquait son lot de sursauts et de cris de terreur amusée.

Landon sentit le cœur de Kaitlyn s'emballer et l'odeur de sa peur s'élever dans l'air. Il savait pourtant que toutes ces émotions n'étaient que superficielles, mais son instinct de protection était en alerte.

Il devait se faire violence pour ne pas prendre Kaitlyn dans ses bras et la porter jusqu'à la sortie de cette foire aux monstres.

Ils suivirent le flot de la foule jusqu'à l'attraction suivante. Cette fois la mise en scène de pacotille lui serra la gorge. Des hurlements de bête résonnaient dans les haut-parleurs disposés dans le sol et la gueule immense d'un énorme loup aux muscles mécaniques surgissait d'un buisson factice. Ses yeux rouges brillaient dans l'ombre et ses canines proéminentes dégoulinaient de sang.

Kaitlyn ne réagit pas à cette mise en scène, à la grande satisfaction de Landon. A cet instant un autre hurlement sauvage et strident retentit.

Une nouvelle créature émergea de derrière un arbre, lorgnant avec appétit la jeune actrice qui hurlait de peur face au loup surgi des buissons. L'apercevant, elle s'élança vers les profondeurs de la minuscule forêt, le loup-garou sous forme humanoïde sur ses traces. Il était couvert de fourrure, mesurait près de deux mètres et ses yeux lançaient des lueurs maléfiques.

Il ouvrit la gueule, révélant de larges rangées de dents aiguisées, et s'élança à la poursuite de la jeune femme apeurée, dressé sur ses orteils. Des griffes effilées terminaient des doigts anormalement longs et il poussait d'inquiétants grognements de bête. De tout ce qu'ils avaient vu depuis qu'ils avaient pénétré dans le bâtiment, c'était de loin la prestation la plus convaincante, tant au niveau du maquillage que du jeu d'acteur.

Kaitlyn remua contre lui.

— Je commence à avoir trop chaud, lui dit-elle avant que ses jambes ne la trahissent.

Il la prit dans ses bras, fou d'inquiétude, et la souleva de terre. Sans ménagement, il se fraya un chemin dans la foule en direction de la sortie la plus proche qu'il franchit comme une furie.

L'air frais de la nuit les enveloppa tous deux et il porta le corps inconscient de Kaitlyn jusque sur un banc non loin de là. Il s'assit et commença à la bercer contre son torse. Il s'en voulait terriblement. Jamais encore il n'avait ressenti un tel besoin de protéger quelqu'un, et cette nécessité impérieuse le laissait totalement démuni. Il passa ses doigts sur la poitrine de Kaitlyn, avec une douceur infinie, afin de percevoir ses battements cardiaques. Le cœur de la jeune femme battait fort, mais son visage demeurait de marbre. L'épisode qu'ils venaient de vivre ensemble lui fit prendre conscience à quel point il était attaché à cette humaine.

Un lien puissant s'était établi entre eux à son insu, comparable à celui qui existait entre les membres d'une même meute. Elle faisait partie de sa tribu, ce qui n'empêchait pas Landon de la désirer avec une ardeur aveuglante. Il s'approcha de sa joue et huma le parfum puissant de violette qui se mêlait à celui de sa peau.

Quel supplice !

C'était un véritable calvaire de désirer à ce point une femme qu'il ne pourrait jamais avoir sans risquer de la blesser si les choses devenaient sérieuses entre eux. Quand il était près d'elle, ses instincts de bête prenaient immanquablement le dessus, et le loup l'encourageait à se laisser aller à ses pulsions. S'il ajoutait le sexe à l'équation déjà complexe de leur relation, il risquait, aveuglé par la passion, d'oublier la fragilité de son corps mortel.

Il lui resterait loyal, quoi qu'il lui en coûte : il n'existait rien de plus fort que la fidélité d'un loup. Et il était prêt à la défendre au péril de sa vie, comme tout mâle dominant digne de ce nom se devait de le faire.

— Vous sentez bon, murmura-t-elle d'une voix douce en lui caressant le menton.

Ce contact infime déclencha une tempête de sensations chez Landon, mais il parvint à se maîtriser.

— Content de vous savoir de retour, dit-il en se relevant.

4

Kaitlyn encaissa la réplique de Landon comme on reçoit une gifle. Elle se redressa, s'agrippa à l'accoudoir du banc et inspira une grande goulée d'air. Elle s'était éveillée dans les bras puissants de Landon, il avait la main posée sur son ventre, à quelques centimètres de ses seins ; elle n'avait pu empêcher son cœur de s'emballer et son corps de frissonner d'excitation.

Dieu que ce type était séduisant ! Il y avait quelque chose chez lui — elle ne savait pas si cela tenait à son odeur mâle — qui lui mettait la tête à l'envers chaque fois qu'elle était en sa présence.

Elle croisa son regard froid et se rendit à l'évidence. Le boulot. Il voulait que leur relation demeure purement professionnelle.

Très bien.

Elle émit un petit rire nerveux en priant pour qu'il ne se rende pas compte qu'elle piquait un fard.

— On dirait que la chaleur a finalement eu raison de moi.

En réalité, l'acteur grimé en loup-garou s'était montré si convaincant que son image s'était confondue avec celle du corps calciné dans le parc, lui fournissant une représentation vivante de la créature. Est-ce qu'elle était en train de perdre la tête ? Les loups-garous n'existaient pas !

Elle jeta un regard en direction de l'entrepôt de la Tacomi et repoussa mentalement les visions de créatures surnaturelles et de détective privé sexy qui lui encombraient l'esprit.

— Bien joué, vous avez trouvé un moyen de nous faire accéder à l'arrière du bâtiment, dit-elle à Landon avec un sourire forcé.

— On reviendra un autre jour, vous n'êtes pas en état.

Comment osait-il ? Elle se leva brusquement et déboutonna son blazer pour pouvoir plus facilement saisir son arme en cas de besoin.

— Allons-y, lança-t-elle d'un ton sans réplique, avant de se glisser contre la clôture qui s'étendait le long de la maison hantée.

Elle ne jeta pas un seul regard en arrière tandis qu'elle courait vers le chêne qui jouxtait la palissade ceinturant le domaine de la Tacomi. Une fois arrivée au pied de l'arbre, elle leva les yeux vers ses frondaisons.

— J'ai bien saisi votre plan pour pénétrer à l'intérieur, mais comment comptez-vous ressortir ? lui demanda Landon en la rejoignant.

Elle le regarda, stupéfaite. *Comment avait-il fait pour courir aussi vite, sans qu'elle entende le bruit de ses pas ?*

— Vous n'avez pas encore compris que c'était précisément la raison de votre présence ici, espèce de grosse brute, répliqua-t-elle en lui agrippant le biceps. Je compte justement sur vos énormes muscles pour le chemin du retour, figurez-vous.

— Et comment ferai-je, *moi*, pour ressortir, une fois que je vous aurai lancée par-dessus la clôture ? insista-t-il en levant un sourcil interrogateur.

Elle considéra un instant l'obstacle avant de répondre.

— Vous êtes grand, vous pourrez sauter et vous agripper aux branches.

— Est-ce que j'ai l'air d'une grenouille?

Kaitlyn soupira. Elle commençait à perdre patience.

— Vous pouvez aussi prendre de l'élan, grimper à la clôture, *puis* attraper les branches basses.

Sans lui laisser le temps de répondre, elle se dressa sur la pointe des pieds pour saisir une branche. Ses muscles accusèrent le coup, mais elle parvint à se hisser sur l'arbre.

— Vous êtes du genre bornée.

— Je parlerais plutôt de détermination. Allez, montez, lui conseilla-t-elle avant de poursuivre son ascension.

Quelques minutes passèrent avant qu'elle ne se retrouve, le cœur battant, à califourchon sur la branche épaisse qui passait juste au-dessus de la clôture menant dans l'enceinte de la Tacomi. Elle s'était un peu abîmé les mains sur l'écorce rugueuse du chêne. Elle s'allongea contre le bois épais, les jambes dans le vide, et saisit la branche à bras-le-corps.

— Vous êtes cinglée, lui murmura-t-il en la voyant pivoter autour de la branche.

Elle ignora son commentaire et se retrouva bientôt suspendue de l'autre côté de la clôture, les pieds à plus de deux mètres du sol.

Elle prit une grande inspiration et lâcha prise en priant pour ne rien se casser.

Elle se réceptionna et ressentit aussitôt une vive douleur à la cheville droite. Elle étouffa un cri et fut stupéfaite de voir Landon atterrir à ses côtés dans la seconde qui suivit.

— Comment avez-vous fait pour aller aussi vite? s'étonna-t-elle.

— Mes muscles de grosse brute, sans doute, répondit-il en prenant la pose, bras replié, biceps gonflé.

Elle roula les yeux, atterrée autant qu'amusée, et traversa la pelouse rase en direction de l'entrepôt, pliée en deux, à petits pas rapides, serrant les dents pour ne pas penser à la douleur que lui causait sa cheville.

— Salut, la rabat-joie, lui lança-t-il en la dépassant.

Il avait adopté la même technique de déplacement qu'elle, mais elle devait admettre qu'il se mouvait avec une grâce qu'elle était loin d'égaler.

En l'espace de quelques minutes, ils atteignirent le mur de l'entrepôt auquel Kaitlyn s'adossa, le souffle court.

— O.K., et maintenant il va falloir entrer, murmura-t-elle à Landon.

— Avec une clôture de cet acabit, vous vous doutiez bien qu'il y aurait un système de sécurité, non?

— J'ai tout prévu! annonça-t-elle en brandissant fièrement la carte d'accès qu'elle avait dérobée au planton de service quelques heures plus tôt.

— Où est-ce que vous avez dénich..., commença-t-il avant de s'interrompre en poussant un soupir. Peu importe, je crois qu'il y a une entrée là, juste derrière.

Ils longèrent le mur. Arrivés à l'angle du bâtiment, il n'y avait plus que quelques mètres à franchir pour atteindre la porte. L'air vif leur apportait des odeurs de graisses et de produits industriels agressifs qui firent monter les larmes aux yeux de la jeune femme. Elle se pinça le nez.

Landon était tout près de la porte. Il tendit une main

pour qu'elle lui donne la carte d'accès. De l'autre il saisit la poignée… puis il se ravisa vivement.

— Un problème ? lui demanda Kaitlyn.

Son regard tomba alors sur la main que Landon venait de retirer de la poignée. Son pouce était recouvert de la même substance iridescente que celle trouvée dans le parc. Il l'observait avec intérêt.

Ce qui signifiait… qu'il avait bel et bien vu, lui aussi, les empreintes près du cadavre ! Kaitlyn en eut le souffle coupé.

— Vous m'avez menti, gronda-t-elle en lui envoyant un coup de poing dans le bras.

— Mais de quoi parlez-vous ?

— Vous voyez les empreintes lumineuses aussi bien que moi, lui reprocha-t-elle en désignant la porte, ce qui signifie que vous les avez vues aussi dans le parc.

— Ce sont des empreintes ? s'étonna-t-il en frottant la substance entre ses doigts.

— Assez de mensonges, Landon ! Vous les voyez aussi bien que moi, répéta-t-elle.

— Je ne vois pas d'empreintes, juste une espèce de graisse vaguement iridescente…

— Que vous avez déjà vue dans le parc, l'interrompit-elle avec colère.

Cette fois elle le tenait.

— Je ne suis pas très sûr de ce que j'ai vu, se défendit-il.

— Arrêtez de chercher des excuses et suivez-moi, nous avons un boulot à faire, lança-t-elle en glissant le passe dans la fente électronique avant de franchir la porte qui s'ouvrit dans un bruit métallique.

Landon jura intérieurement : il n'avait jamais vu Kaitlyn remontée à ce point. La colère de la jeune femme l'agaçait et l'excitait à la fois. Il franchit la lourde porte en métal avant de se retrouver coincé dehors. Il faisait noir à l'intérieur et Kaitlyn était déjà dans le bureau adjacent.

De la lumière provenait du bout du couloir et l'odeur de graisse était omniprésente, tout comme le ronronnement caractéristique des machines et le fracas métallique des pièces manufacturées tombant dans les bacs de récupération. Il y avait aussi des voix qui s'élevaient par-dessus le vacarme. Le temps leur était compté.

Lorsqu'il rejoignit Kaitlyn à l'intérieur de la pièce, elle lui désigna aussitôt la veste posée sur le dossier du siège derrière le bureau du directeur. L'insigne cousu au revers du vêtement — un G transpercé par une dague — sauta aux yeux de Landon. C'était l'insigne des Garotteurs. Une vague de colère sourde monta en lui. D'abord les empreintes du meurtrier d'un zerker Lupréda sur la poignée de la porte de l'entrepôt de la Tacomi, et maintenant ça… Cette affaire sentait mauvais.

Kaitlyn était occupée à fouiller dans les dossiers ; il lui fit signe de sortir. Elle fit non de la tête et posa sur la table une chemise qu'elle ouvrit d'un geste décidé.

L'ouïe surdéveloppée de Landon capta des bruits de pas. Quelqu'un approchait. La poisse !

Avec une vitesse qui aurait terrifié Kaitlyn si elle y avait prêté attention, il referma le dossier et le rangea dans le meuble.

— Quelqu'un vient, lui murmura-t-il à l'oreille ; on n'a pas le temps de sortir avant son arrivée.

Il prit la jeune femme par le bras et tous deux se précipitèrent vers le placard dans lequel ils s'enfermèrent précipitamment.

L'endroit était exigu et ils tenaient à peine dans cet espace restreint plongé dans les ténèbres. Lorsque Landon referma les portes, la promiscuité devint absolue.

L'odeur de Kaitlyn qui envahissait leur cachette, ses petits seins écrasés contre son torse, leurs jambes emmêlées, cette situation plongea le loup-garou dans un état second. Il agrippa l'une des étagères pour ne pas céder à la tentation de laisser ses mains courir sur ce corps si désirable, pour ne pas plaquer sa bouche contre la sienne.

Un bruit de pas, puis celui de la porte qui s'ouvrait lui firent oublier les pensées sulfureuses qui encombraient son esprit.

Si la porte du placard cédait derrière lui, il devait se tenir prêt à combattre un Garotteur. Il aurait l'avantage de la surprise face à un adversaire voyant un inconnu de sa carrure surgir à l'improviste, mais il était quoi qu'il en soit décidé à se battre comme un diable pour protéger Kaitlyn. Il était prêt.

Elle se colla davantage contre lui et la libido du loup-garou s'enflamma. Il pouvait humer l'odeur de son excitation, il percevait les battements affolés de son cœur. Déchiré par ses pulsions, il ravala un hurlement de désir et saisit un manche à balai dont le bois craqua sous la pression de ses doigts.

— Il nous faut un autre chargement, affirma une voix d'homme.

Une chaise racla le sol, un tiroir grinça. Les nouveaux arrivants venaient sans doute de s'asseoir au bureau.

— Non, c'est encore trop tôt. Il faut se méfier de la femme flic qui rôdait ici hier et qui a demandé à visiter l'usine. Vous savez que je vous soutiens à cent pour cent, mais je n'ai vraiment pas besoin de ce genre de publicité en ce moment, rétorqua une voix grave.

— J'ai appris qu'un flic cherchait à avoir accès au complexe, c'est la raison de ma présence ici ce soir. Nous travaillons le gouvernement au corps pour qu'il nous permette d'acheter des armes à pulsations, mais vous connaissez la danse comme moi, ça prend un temps... Ce qui est sûr, c'est que nous avons un vrai problème, Carl.

Landon sentit Kaitlyn se raidir contre lui.

— C'est Rémy, chuchota-t-elle à son oreille.

Il détestait ce type. Du jour où Kaitlyn avait commencé à sortir avec lui, Landon avait attendu avec impatience leur rupture.

— J'ai besoin que vous me garantissiez qu'il n'y aura pas d'enquête, exigea la voix forte de Rémy.

— On s'en occupe.

— Je ne veux pas voir se reproduire le même scénario que la dernière fois. Il faut que le vol ait l'air d'un accident durant lequel quelques armes auront *malencontreusement* disparu, pas d'un braquage.

Une chaise racla le sol comme si quelqu'un se levait.

— C'est compris. Faites-nous savoir quand vous serez prêts et nous serons au rendez-vous.

— Je ne veux pas être au courant de la date d'exécution.

Nouveaux bruits de tiroirs suivis du bourdonnement caractéristique d'une photocopieuse.

— Voilà le planning des livraisons et les trajets de nos chauffeurs. C'est tout ce que je peux faire pour vous.

— Ça fera l'affaire.

Les voix décrurent à mesure que les visiteurs s'éloignaient. Kaitlyn tendit la main vers la poignée, mais Landon arrêta son geste.

— Non, ils sont encore dans le couloir. Nous devons attendre, murmura-t-il vivement.

— Je ne les entends plus, répliqua-t-elle en essayant de libérer sa main.

— Faites-moi confiance, insista-t-il en prenant garde de ne pas la blesser.

Il s'attendait à ce qu'elle lui tienne tête, aussi se mit-il à décrire de petits cercles avec son pouce sur son poignet afin de détourner son attention. Elle fut totalement prise de court et une lueur d'excitation passa dans son regard. Il distinguait ses pupilles comme en plein jour.

Landon lui saisit le menton avec une infinie douceur, tout en passant ses doigts dans ses cheveux, submergé par son parfum floral et musqué. Elle releva la tête et leurs lèvres se frôlèrent, comme une invitation à l'amour.

Le cœur battant à tout rompre, il l'embrassa et glissa sa langue entre les lèvres humides et offertes. Il s'enivra du goût de ce baiser, buvant littéralement à la source du désir qu'elle faisait naître en lui.

Elle répondit avec une passion qui sidéra le loup-garou. Il était conscient que Kaitlyn le désirait, mais il n'avait pas prévu ce déferlement de sensations. Il voulait pénétrer en elle, la prendre de toutes les façons possibles. Sa langue s'enhardit et il la plaqua contre les étagères qui se trouvaient derrière elle, retenant avec peine le hurlement possessif qui montait en lui.

Les mains de Kaitlyn se glissèrent avec avidité sous le T-shirt du détective et il les sentit remonter le long de son dos nu. Elle lui griffa la peau, comme rendue folle de désir par leur promiscuité forcée. Une chaleur animale était en train de les consumer, au diapason de leurs baisers.

Elle avait un goût tellement… tellement ! L'âme du loup qui vivait en Landon était en pleine furie et lui lacérait le poitrail de l'intérieur, exigeant d'être libérée, affamée de cette chair qu'il voulait pénétrer et mordre.

Il lui était impossible de mettre fin à ce baiser, aussi prit-il appui sur les étagères pour retrouver un semblant de sang-froid. L'odeur animale que dégageait Kaitlyn menaçait de le submerger, il fallait qu'il se reprenne sans quoi il risquait de la tuer sans y prendre garde.

Elle se frotta contre lui, l'encourageant à aller plus loin, marmonnant d'incompréhensibles imprécations contre sa bouche ouverte.

— Tu as une odeur de bête, haleta-t-elle, j'en perds la tête. Je suis tellement excitée que je n'arrive plus à penser. Touche-moi encore, vas-y.

La voix rauque de la jeune femme lui fit bouillir le sang. Il attrapa les planches de bois à pleines mains et les réduisit en copeaux. Il était en train de perdre les pédales.

— Je ne peux pas te toucher, gronda-t-il contre ses lèvres.

— Bien sûr que si, tu peux, l'incita-t-elle en guidant sa main en direction de ses seins.

Sans la quitter des yeux, il pinça un téton entre le pouce et l'index, qui se dressa aussitôt sous le fin tissu de son soutien-gorge ; elle haleta. Le plaisir intense qu'il lisait au fond des yeux de Kaitlyn était presque effrayant. Il aurait voulu la saisir à pleines mains, mais il serra les dents et se contenta d'agacer une nouvelle fois le téton tendu.

Avec un grognement, elle l'encouragea à prendre son sein au creux de sa paume, tout en l'embrassant dans le cou.

Elle est à moi ! mugissait comme une litanie le loup furieux qui tournait en rond à la lisière de sa conscience. Landon ne tiendrait plus très longtemps. Il fallait qu'il la dévore de baisers, qu'il la prenne sans retenue, comme les nuits où il hurlait librement à la lune à s'en déchirer les poumons.

Il laissa ses mains descendre vers le pantalon de

Kaitlyn et dut s'agripper aux passants de sa ceinture pour conserver un semblant de maîtrise. Elle choisit cet instant précis pour lui mordre le cou, réduisant à néant ses efforts pour rester maître de lui-même.

Un bruit de tissu déchiré vint ponctuer leurs halètements.

Landon ne bougea plus. Il avait à peine tiré sur les passants, mais... il les avait arrachés.

Il enfouit bien vite les morceaux de tissu au fond de sa poche. Il saisit la nuque de la jeune femme et posa son front contre le sien, le souffle court. Landon était dans un tel état qu'il craignait de ne plus pouvoir museler le loup très longtemps.

La bête la voulait. Maintenant.

— Eh bien, celle-là, on ne me l'avait jamais faite, pouffa-t-elle en posant ses mains sur celles du loup-garou. Landon ?

Il releva la tête et ferma les yeux avec force. Elle était toujours plaquée contre lui, son ventre se soulevant au rythme de sa respiration contre l'érection qui pulsait contre le bas-ventre de Landon. Et puis cette odeur dont il ne parvenait plus à juguler les effets.

— Ça n'aurait pas dû arriver, murmura-t-il.

Kaitlyn sentait le sang battre à ses oreilles. Son cœur cognait à un rythme infernal contre la poitrine massive de Landon. Elle déglutit afin de calmer sa respiration et de dissimuler sa déception. Pourquoi s'arrêtait-il ? Jamais de sa vie elle n'avait été à ce point bouleversée par un homme. Son odeur masculine mêlée à celle de sa veste de cuir lui avait fait perdre la tête.

Elle ne comprenait pas ce qui venait de lui arriver. Pourquoi lui avait-elle rendu ses baisers ? Pourquoi l'avait-elle encouragé à continuer ? Elle était censée être en colère contre lui, et elle l'était toujours, mais... il y avait quelque chose de bestial en lui, de magnétique. Il se dégageait de Landon une sorte de force primaire qui trouvait une puissante résonance en elle. Ce type était une véritable ligne à haute tension érotique.

Il avait suffi à Landon de toucher son poignet pour qu'elle perde pied. Elle était tombée sous le charme et s'était collée à lui comme une chatte en chaleur.

C'était presque effrayant.

Le brouillard sexuel commençait à se dissiper et elle fut reconnaissante à Landon d'avoir mis fin à leurs ébats. Au moins l'un d'eux avait-il conservé un peu de maîtrise ! Elle avait vraiment besoin de respirer un peu d'air frais et tant pis si Landon ne jugeait pas cela prudent.

Elle ouvrit la porte du placard et l'écarta de son chemin.

— Tu as raison, c'était une erreur. On sort de là.

— Kaitlyn.

Il tenta de l'arrêter lorsqu'elle passa devant lui, mais elle s'écarta.

— Ne me touche pas.

Elle appuya rapidement sur le bouton de la photocopieuse et sortit un nouvel exemplaire de l'itinéraire des différents chargements de la Tacomi que Carl avait eu l'imprudence de laisser dans la machine. Elle plia le papier, le rangea dans sa poche et se dirigea vers la porte. Elle posa son oreille contre le montant en métal et n'entendit que le fracas lointain des machines.

Elle sentit Landon derrière elle lorsqu'elle jeta un œil au-dehors. Le couloir était vide. Elle s'y engagea.

Dans son dos Landon ne faisait pas le moindre bruit, mais elle savait qu'il était là, qu'il couvrait ses arrières. Ils avaient sans doute des choses à régler, mais elle avait la certitude de pouvoir compter sur lui pour la protéger.

Une fois dehors, elle se mit à courir en direction du chêne. Sa cheville était encore un peu douloureuse, mais cela demeurait supportable ; elle voulait mettre de la distance entre elle et Landon.

Il atteignit la clôture quelques secondes après elle. Kaitlyn n'avait pas l'intention de lui demander de l'aide, aussi entreprit-elle d'escalader seule l'obstacle.

Elle était sur le point de se lancer à l'assaut de la grille lorsque Landon s'écria derrière elle :

— Kaitlyn, non !

Au même instant, quelque chose siffla à ses oreilles et vint éclater sur la clôture avec un bruit étrange.

Elle regarda le caillou qui venait de retomber en petits morceaux à ses pieds. La clôture était électrifiée. Landon venait de lui sauver la vie.

— Comment as-tu deviné ? lui demanda-t-elle en se tournant dans sa direction.

— J'ai entendu le bourdonnement électrique, dit-il en s'agenouillant, mains jointes, devant elle. Monte là-dessus, je vais t'aider.

— Et toi ? s'inquiéta-t-elle, prise d'un accès de culpabilité.

— Je suis plus grand que toi, ça va aller.

Elle considéra la branche, loin au-dessus de sa tête en se mordant la lèvre.

— Je pourrais essayer de te hisser là-haut, une fois que j'y serai, proposa-t-elle.

— Je fais deux fois ton poids, dit-il en souriant. Ça va aller, je t'assure.

Avec un soupir, elle posa ses mains sur les épaules de Landon et grimpa sur le marchepied improvisé.

— Tiens-toi prête à attraper la branche.

A peine eut-elle le temps d'assurer son équilibre qu'elle fut propulsée dans les airs. Elle dépassa la branche et contracta ses abdominaux pour ne pas se blesser lorsqu'elle se réceptionna sur le ventre contre l'écorce rugueuse. Elle expira violemment sous le choc et s'agrippa aussitôt pour ne pas retomber.

— Ça va ? s'enquit Landon.

— On dirait que tu ne connais pas ta force, Musclor, lui lança-t-elle.

— C'était pour t'éviter de faire des tractions, répliqua-t-il avec un sourire.

Kaitlyn rampa jusqu'au tronc en prenant garde à ne pas toucher la grille avec ses pieds et sentit la branche ployer brusquement sous elle.

Landon venait de s'y accrocher. Comment diable avait-il fait pour sauter aussi haut ?

— On ferait bien de se dépêcher si tu ne veux pas que la branche casse sous notre poids, suggéra Landon.

Kaitlyn se remit en mouvement. Elle posa le pied sur une prise un peu plus bas et entama la descente. Une fois au sol, Landon sauta et atterrit près d'elle.

La balle déformée qu'il portait autour du cou attira l'attention de la jeune femme. Le pendentif avait dû glisser de sous son T-shirt pendant leurs acrobaties. Elle était curieuse de savoir ce qu'il représentait pour lui, mais ce n'était pas l'heure des questions personnelles.

— Comment as-tu fait ça ?

— J'étais champion de grimpe aux arbres, quand j'étais gosse, expliqua-t-il en haussant les épaules.

Avec un soupir irrité, Kaitlyn tourna les talons en direction de la maison hantée.

Landon la suivit, les mains enfoncées dans ses poches.

— Qu'est-ce que tu vas faire de ce qu'on a appris ce soir ?

— Je n'en sais encore rien. Il va falloir que je discute avec mon supérieur pour voir comment il veut gérer ça.

Landon l'attrapa par le bras.

— Kaitlyn, les Garotteurs sont dangereux. Je ne veux pas que tu t'en mêles. Tu as entendu ce qui s'est dit là-bas. Tu ne crois pas sincèrement que le conducteur du camion va survivre à cet *accident* ? Ils n'hésiteront pas à te tuer.

Elle fixa ostensiblement la main de Landon posée sur son bras, jusqu'à ce qu'il la lâche.

— La seule façon de coincer les Garotteurs, c'est de les arrêter en flagrant délit. Il suffit de monter une opération pour les prendre la main dans le sac.

— Je n'aime pas ça. Tu n'as aucun moyen de savoir qui est impliqué là-dedans. Ils ont des hommes à l'intérieur même de la police, ils ont la possibilité de faire pression à tous les niveaux.

— C'est précisément pour ça que je compte en parler à mon chef et à lui seul. C'est lui qui formera l'équipe et on ne recrutera que des hommes de confiance.

Elle commençait à s'éloigner lorsque Landon ajouta :

— Kaitlyn, je suis désolé.

Elle se retourna vers lui.

— Est-ce que tu vas enfin me dire pourquoi tu m'as menti ?

— Je n'ai rien vu d'autre que des points lumineux l'autre soir, s'excusa-t-il, c'est pourquoi je t'ai demandé ce que toi, tu avais vu.

— Le fait est que tu as tout de même vu quelque

chose, mais que tu me l'as caché. J'ai connu mieux comme travail d'équipe !

De nouveau elle lui tourna le dos.

— Au sujet de ce qui s'est passé..., commença Landon.

— C'est toi qui avais raison, répondit-elle sans se retourner, c'était une erreur.

5

Le matin suivant, alors que Kaitlyn, en route vers son travail, patientait derrière un camion en pleine manœuvre, le rêve qu'elle avait fait la nuit précédente lui revint brusquement à la mémoire.

Elle est dans sa chambre de petite fille. Les murs sont roses comme dans ses souvenirs et un ciel bleu où paressent des nuages est peint au plafond. Elle va se mettre au lit.

Elle ôte son collier et le pose sur la coiffeuse. Elle s'éloigne alors et entend la petite chaîne glisser sur le bois.

Elle se retourne, cherche le pendentif sur la moquette, mais il n'y est plus.

Elle entend un grognement derrière elle. Elle se retourne, la peur au ventre. Un loup la fixe, le poil hérissé. Son pelage est brun avec des zébrures argentées. Il ressemble trait pour trait à celui qui est peint sur le mur de sa chambre. Lorsque Kaitlyn lève les yeux en direction de l'œuvre, le loup ne s'y trouve plus. Il est face à elle, bien réel. Il se met à gronder. Il est gigantesque.

Elle soutient son regard, le cœur battant.

— Du calme, mon gros, lui murmure-t-elle en se dirigeant lentement vers la porte.

Le grondement s'accentue et il retrousse les babines, révélant de longues dents blanches et menaçantes.

Elle cesse aussitôt de bouger. Le loup jette un regard en direction de la porte et recommence à grogner.

Un bruit dans le couloir attire son attention. Quelqu'un vient, une ombre longue qui se déplace vite.

Elle s'éloigne de la porte au moment précis où le loup bondit, changeant de forme tandis qu'il traverse la pièce d'un saut. Lorsqu'il atterrit, il se tient sur ses pattes arrière, comme un humain.

Kaitlyn s'était réveillée en poussant un cri.

Etaient-ce les événements récents qui avaient provoqué ce rêve ? Elle avait porté la main au collier autour de son cou et senti le contact rassurant du métal contre son sein. Un Klaxon avait résonné, tirant Kaitlyn de sa rêverie, et elle avait appuyé sur l'accélérateur en laissant temporairement de côté ses errances oniriques.

Elle était presque arrivée au bureau lorsqu'elle songea à la conversation qu'elle aurait sous peu avec son chef, Ronald Spark. Comment allait-il prendre la chose ? Ronald n'avait à aucun moment mentionné d'éventuels contacts de leurs adversaires au sein de la police. Elle avait découvert que Rémy était passé du côté des méchants et que Landon lui avait menti — Landon qu'elle avait pourtant embrassé... Maudit parfum entêtant ! Elle avait des raisons de mettre en doute son propre jugement, en particulier en ce qui concernait les hommes. Il n'y avait qu'une seule personne susceptible de lui donner une réponse honnête si elle l'interrogeait au sujet de Ron. Il fallait qu'elle le fasse maintenant, juste avant la réunion.

Elle prit son téléphone pour appeler Hank Freely, l'ancien coéquipier de son père. Ils avaient fait l'académie de police ensemble et Hank passait souvent la voir. Avant. Il avait aussi l'habitude de prendre des nouvelles de sa mère. Et puis il avait pris sa retraite, avait vendu sa maison en ville et s'était retiré dans son chalet dans les montagnes. Elle ne l'avait plus revu depuis.

— Oui ?

— Salut, Hank, c'est Kaitlyn McKinney. Comment se porte le retraité ?

— Je n'ai pas à me plaindre, répondit-il en riant, je me suis mis à la pêche à la mouche. Eh bien, c'est sacrément plus compliqué que ça n'en a l'air. Et toi, comment vas-tu ? Et ta maman ?

Le cœur de Kaitlyn se serra.

— Elle n'est pas au mieux. Elle a été admise à l'hôpital il y a quelques mois.

— Je suis désolé de l'apprendre, dit Hank d'une voix triste. On ne peut pas dire que j'ai fait ce qu'il fallait pour prendre des nouvelles. Et toi, tu vas bien ?

— J'ai été promue lieutenant, lui apprit-elle en tâchant de chasser sa morosité.

— Je le savais ! C'est ton père qui aurait été fier de toi !

Kaitlyn déglutit avec difficulté. Elle aurait aimé qu'il soit là en personne, il aurait pu répondre directement à ses questions.

— Tu le crois vraiment ?

— Mais j'en suis persuadé. Quelque chose me dit que tu n'appelles pas seulement pour causer de la pluie et du beau temps avec ce bon vieux Hank, ma petite. Alors dis-moi, qu'est-ce que je peux faire pour toi ?

Le feu passa au vert, la file de voitures devant elle s'ébranla et elle appuya sur l'accélérateur.

— J'ai besoin de l'avis d'une personne de confiance.

— Je t'écoute, Kaitie, répondit Hank en retrouvant son sérieux.

— Qu'est-ce que tu peux me dire sur Ronald Spark ?

Je sais que toi et papa, vous avez fait l'académie avec lui, mais j'aurais voulu savoir ce que tu penses de lui, de son caractère.

Hank s'éclaircit la voix.

— Ron est un type réglo, il l'a toujours été. Je rempilerais dans l'heure s'il me le demandait.

Voilà qui confirmait son impression. Elle irait discuter de cette affaire avec son chef le cœur bien plus léger. Il était tout de même question d'un policier mouillé dans une affaire criminelle.

— Merci beaucoup, Hank, ça m'aide vraiment. Je ferai peut-être un saut jusqu'à ton nid d'aigle un de ces jours. Ça fait longtemps qu'on ne s'est pas vus.

Il pouffa.

— Avec plaisir. Je n'ai pas beaucoup de visites. Et puis depuis que j'ai déménagé, j'ai beaucoup moins de place et il me reste des affaires qui appartenaient à ton père. Tu pourras les récupérer quand tu viendras. Je suis sûr que ta mère sera ravie de les ranger avec le reste.

— C'est entendu. Merci encore, Hank.

— Prends soin de toi, Kaitie.

Une fois arrivée au boulot, elle passa le reste de la matinée à taper son rapport. Elle détailla tout ce qu'elle avait découvert et établit la liste des liens probables. Elle ne pouvait pas y faire figurer officiellement ce qu'elle avait appris la nuit précédente, mais elle pouvait faire référence à une source anonyme, ce qui lui permettrait d'ouvrir une enquête sur une suspicion de braquage. Ceci fait, elle pourrait prendre les Garotteurs en flagrant délit.

Une odeur de pizza se répandit dans le bureau, succédant à celle du café et son estomac émit une plainte. Elle l'ignora et se rapprocha de son clavier. Elle tapa un peu plus vite en se promettant de manger quelque chose dès qu'elle aurait terminé son rapport.

Ron avait passé la matinée en réunion, elle n'avait pas encore eu l'occasion de s'entretenir avec lui. Le téléphone sonna, l'appel venait du labo.

Elle avait failli oublier le prélèvement de cendres.

— Dis-moi que ça a donné quelque chose, Ryan, lança-t-elle en décrochant le combiné.

— Bonjour à toi aussi, la salua-t-il froidement.

Elle poussa un soupir impatient et se rendit compte à quel point elle était tendue.

— Bonjour, Ryan. Dis-moi que tu as quelque chose.

Il rit.

— J'adore les femmes qui vont droit au but. Si seulement tu acceptais de sortir avec moi un de ces soirs, je suis sûr que ça collerait entre nous...

Elle visualisa le beau visage joyeux de Ryan, son large sourire et son adorable accent du Sud. Il avait du charme, mais elle s'était fixé comme règle de ne pas mélanger travail et sentiments. *Et Landon alors ?* se dit-elle. *Une merveilleuse erreur*, songea-t-elle, apportant elle-même la réponse à sa question. Et puis techniquement Landon ne travaillait plus avec la police depuis trois ans.

— Ryan, tu sais que j'ai des principes très stricts...

— Les lois sont faites pour être enfreintes, ma chérie.

— Allez, arrête un peu de me draguer. Est-ce que tu as réussi à tirer quelque chose des cendres que je t'ai fait envoyer ?

— Tu me brises le cœur, se lamenta-t-il. Pour répondre à ta question, non, ça n'a pas donné grand-chose. La pluie a fait beaucoup de dégâts. Je ne sais pas ce que tu espérais en me rapportant ça dans une barrette, mais j'ai tout de même réussi à isoler différents ADN. Celui d'un homme, celui d'une femme — le tien, j'imagine — et... est-ce que tu as un chien?

— Pourquoi?

— J'ai aussi trouvé quelque chose qui se rapproche de la structure d'un ADN canin.

— Vraiment?

Le cœur de Kaitlyn fit un bond.

— Ce sont de simples conjectures, rien de vraiment fiable, mais... Alors, tu as un chien?

— Non.

— Tu as prélevé ça dans un tas de cendres, c'est bien ça? Ça pourrait très bien être les restes calcinés d'un chien. Et l'ADN mâle pourrait être celui de ton petit ami s'il a tenu la barrette entre ses mains?

— Bien essayé, Ryan, mais tu n'auras aucun détail sur ma vie personnelle.

— J'aurai tenté le coup, répondit-il, assumant pleinement son indiscrétion.

— Merci d'avoir fait ces analyses pour moi.

— La prochaine fois je serai plus malin, je te filerai un rencard d'abord, et ensuite j'accepterai les échantillons.

— Maintenant que je suis au courant, ça va être plus coton.

Elle raccrocha le combiné qui sonna de nouveau. C'était son chef.

— Bonjour, Ron.

— J'ai cinq minutes de libres. Venez dans mon bureau.

Kaitlyn sentit l'excitation monter en elle. Elle sauvegarda le document sur lequel elle travaillait et verrouilla son terminal. Attrapant son dossier, elle se dirigea vers le bureau de Ron.

Elle entra et vint s'asseoir face à lui. Il releva ses lunettes sur son front glabre et reposa le document qu'il était en train de parcourir.

— Je suis content que vous m'ayez appelé, j'allais justement demander à vous voir au sujet de l'affaire que je vous ai confiée.

— Oh?

Kaitlyn fit ce qu'elle put pour garder un ton neutre, mais elle sentit sa gorge se serrer. Il y avait quelque chose dans la voix de Ron qui lui déplaisait terriblement et elle avait le pressentiment qu'elle n'aimerait pas ce qu'il avait à lui dire.

Il posa ses lunettes sur le bureau et s'éclaircit la voix.

— Je vous mets sur une autre affaire, plus urgente.

— Quoi? Je croyais que c'était *cette* affaire la plus urgente?

— D'autres dossiers requièrent notre attention et nous manquons d'effectifs, affirma-t-il en alignant machinalement les papiers posés devant lui.

Il évitait son regard. C'était très mauvais signe. Où était passée sa détermination?

— Quelqu'un vous a menacé, c'est ça? hasarda-t-elle en se calant au fond de son siège.

— Non, personne ne m'a menacé, dit-il en la fixant droit dans les yeux, et je n'aime pas beaucoup vos insinuations!

Elle fit glisser son rapport jusqu'à lui, accompagné d'une note manuscrite et de la photocopie de l'itinéraire récupéré la veille.

— C'est dommage, nous aurions de quoi les faire tomber si on pouvait seulement organiser un flag.

Ron parcourut rapidement le rapport et la note, puis

il mit son destructeur de papier en marche et y plongea l'ensemble. Kaitlyn le regarda faire, abasourdie. Il referma l'autre dossier, très épais, celui qui trônait depuis l'arrivée de Kaitlyn sur le bureau, et le fit glisser vers elle.

— Nous n'allons faire tomber personne, McKinney, voici votre nouvelle affectation.

Les derniers fragments de son rapport s'éparpillèrent au fond de la corbeille. Elle n'en revenait pas. C'était l'unique copie de l'itinéraire dont elle disposait. Tout ce qui lui restait, c'étaient des recherches, des notes éparses glanées çà et là. Elle l'aurait giflé.

Apparemment Rémy avait respecté sa part du contrat; il s'était effectivement arrangé pour que la police reste à l'écart.

— Mais tout ce qu'on a à faire, c'est les prendre en flagrant délit...

— Laissez tomber, McKinney. Vous avez une nouvelle affaire et vous aurez un partenaire pour vous y aider, il s'agit de Kent Sloan. Si ça vous pose un problème, vous pouvez retrouver votre ancien grade. Est-ce que je me fais bien comprendre?

— C'est limpide, monsieur, répondit-elle en s'emparant du dossier.

Elle quitta le bureau, l'ego éraflé et la fierté en berne.

— On ne peut pas gagner chaque fois, Kaitlyn, lui lança Ron d'une voix douce.

— Hank se trompe sur toute la ligne à votre sujet! lui lança-t-elle une fois sur le pas de la porte.

Elle s'éloigna sans rien ajouter et se dirigea vers son bureau, l'épais dossier en main. Elle s'assit sur son siège et demeura immobile de longues minutes, encore sous le choc.

Les conversations formaient un bourdonnement autour d'elle. Trois lieutenants discutaient autour de la machine à café de leur partie de la veille, la routine quotidienne du central ronronnait à ses oreilles. Pourtant quelque chose clochait. Manifestement son chef avait subi des pressions, qu'était-elle supposée faire ?

Le grade de lieutenant n'était pas un sésame qui ouvrait toutes les portes, il lui permettait seulement de travailler sur des affaires et de les résoudre. C'était là l'important, l'insigne n'était qu'un simple outil. C'était sa toute première affaire et elle vivait sa réaffectation comme un échec personnel.

Brusquement, son estomac se rappela à son bon souvenir ; il fallait qu'elle avale quelque chose. Et elle avait besoin de prendre l'air.

Elle prit son sac à main dans le tiroir du bureau et s'apprêtait à gagner la sortie lorsqu'on l'interpella.

— Hé, McKinney ! lança une voix masculine.

Elle se retourna vers l'homme aux cheveux sombres qui s'avançait vers elle en lui tendant la main.

— Je suis Kent Sloan, j'ai hâte de travailler avec toi.

Elle lui serra la main en contemplant ses yeux bleus. Pourrait-elle jamais faire confiance à qui que ce soit désormais ? Il fallait qu'elle sorte de cet endroit, elle commençait à voir des conspirateurs partout.

— Ravie de te rencontrer. Je pars déjeuner. Tu veux qu'on jette un coup d'œil au dossier à mon retour ?

— Il a l'air plutôt épais. Pourquoi ne pas s'y mettre tout de suite ? On en a pour un moment.

Kaitlyn considéra l'imposant tas de paperasse et poussa un soupir.

— On prend quel bureau, le tien ou le mien ?

*
* *

Il faisait nuit lorsque Kaitlyn arriva chez elle. Avec Kent, ils avaient passé la journée à éplucher les détails de leur nouvelle affaire. Elle était épuisée et contrariée. Elle ne prit même pas la peine d'allumer la lumière et déposa le dossier et son sac à main sur la petite table de l'entrée. Elle suivit le couloir, résolue à changer de vêtements avant d'aller rendre visite à sa mère... Mais un frisson la parcourut soudain.

Quelque chose ne tournait pas rond. Elle n'était pas seule.

Elle fit doucement sauter le bouton-pression de son holster et sortit son arme, le cœur battant. Elle arriva à la hauteur du bureau de son père, le souffle court, et braqua vivement son arme à l'intérieur, balayant chaque recoin à toute vitesse.

— Ça ferait tache dans vos états de service que vous ayez descendu votre chef, McKinney, lança alors Ron d'une voix calme.

Elle baissa son arme, soulagée, mais ne la rangea pas dans son étui.

— Qu'est-ce qui vous prend de vous introduire chez moi de cette façon, Ron?

— J'ai trouvé un double caché dehors.

Il alluma la lampe du bureau et lui montra une photo qu'il avait prise sur le mur.

— On était jeunes à cette époque, pleins de fougue, comme vous, plaisanta-t-il en reposant la photo sur le sous-main.

C'était une photo de son père, de Ron et de Hank. Ils se tenaient par l'épaule et souriaient. Sa mère lui avait raconté qu'elle datait du jour de leur remise de diplôme.

Ron était peut-être un vieil ami de son père, mais elle n'appréciait pas sa façon de s'introduire chez elle, sans parler du camouflet qu'il lui avait infligé un peu plus tôt dans son bureau.

— Qu'est-ce que vous voulez ? demanda-t-elle en relevant le canon de son arme dans sa direction.

— Pose ton arme, Kaitlyn, soupira-t-il en passant soudainement au tutoiement. Je suis ici pour te parler de l'affaire Tacomi. Nous allons devoir nous montrer extrêmement prudents. Manifestement, il y a une taupe dans le département qui donne des infos aux Garotteurs et à la mafia.

— Est-ce que vous êtes en train de me dire que vous ne m'avez pas réellement retiré l'affaire ? demanda-t-elle en se laissant tomber dans le siège, stupéfaite.

Ron acquiesça lentement.

— Mais il fallait que je donne le change, puisque je n'ai pas la moindre idée de l'identité de celui qui nous trahit. Tu avais raison. J'ai reçu des menaces téléphoniques. On m'a demandé de te débarquer.

— Bon sang, Ron, vous avez déjà pensé à devenir comédien ? Parce que vous étiez salement convaincant tout à l'heure. O.K., voilà comment je vois les choses…

Ron leva un doigt pour calmer son enthousiasme.

— Tu es toujours sur cette affaire, mais de façon officieuse.

— Ce n'est pas jus…

— Réfléchis une minute, veux-tu ? Si quelqu'un te voit fouiner au grand jour, ils sauront que nous sommes toujours après eux. Il y a sans doute un ripou parmi nous, c'est pourquoi je te garde en renfort, au cas où j'aurais besoin qu'on m'épaule.

Elle n'aimait pas ça, mais Ron avait raison. La mafia et

les Garotteurs allaient la surveiller. Elle voulait les voir plonger, et elle était prête à faire ça en sous-marin.

— Qu'est-ce que vous attendez de moi ?

Ron sourit, se leva de sa chaise et contourna le bureau.

— Tu es bien la fille de ton père, du moins tel qu'il était étant jeune.

Comment ça, étant jeune ? Qu'est-ce qu'il voulait dire par là ?

— J'ai mémorisé les dates et les itinéraires avant de détruire le document, reprit-il. Je vais recruter un petit groupe de trois hommes qui ont toute ma confiance et nous allons arpenter chaque itinéraire, jusqu'à mettre la main sur ces salauds.

— Ça m'ennuie d'enfoncer des portes ouvertes, fit-elle remarquer, d'un air soucieux, mais s'il y a une taupe au sein du département, est-ce qu'on ne devrait pas alerter les affaires internes ?

— Si, et nous le ferons, répondit-il avec un sourire, mais je ne veux pas que leurs investigations gênent mon opération. Notre marge de manœuvre va être dramatiquement réduite et cela pourrait être notre unique chance. Mais ne te monte pas trop la tête, il y a gros à parier qu'une fois inquiétés, la mafia et les Garotteurs feront porter le chapeau à leur mouchard.

Il la serra soudain contre lui, sans lui laisser le temps de réagir.

— Ton père, Hank et moi, nous étions comme des frères, tu sais, et je ne voudrais pas qu'il t'arrive quelque chose.

— J'aimerais simplement me rendre utile, Ron, pas la peine de me chouchouter, répliqua-t-elle en se dégageant de son étreinte.

— Ton rôle est capital dans cette affaire, Kaitlyn, lui

dit-il en la prenant par les épaules, tu seras la première au courant dès que tout sera mis en route.

Le vent froid de l'automne lui apporta de fortes odeurs de saucisse et de chou, tandis qu'elle se dirigeait vers l'hôpital.

— Il faut qu'on parle, dit une voix à ses côtés.

Elle était perdue si loin dans ses pensées qu'elle n'avait pas entendu Landon approcher. Surprise et enivrée par son odeur grisante, elle faillit trébucher.

— Tu m'as suivie ?

Etrangement, cette idée l'excitait. Elle allongea le pas, obsédée par l'idée qu'il marchait à ses côtés, moulé dans son T-shirt kaki.

Juste avant qu'elle ne détourne le regard, Landon l'avait capturée dans le faisceau de ses pupilles marine, avec l'intention manifeste de la dévorer toute crue. Elle s'était sentie chavirer.

Bon sang, elle était encore raide dingue de lui.

Landon inspira profondément, enfonça ses mains dans ses poches et se décida à poser la question qui lui brûlait les lèvres.

— Qui est ce type ? lui demanda-t-il.

Kaitlyn fut prise de court. Elle s'arrêta et se tourna vers lui.

— De qui parles-tu ?

Un petit groupe sortit d'un restaurant et se dirigea bruyamment dans leur direction. Landon se rapprocha de Kaitlyn pour les laisser passer.

— Du type qui porte cette eau de Cologne bon marché, lui murmura-t-il à l'oreille.

Kaitlyn bouillonna intérieurement de colère, mais

elle ne laissa rien paraître ; elle ne voulait pas lui faire ce plaisir.

— C'est lié à une affaire criminelle, se justifia-t-elle.

Elle commença à s'éloigner, mais il la retint par le bras.

— Et le dossier Tacomi ?

Elle observa ostensiblement la main de Landon agrippée à sa veste.

— Ça ne te regarde pas, asséna-t-elle en se libérant brusquement de son étreinte.

Elle s'éloigna, prise d'un léger vertige. Elle n'arrivait pas à savoir pourquoi elle lui en voulait à ce point mais, vu de l'extérieur, la scène qui venait de se dérouler devait furieusement ressembler à une rupture entre deux amoureux.

Alors oui, ils avaient échangé un baiser inoubliable qui l'avait électrisée des pieds à la tête, mais il l'avait trahie et ça, elle n'arrivait pas à le digérer, malgré l'attirance animale qu'elle ressentait dès qu'il s'approchait d'elle.

Landon la regarda s'éloigner, avec la tentation de la rattraper pour lui livrer ses sentiments. Il avait senti sur elle l'odeur d'un autre homme, ce qui signifiait qu'ils avaient été physiquement très proches. Le bout des doigts le démangea ; ses griffes menaçaient de jaillir.

Il serra les poings et décida de la suivre, en se demandant comment il allait pouvoir jouer les gardes du corps alors que Kaitlyn ne lui faisait plus confiance et qu'elle semblait ne plus rien vouloir avoir à faire avec lui.

Pourtant, il lui emboîta le pas, hypnotisé par les ondulations de ses hanches et par les fragrances florales qu'elle laissait dans son sillage.

— Je sais que tu m'en veux, lui dit-il en la rattrapant, mais je ne t'ai pas menti. Je n'ai pas vu ce que toi, tu as vu l'autre nuit. J'ai vaguement discerné une luminescence, mais rien qui ressemblait à des empreintes.

Elle fit volte-face.

— C'est suffisamment dur pour moi d'être dotée de cette capacité bizarre sans qu'en plus on me prenne pour une cinglée. Personne dans le département n'est au courant. Et il y a une bonne raison pour ça. J'ai été assez bête pour te faire confiance et toi, tu me jettes ma naïveté au visage. C'est indigne !

Landon savait exactement ce qu'elle ressentait. Lui-même avait longtemps vécu à cheval entre deux mondes, mais il ne pouvait pas se permettre de s'ouvrir à elle.

— Ça fait un moment que je bosse comme privé et que je collabore avec la police, mais je ne me suis jamais senti vraiment à ma place. J'ai longtemps fait cavalier seul, Kaitlyn, alors je comprends en partie ce que tu ressens. Je ne voulais pas te donner cette impression. Je ne te prends pas pour une folle. Je suis désolé d'avoir agi comme je l'ai fait.

Son regard se fit plus dur, comme lorsque le mâle dominant s'adressait à sa meute, s'agissant d'une question de vie ou de mort.

— J'ai vu les mêmes traces dans le parc et sur cette poignée, continua-t-il, et cela signifie que les affaires sont liées, insista-t-il, et je veux que tu abandonnes ; c'est bien trop dangereux.

— C'était juste un chien incendié, non ? lui rétorqua Kaitlyn avec un air de défi, en quoi est-ce que ça pourrait être dangereux ?

Elle lui lança un regard inquisiteur avant de poursuivre :

— Et qu'est-ce que tu as à voir avec tout ça, toi ? Tu sais des choses, mais tu ne me dis pas tout.

Bon sang ! Il ne pouvait rien lui dire sous peine de mettre en péril la meute, aussi choisit-il de jouer la carte de l'intimidation. Il se rapprocha d'elle.

— Je n'ai pas vu d'empreintes, soit. Mais si ce que tu m'as décrit existe réellement, cette chose est capable de te réduire en pièces d'un seul claquement de doigts. Alors laisse tomber, Kaitie !

Elle se dressa sur la pointe des pieds pour se hisser à sa hauteur. Leurs visages n'étaient séparés que de quelques millimètres. Elle avait un regard volcanique, comme celui d'un loup en plein combat.

— Tu en sais plus que tu ne veux bien l'admettre. Tant que *je* n'en saurai pas davantage, je ferai les choses à *ma* façon.

Elle tourna les talons, la tête haute, et il la regarda s'éloigner. Quel maudit caractère ! Elle ferait une parfaite femelle dominante. Elle avait bien plus de cran que la plupart des mâles de la meute.

6

Lorsqu'elle eut quitté Landon, Kaitlyn rejoignit l'hôpital et gagna directement la chambre de sa mère.

— Oh, mais qu'est-ce que tu m'apportes là ? s'enthousiasma la mère de Kaitlyn d'une voix douce en la voyant entrer.

Kaitlyn fit tourner le vase qu'elle tenait dans ses bras, afin que sa mère puisse admirer les pierres translucides colorées qu'elle y avait savamment disposées selon des motifs complexes.

— Je l'appelle le bouquet éternel, expliqua-t-elle.

— C'est splendide, dit Sharon, admirative, en regardant Kaitlyn poser l'objet sur la table près du lit.

— Je compte rester longtemps avec toi aujourd'hui, annonça Kaitlyn en prenant la main de sa mère.

L'émotion la gagna lorsqu'elle constata que la poigne de Sharon avait perdu de sa vigueur.

— Magnifique, le récit de tes aventures m'a manqué. Raconte-moi comment se passe ton travail.

Kaitlyn remarqua les larges cercles autour des yeux de sa mère. Elle lui serra la main un peu plus fort et la posa contre sa joue. Elle ne l'avait pas encore mise au courant pour sa promotion ; elle ne voulait pas tirer la couverture à elle lors de ses visites.

— Hé, hé, toi d'abord. Raconte. Comment te sens-tu ?

— Je suis épuisée en permanence, Kaitie, soupira-t-elle. Les médicaments atténuent la douleur, mais j'ai l'impression de passer mes journées à dormir. Et puis ton père me manque tellement…

Durant les derniers mois, sa mère avait de plus en plus souvent évoqué son défunt époux. Ces conversations douces-amères étaient pénibles pour Kaitlyn. Elle savait que sa mère avait hâte d'en finir avec ce cancer qui lui dévorait le corps, et parler de son mari semblait l'apaiser, chaque fois qu'elles se remémoraient ensemble les bons moments passés avec lui.

Ce soir-là elles parlèrent toutes les deux de leurs vacances à la mer, des carnavals, des farces d'Halloween… Et ce faisant, Kaitlyn songea, le cœur serré, à quel point sa mère souffrait, avec la certitude effrayante que dans un avenir proche elle serait bientôt seule au monde.

Tandis qu'elles évoquaient son père, le souvenir du rêve mettant en scène le loup de la toile peinte lui revint à la mémoire.

— Maman, dit-elle en serrant la main de sa mère, j'ai toujours voulu te demander d'où venait la fascination de papa pour les loups et les lycanthropes ? Ça a toujours été son obsession ?

— Non, soupira Sharon, ça date d'avant ta naissance. Nous étions jeunes mariés et ton père était parti courir dans le parc, comme tous les soirs. Il est revenu couvert de sang et m'a dit avoir été attaqué par un chien gigantesque. Il a fallu lui faire trente points de suture au mollet. A dater de ce jour, poursuivit-elle, le regard perdu dans le lointain, son obsession pour les loups ne l'a plus quitté et il a même fini par s'intéresser aux légendes concernant les lycanthropes.

— Cet intérêt soudain ne t'a pas paru étrange ?

— Si, bien sûr. Et puis j'ai lu un article parlant des

victimes d'attaques de requins. Certains ont développé une passion pour ces animaux, sans doute afin de surmonter leur phobie. Ton père faisait parfois des cauchemars et se réveillait en sueur, mais tout cela a cessé du jour où il s'est plongé dans ses recherches. Je crois que j'ai dû me résoudre à cela en pensant que c'était un moindre mal. J'étais surtout heureuse de retrouver mon mari tel qu'il était avant, même si ses loisirs à lui étaient plutôt... bizarres.

— Merci de me raconter ça, murmura Kaitlyn à sa mère avec un sourire, ça m'aide à le connaître un peu plus chaque fois qu'on parle de lui. Il est mort sans que j'aie eu la chance de savoir vraiment quelle personne il était, j'étais trop jeune et trop égocentrique pour m'intéresser à lui.

Kaitlyn n'avait jamais vraiment connu les circonstances exactes de sa mort, elle savait simplement qu'il s'était fait agresser. Désormais elle était flic et elle tenait à savoir ce qui s'était passé, pour autant elle ne voulait pas aborder ce sujet avec sa mère et préférait lui laisser ses souvenirs heureux. Elle découvrirait bien la vérité un jour par elle-même.

— Tu ne devrais pas envisager les choses de cette façon, ma chérie, lui fit remarquer sa mère en lui serrant la main, tu n'avais que six ans quand il est mort. Ta venue au monde a été un vrai miracle pour nous qui pensions ne jamais réussir à avoir d'enfant. Ton père t'aimait énormément et il savait que c'était réciproque. Il se montrait très protecteur et il voulait toujours le meilleur pour toi. Même en mourant, il t'a épaulée en quelque sorte, grâce à cette bourse remise aux orphelins de la police.

— Oh, maman, sanglota Kaitlyn en embrassant sa mère sur la joue.

*
* *

Trois jours plus tard Kaitlyn parvint enfin à prendre un peu de temps pour elle. Elle voulut rendre visite à sa mère, mais cette dernière ne se sentait pas bien, ce jour-là. Aussi, plutôt que de se résoudre à déprimer seule chez elle, fit-elle un crochet par la bibliothèque du centre-ville. Elle se gara dans une ruelle adjacente et remonta le trottoir jusqu'au perron de l'édifice en humant les senteurs du soir.

Elle croisa plusieurs personnes qui quittaient la bibliothèque, parmi lesquelles un homme efflanqué aux cheveux noirs. Ce dernier sembla hésiter, s'arrêta à son niveau, palpa ses poches comme s'il cherchait quelque chose. Il faisait bon à l'intérieur du bâtiment, mais Kaitlyn frissonna en observant l'inconnu du coin de l'œil. L'homme se dirigea finalement vers les rayonnages dédiés aux autobiographies.

Bon sang, je vais finir par devenir complètement parano, si je ne me sors pas de la tête ces histoires de taupe et de complot. Elle passa la main sur le holster vide caché sous sa veste et poussa un soupir. Elle savait à quel point les portiques de la bibliothèque étaient sensibles et elle n'avait pas voulu attirer l'attention sur elle en les faisant sonner ; elle avait donc laissé son arme dans la boîte à gants de la voiture.

Il fallait qu'elle se détende. Elle inspira profondément et se dirigea vers l'accueil.

— En quoi puis-je vous aider ? lui demanda la jeune hôtesse brune qui portait un piercing au sourcil.

— Je cherche les microfiches des journaux datant d'il y a une vingtaine d'années.

— Le département des microfiches se trouve dans cette direction, pièce 100, lui indiqua l'employée.

Kaitlyn alluma la lumière en pénétrant dans la salle en question. Des globes fluorescents s'illuminèrent en grésillant et révélèrent des étagères croulant sous des boîtes entières de microfiches dûment étiquetées.

Elle trouva ce qu'elle cherchait et chargea la bande dans un projecteur. Elle fit défiler les pages jusqu'à trouver le bon article : « Un policier est tué en dehors de son service dans le parc Morningside. »

Ses yeux s'agrandirent de stupeur à la mention du parc. Elle ignorait que c'était à cet endroit qu'avait eu lieu le drame.

Elle lut l'article :

Le corps de James McKinney a été retrouvé tôt ce matin dans le parc Morningside. Des témoins présents ont noté des traces de griffures sur sa poitrine, suggérant qu'il avait sans doute été agressé par un animal. Les marques étaient trop grandes pour être celles d'un chien, mais aucune autre explication n'a été avancée jusqu'ici.

Elle ferma les yeux et retint ses larmes. Lorsqu'elle avait été en âge de comprendre, sa mère lui avait expliqué quel homme était son père. Mais elle avait alors prétendu qu'il avait succombé à une blessure à la tête, infligée par un voleur.

Elle poursuivit sa lecture :

L'enquête sur la mort de l'officier McKinney conclut à un décès par traumatisme crânien. Des traces de sang sur l'aire de jeux pour enfants confirment qu'il aurait été violemment projeté contre le portique, ce qui aurait provoqué une mort instantanée. Rien ne permet cependant de déterminer quel animal a attaqué le fonctionnaire de police.

Le cerveau de Kaitlyn se mit à tourner à cent à l'heure, tentant d'imaginer quelle créature avait pu se jeter ainsi sur son père.

Dix-huit ans plus tôt, les vampires étaient déjà une race disparue. Etait-il possible que certains aient survécu ? En outre, il y avait eu cet incident isolé, l'enlèvement de l'écrivain Ariel Swanson, quelques mois plus tôt, mais c'était un cas unique, pour ce qu'elle en savait. Et que penser de l'étrange aura de la créature trouvée dans le parc ? Si cette chose existait réellement et qu'elle vivait dans les bois en bordure du parc, était-il possible qu'un de ses congénères soit responsable de la mort de son père ? Est-ce que cette créature possédait des griffes acérées ? Peu lui importait désormais de savoir qui avait réduit cette abomination en cendres.

Elle voulait des réponses et la seule personne susceptible de les lui fournir était Landon. Il était le seul à avoir suggéré que quelle que soit la nature de la chose qui avait attaqué et brûlé le cadavre dans le parc, elle était capable de déchiqueter Kaitlyn d'un seul geste. A contrecœur, elle se décida à composer le numéro du Central. Quelqu'un trouverait bien les coordonnées de Landon pour elle.

— Salut, Sandra, est-ce que tu aurais le numéro de portable de Landon ?

— Nous l'avons, mais il tient à sa tranquillité. Je peux l'appeler, lui dire que tu le cherches et lui donner ton numéro. Ça te convient ?

— Faisons comme ça, accepta Kaitlyn en soupirant. Je vais bientôt quitter la bibliothèque de la 42e Rue, je n'aurai peut-être pas de réseau pendant un moment. Dis-lui d'attendre un quart d'heure avant de me rappeler. Merci.

Elle raccrocha et enclencha le mode vibreur de l'appareil au cas où Landon appellerait un peu trop tôt. Elle passa les dix minutes suivantes à ranger les microfiches dans leurs boîtes, avant d'éteindre l'appareil.

Elle fit un signe à la bibliothécaire, boutonna sa veste et sortit les clés de sa poche avant de passer le portique de sécurité pour retrouver la fraîcheur de la nuit.

Il n'y avait personne sur le trottoir. Quelques voitures passèrent, éclairant de leurs phares l'angle du bâtiment au-delà duquel elle était stationnée.

Dès qu'elle se fut engagée dans la petite rue, elle sentit une présence derrière elle.

Personne n'aurait pu la rejoindre si rapidement, mais son instinct lui souffla qu'il s'agissait de l'homme brun qu'elle avait croisé un peu plus tôt. Elle pourrait certainement en venir à bout, sauf s'il était armé. L'homme était si près qu'elle sentait son souffle, mais elle résista à la tentation de se retourner. Au lieu de ça elle lui écrasa le pied d'un coup de talon et lui enfonça son coude dans les côtes. Elle l'entendit grogner de douleur et s'élança vers sa voiture, le cœur bondissant dans sa poitrine.

A mesure qu'elle s'enfonçait dans la ruelle, les ténèbres se faisaient plus denses, mais elle aperçut les contours de sa voiture à quelques mètres seulement. Le souffle court et les muscles des jambes en feu, elle força l'allure.

Heureusement qu'elle lui avait écrasé le pied, cela allait lui permettre de rejoindre sa voi…

L'homme la dépassa à la vitesse de l'éclair et s'appuya avec nonchalance contre la carrosserie, comme s'il l'avait attendue ainsi toute la soirée. Sa rapidité était proprement terrifiante… et parfaitement inhumaine.

— Tu veux jouer à ça avec moi, coquine ? Alors allons-y, la provoqua-t-il en l'invitant à se battre d'un geste de la main, et lui adressant un grand sourire qui révéla ses canines aiguisées.

Kaitlyn sentit la sueur lui rouler dans le dos malgré la fraîcheur de la nuit. Elle voulut faire volte-face pour retrouver la sécurité de la bibliothèque, mais un coup puissant à la poitrine lui coupa le souffle et la projeta en l'air.

L'inconnu la rattrapa avant qu'elle ne heurte le sol, et éclata d'un rire sinistre. Il était certes famélique, mais sa poigne était d'acier. Kaitlyn chercha à reprendre son souffle, malgré la douleur qui irradiait de son sternum.

Dans quel guêpier était-elle encore allée se fourrer? En dépit de sa vision vacillante, elle discerna un deuxième homme qui se dirigeait vers eux. Celui-là avait les cheveux longs.

— Tu nous as bien fait courir, ma petite, lui reprocha-t-il.

Au même instant, ses crocs apparurent et il déchira la veste de Kaitlyn de ses griffes, avec la même aisance qu'un chat déchiquetant un mouchoir en papier.

Elle hurla de douleur lorsqu'il la saisit par le col, lui meurtrissant la chair au passage. L'instinct de survie et la souffrance libérèrent des quantités fantastiques d'adrénaline dans son corps. Elle en profita pour lui écraser son poing au milieu de la figure, avant de lui envoyer son pied entre les jambes.

— Ta proie n'est pas encore morte, saloperie de vampire! s'exclama-t-elle malgré la douleur dans sa poitrine.

Le vampire aux cheveux longs relâcha sa prise et s'effondra à genoux en se tenant l'entrejambe. Son comparse, celui qui la retenait prisonnière, la projeta une nouvelle fois en l'air avec un cri de colère.

La jeune femme atterrit rudement sur le capot de sa voiture et sa tête heurta la carrosserie. Il lui sembla entendre son téléphone vibrer quelque part sur le sol, mais les vertiges et la douleur perturbaient sérieusement ses perceptions. Sa vision se brouilla et elle glissa mollement du capot.

La souffrance était trop grande. Ses jambes refusèrent de la porter et elle s'effondra sur l'asphalte froid et rugueux. Quelque chose de chaud coula de son front, elle supposa que ce devait être son sang. Elle ferma les yeux pour ne pas laisser le liquide épais l'aveugler.

Elle entendit des bruits de pas tout proches. La panique la gagna et elle se contracta, s'attendant à être battue à mort ou réduite en charpie. Au lieu de ça, un cri bestial résonna à l'autre bout de la rue. Il y eut un bruit sourd, suivi de grognements animaux hargneux.

Il y avait encore un espoir si les vampires se battaient entre eux !

Il faisait extrêmement sombre dans cette ruelle. Elle cilla pour tenter d'y voir clair, mais sa vision refusait de lui obéir et elle ne distingua que des silhouettes vagues qui se déplaçaient avec une rapidité aberrante.

Un cri de bête à glacer le sang résonna, et une masse molle et humide vint atterrir sur son épaule et son bras droit. Elle fut prise d'une violente nausée ; c'était du sang. Enormément de sang. L'un des vampires venait donc de tuer l'autre. Elle serait la suivante sur la liste.

Elle commença à ramper en serrant les dents face à la douleur. Elle devait rester aussi discrète que possible.

Les grognements et les bruits de combat reprirent et elle cessa sa reptation. Le second vampire avait-il seulement blessé son adversaire ? Plutôt que de vérifier par elle-même, elle se résolut à s'éloigner aussi vite et aussi loin que possible, avant qu'ils ne remarquent son absence. Elle n'avait fait que quelques mètres lorsqu'un goût métallique vint lui envahir la bouche. Son cœur battait beaucoup trop fort et elle commençait à avoir du mal à respirer.

Elle s'arrêta, le temps de reprendre son souffle. A aucun prix, elle ne devait s'évanouir.

Un éclat argenté attira son attention. Il y avait quelque chose sur le sol. Elle plissa les yeux pour mieux y voir. Une balle écrasée.

C'était le pendentif de Landon.

Cela signifiait-il qu'il était là ? Etait-ce son sang qui l'avait éclaboussée ? Elle sentit la bile lui monter à la gorge et elle dut déglutir à plusieurs reprises pour ne pas vomir en imaginant le pire. Elle ne voulait pas qu'il lui arrive malheur. Landon lui cachait des choses, c'était évident, mais elle était intimement persuadée qu'il faisait partie des gentils.

Elle se tourna vers les silhouettes floues des combattants ; il fallait qu'elle soit fixée. L'un des deux dominait l'autre d'une bonne tête et il y avait dans sa posture quelque chose de différent. Elle cilla, mais sa vision commença à s'obscurcir avant que son esprit embrumé ne parvienne à comprendre ce qu'elle était en train de regarder.

— Landon ! appela-t-elle d'une voix faible en serrant le pendentif au creux de sa paume.

Elle l'enfouit au fond de sa poche, et les ténèbres l'avalèrent.

Landon entendit la toute petite voix de Kaitlyn. Il jeta un coup d'œil dans sa direction et ses sens de loup-garou lui permirent de la distinguer nettement malgré l'obscurité. Son cœur battait normalement, mais elle venait de s'évanouir. Cette idée le mit hors de lui.

Son appartement était tout près, aussi avait-il décidé de la rejoindre directement à la bibliothèque, après avoir reçu l'appel de Sandra. Arrivé sur les lieux, il avait aussitôt perçu la menace. Il avait vu Kaitlyn étendue sur le sol et n'avait même pas pris le temps de réfléchir avant d'adopter sa forme primale ; elle était en danger. Il avait ôté son pendentif d'argent et s'était jeté sur les vampires avant qu'ils puissent comprendre ce qui leur arrivait.

Il avait tué le plus grand d'un coup puissant qui lui avait sectionné la jugulaire, puis il avait fait face au second pendant que le premier se vidait de son sang.

A présent, ils s'observaient en silence, se jaugeant l'un l'autre.

— Incroyable, s'exclama soudain le vampire face à la masse gigantesque de Landon sous son apparence hybride, voilà qui va rendre ce combat beaucoup plus intéressant !

Landon sentit que le vampire transpirait de peur malgré ses répliques pleines de morgue. Il allait payer de sa vie ce qu'il venait de faire à Kaitlyn.

Qu'est-ce qui est si incroyable ? Le fait que je vais te tuer sans effort ou la lenteur avec laquelle je compte le faire ? Tu ne m'arrives pas à la cheville et tu le sais. Mais vas-y, tente ta chance ! lança mentalement Landon au vampire, tout en faisant claquer sa mâchoire de façon sinistre.

Le vampire éclata d'un rire effrayant et découvrit ses crocs.

— Puisque tu combats sous cette forme, je ne vais pas être forcé de te courir après comme derrière un vulgaire toutou ! On va pouvoir se battre comme des hommes.

Tu fais erreur, maintenant, c'est toi, ma proie.

Le vampire haussa les épaules avant de franchir d'un bond les trois mètres qui les séparaient, griffes sorties, bouche ouverte, visiblement déterminé à réduire Landon en charpie.

Le loup-garou intercepta le Sanguina en plein vol et planta profondément ses griffes dans l'épaule de son adversaire, perforant les muscles et les tendons. Le vampire hurla de douleur lorsque Landon remua les doigts. Le suceur de sang attrapa l'avant-bras de son agresseur et le laboura, arrachant un grognement de souffrance au lycanthrope qui fit passer son ennemi au-dessus de sa tête avant de le fracasser contre le mur de la bibliothèque.

Le vampire s'écroula sur l'asphalte dans un bruit sourd, entraînant des briques et du mortier dans sa chute. Il poussa un cri de colère et se jeta de nouveau sur Landon. Cette fois-ci, le loup-garou était prêt et d'un puissant coup de poing en plein visage, il l'envoya s'écraser une nouvelle fois contre le mur.

Grâce à son ouïe surhumaine, il entendit des sirènes approcher alors qu'il s'apprêtait à achever son adversaire. Il n'avait que quelques minutes devant lui pour s'occuper du vampire et mettre Kaitlyn à l'abri.

Il ne laissa pas au Sanguina le temps de reprendre ses esprits. Il s'assit pesamment sur sa poitrine et le saisit par les cheveux. *J'aurais aimé te rendre chaque coup de griffe, chaque morsure au centuple, mais tu as de la chance, je manque de temps*, lui expliqua-t-il mentalement avant de lui briser la nuque d'un rapide mouvement de torsion.

Dès que le cœur du vampire eut cessé de battre, Landon saisit les deux corps sans vie en remerciant silencieusement les services de la ville de ne pas avoir remplacé les ampoules des réverbères de la ruelle.

Personne n'était venu dans l'allée depuis le début de l'affrontement. Du reste, qui serait assez fou pour mettre le pied dans un coupe-gorge plongé dans l'obscurité et d'où s'élèvent les bruits d'un combat à mort ? La police ne tarderait plus, cependant.

Landon reprit forme humaine, attrapa les clés que Kaitlyn avait laissées tomber durant la bataille. Il ouvrit le coffre et fut heureux d'y trouver des cordes de remorquage. Il ôta le crochet situé à leur extrémité et les plongea largement dans le réservoir du véhicule. Ceci fait, il les jeta sur les corps inertes des deux vampires.

Il prit Kaitlyn toujours inconsciente dans ses bras et l'allongea avec soin sur la banquette arrière, avant de s'installer derrière le volant. Il mit le contact et enfonça l'allume-cigare tout en éloignant le véhicule des deux cadavres.

Il descendit ensuite mettre le feu aux cordes imbibées qui s'embrasèrent aussitôt. La chaleur des flammes réchauffa son torse nu et il recula en regardant les vêtements s'enflammer.

L'odeur de chair calcinée lui emplit les narines tandis qu'il retournait vers la voiture. Il jeta un dernier coup d'œil dans le rétroviseur en songeant qu'il aurait préféré se débarrasser des corps d'une façon plus discrète, mais l'arrivée de la police ne lui en avait pas laissé l'occasion.

Il prit la direction opposée à celle d'où s'élevait le bruit des sirènes, vers les montagnes Shawangunk. Il ignorait si les vampires avaient traqué Kaitlyn, mais à son arrivée, il lui avait semblé que les Sanguinas jouaient avec elle plus qu'ils ne chassaient. Si la jeune femme ne se remettait pas de ses blessures, Jachin pouvait dire adieu à sa trêve, vampires renégats ou pas.

7

Kaitlyn se débattit lorsque Landon la porta à l'intérieur de son chalet. Elle était dans un état second, comme au réveil d'un affreux cauchemar et s'évanouit une nouvelle fois lorsqu'il la mit sur son lit. Il posa son doigt sur la jugulaire de la jeune femme et se concentra pour compter les pulsations.

Les battements étaient réguliers ; elle survivrait.

Soulagé, il entreprit de l'examiner afin de constater quelles blessures les vampires lui avaient infligées.

Sa veste et son T-shirt étaient en lambeaux et poisseux de sang. Son sang à elle.

Il s'installa près du lit et commença à la déshabiller d'une main tremblante. Il découvrit un pendentif en argent entre ses seins et fut surpris que le bijou n'ait pas cassé alors que ses vêtements n'avaient pas résisté à la violence des coups de griffes. Un petit loup en argent était suspendu au bout de la chaîne.

Il songea, la gorge serrée, qu'il s'était promis de la protéger à tout prix durant toutes ces années et que, ce soir, il venait d'échouer.

Il déposa la longue chaîne et le pendentif près d'elle sur le lit et entreprit de lui ôter ses vêtements. Son soutien-gorge était déchiré et les lambeaux de tissu s'étaient mêlés au sang qui avait commencé à coaguler le long des quatre grandes entailles qu'elle avait reçues au niveau du plexus solaire. Il ôta le sous-vêtement et le sang se remit à jaillir.

Ce spectacle le bouleversa et il laissa échapper une longue plainte triste qui fit vibrer les carreaux de la fenêtre.

Il lui ôta le reste de ses vêtements afin de s'assurer qu'elle n'avait pas d'autres blessures. Mais, heureusement, seules les quatre plaies sur sa poitrine nécessitaient des soins rapides.

Il fit alors ce que font les membres d'une meute pour leurs frères et leurs sœurs blessés. Après avoir déposé un baiser sur son front, il lécha précautionneusement la première plaie. Il passa sa langue sur la chair tuméfiée et sentit le goût de son sang. Cela provoqua en lui un étrange cocktail de sensations opposées.

Elle avait la même saveur que…

Lui.

Elle avait le goût des Luprédas. Landon se rassit, stupéfié par cette découverte. Il ôta la barrette qui retenait les cheveux de Kaitlyn et passa sa main dans ses boucles soyeuses.

— J'ai tellement envie d'être avec toi que je suis en train de me convaincre que tu es ma sœur de meute, mon petit loup, lui chuchota-t-il, le cœur battant.

L'une des plaies se remit alors à saigner comme en réponse à son aveu, mettant en évidence l'incapacité de ce corps mortel à guérir de lui-même.

— Tu es à moi, peu importe le sang qui coule dans tes veines, murmura-t-il en se penchant de nouveau sur ses blessures afin d'y déposer un peu de salive cicatrisante.

Lorsqu'il arriva à la quatrième plaie, il constata avec satisfaction que les trois autres s'étaient déjà refermées et fut surpris de voir des croûtes commencer à se former.

Tandis qu'il lui administrait les premiers secours, il avait pris soin de laisser ses propres émotions de côté et s'était interdit de laisser ses lèvres errer sur ce corps offert. Il devait la guérir, ses pulsions sexuelles attendraient.

Il lapa une dernière fois l'ultime plaie avec des grognements affectueux, puis il vint s'allonger près d'elle et lécha la petite blessure qu'elle avait à la tempe. Il laissa sa langue vagabonder jusqu'au creux de son cou et ferma les yeux pour mieux profiter de son odeur. Il envisagea un moment de se rhabiller, mais ce peau-à-peau était trop agréable pour qu'il y mette un terme.

Une heure passa ainsi, puis Kaitlyn roula sur le côté et vint se blottir contre lui, ses seins plaqués contre son torse. Elle lui passa la main dans les cheveux et le tint serré contre elle. Ses gestes étaient délibérés, cela ne faisait aucun doute.

Elle ouvrit les yeux et il perçut l'accélération de son rythme cardiaque, ainsi que le parfum de son excitation grandissante.

— Je ne sais pas pourquoi je suis nue contre toi et j'ai l'impression d'avoir été malmenée, chuchota-t-elle d'une voix fatiguée en lui caressant le cou, mais je me sens en sécurité. Je voudrais juste que tu m'embrasses.

— Mais tu es blessée…, commença-t-il.

Elle posa un doigt sur ses lèvres pour l'interrompre.

— Chut… Je suis en vie et c'est tout ce qui compte. Je veux que tu me touches, Landon. Aime-moi, murmura-t-elle en se collant à lui.

Tu n'imagines pas à quel point j'en ai envie. Une vive émotion le gagna, accompagnée d'une puissante érection. Il laissa la pointe de ses doigts dessiner la courbe des hanches de Kaitlyn puis, glissant sa main dans son dos, il l'attira à lui avec une infinie douceur. Il huma son odeur en portant sa bouche à ses seins avec une délicatesse presque religieuse.

— Embrasse-moi, haleta-t-elle en lui attrapant les cheveux.

Landon avala le téton dressé et sentit les ongles de la jeune femme s'enfoncer dans son cuir chevelu. Elle avait envie de lui.

Il se découvrait des trésors de patience avec cette femme à qui il voulait donner du plaisir, qu'il désirait combler.

— Vas-y, je n'en peux plus d'attendre, supplia-t-elle.

Landon sentit son corps frémir aux accents sensuels et rauques de cette voix affolante. Il lui attrapa les seins avec fermeté et referma vigoureusement ses lèvres, la mordillant, lui arrachant des gémissements de plaisir.

Bientôt une odeur musquée les nimba tous deux. Il la prit par les hanches et roula sur elle. Elle étouffa une petite plainte qui rappela à Landon qu'elle était blessée. Il s'appuya alors sur son coude et se glissa entre ses cuisses tandis qu'elle le saisissait par les épaules et plantait ses ongles dans son dos. Elle se cambra et se frotta en gémissant contre Landon.

— Je sens le parfum de ton désir, gronda-t-il en laissant sa langue courir sur le ventre de Kaitlyn.

Il pouvait sentir les battements rapides de son cœur et dut se ressaisir pour ne pas la prendre par les hanches et la pénétrer immédiatement.

— Ouvre-moi tes jambes, Kaitie, je veux te dévorer. Je veux t'entendre hurler de plaisir.

Kaitlyn se redressa soudainement.

— Je… je n'ai jamais pu avoir d'orgasme de cette manière, avoua-t-elle en piquant un léger fard.

— Tu en auras avec moi, lui assura-t-il avec un sourire sauvage.

Il n'avait pas le privilège d'être son premier amant, mais il avait l'intention d'être le meilleur… et le dernier.

Il descendit toujours plus bas et saliva à l'idée de la goûter enfin et de la faire hurler de plaisir.

Tu es à moi !

Kaitlyn était dans un état second. Son esprit et son corps ne lui appartenaient plus. Elle n'avait jamais ressenti une attirance si puissante pour aucun homme avant Landon. Elle était sous le charme de son beau visage et sa carrure d'athlète lui donnait le sentiment d'être minuscule entre ses bras.

— Non, regarde-moi, lui ordonna Landon lorsqu'elle voulut jeter un coup d'œil à ses blessures.

Elle plongea dans son regard, hypnotisée par son intensité. Elle se sentait protégée et aimée, ainsi dominée par la masse de ce corps puissant dédié à son plaisir. Jamais elle n'aurait imaginé que Landon puisse être un amant si attentif, si doux.

Elle devinait qu'il lui restait beaucoup de secrets à découvrir à son sujet, mais cela pouvait attendre.

— Allonge-toi, Kaitie… et fais-moi confiance, je vais te faire l'amour comme tu en as envie.

A peine sa tête avait-elle touché l'oreiller qu'une langue affamée se glissa en elle, explorant délicieusement son intimité.

Elle se cambra et poussa un petit cri, stupéfaite de la

façon dont son corps réagissait au moindre mouvement de langue de Landon.

— Détends-toi et ouvre-toi pour moi, mon cœur, lui demanda-t-il tout en glissant ses mains sous ses fesses pour soulever légèrement ses hanches.

— Je ne sais pas si je peu...eu...eu, hoqueta-t-elle.

Le cœur battant contre ses tempes, elle se sentit perdre pied. Ses jambes tremblèrent malgré elle et bientôt ce fut tout son corps qui fut agité de spasmes.

— Landon...

Ses hanches se mirent à onduler presque malgré elle, ses sens chavirés par un tourbillon vertigineux comme elle n'en avait jamais connu.

A chaque coup de langue, à chaque infime pression, elle s'abandonnait un peu plus, et des larmes de joie se mirent à rouler sur ses joues.

— Laisse-toi aller, chuchota-t-il en refermant ses dents et sa langue avec une attention infinie autour du bouton sensible.

— Je... je vais...

— Jouir, termina-t-il tandis qu'il glissait deux doigts en elle, sans cesser de faire aller et venir sa langue.

Les sensations se mêlèrent, se confondirent et elle poussa un long cri en se contractant autour des doigts de Landon. Chacune de ses terminaisons nerveuses était comme électrisée. Ses seins se durcirent, ses doigts se crispèrent et son dos s'arqua à plusieurs reprises. Elle se sentait possédée, dans tous les sens du terme.

Les doigts de Landon resserrés sur ses fesses lui firent sans doute un peu mal lorsqu'il enfonça sa langue en elle, mais elle oublia aussitôt cette infime douleur en l'entendant haleter lorsqu'il déglutit avant de venir la goûter une nouvelle fois avec appétit. C'était comme si la saveur de son sexe procurait à Landon les mêmes sensations que ce qu'elle venait de vivre sous ses caresses.

— Landon..., commença-t-elle alors qu'il s'apprêtait à se lancer une troisième fois à l'assaut de son intimité.

Il leva les yeux vers elle sans cesser d'aller et venir et elle contempla un regard qu'elle ne lui connaissait pas.

L'habituelle bienveillance tranquille avait laissé place à une lueur sauvage d'un vert presque inhumain. Elle s'apprêtait à poursuivre lorsqu'un fracas violent provenant d'une autre pièce se fit entendre.

En un instant Landon avait quitté le lit, et enjambait la balustrade de la mezzanine où ils se trouvaient. Elle n'eut même pas le temps de ramener le drap sur sa poitrine nue.

Je suis en train de perdre la tête, il n'a tout de même pas pu sauter d'aussi haut...

Landon avait revêtu sa forme primale avant même de toucher le sol. Il fit face à l'intrus, lui aussi sous son apparence hybride. Landon était prêt à le réduire en charpie.

Le loup-garou noir scruta Landon. Il connaissait ce regard.

Tu n'as pas l'air blessé. Je suis venu dès que j'ai reçu ton appel, lui apprit mentalement Caine.

Le jeune loup avait une plaie à la poitrine qui se refermait déjà.

— Landon? appela Kaitlyn du haut de la mezzanine.

Landon saisit vivement Caine par le bras et l'attira dans la cuisine tout en reprenant son apparence humaine.

— Tout va bien, Kaitlyn, c'est juste mon petit frère. Il est un peu… turbulent.

Caine reprit lui aussi forme humaine en se dégageant de la poigne de Landon.

— Petit frère ? répéta-t-il en croisant les bras sur sa poitrine nue.

— Qu'est-ce que tu veux que je lui raconte d'autre, tu viens de débarquer chez moi en pulvérisant la fenêtre ! Et reconnais que tu as tendance à te comporter comme un imbécile. Quelle idée de revêtir ta forme primale pour un oui, pour un non. Tu sais comme moi le risque que tu cours en faisant ça.

Les traits de Caine se durcirent.

— Voilà comment tu me remercies alors que j'ai accouru à ton aide aussi vite que possible ?

Landon poussa un profond soupir. Il avait peut-être été un peu sévère avec Caine.

— Raconte-moi ce qui s'est passé.

— C'est Nathan, répondit simplement Caine en serrant les poings.

— Comment ça ? insista Landon qui sentait la colère et le désir de vengeance monter en lui.

— J'ai voulu répondre à ton appel, l'appel du mâle dominant.

— Je ne suis pas le…

— Arrête un peu ! Nous savons tous les deux que c'est toi, le véritable chef de meute et Nathan en est parfaitement conscient, lui aussi. Nous avons tous entendu ton cri, nous avons ressenti ta colère et plusieurs membres de la meute ont voulu s'élancer vers toi. Nathan a perdu les pédales et il s'est mis à frapper tous ceux qui faisaient mine de te rejoindre. Il y a des chances qu'il me bannisse à mon retour.

Quel idiot ! Landon n'avait pas mesuré l'impact qu'il

pouvait avoir sur ses frères. Comment aurait-il pu imaginer qu'ils puissent entendre un cri de rage jeté depuis le centre-ville…

— Je ne permettrai pas qu'il te chasse, lui promit Landon.

Caine lui asséna une tape amicale sur l'épaule.

— Tu comptes lui coller une seconde rouste ? Dans ce cas, je veux être aux premières loges !

Le soutien inconditionnel du jeune Caine lui fit chaud au cœur, mais combien d'autres le suivraient s'il décidait de défier Nathan en dehors du rite annuel ?

— Je suis persuadé que ton appel a attisé l'intérêt des Eminences Grises. Ils doivent penser que ton enquête concernant la disparition des zerkers avance bien.

— C'est noté.

— Si tu me permets une remarque, c'est tout de même assez étrange de te trouver ici, une poignée d'heures après t'avoir entendu pousser un tel hurlement, en compagnie d'une femme, dont l'odeur imprègne toute ta maison… et également son propriétaire.

— Les vampires l'ont agressée en ville, expliqua Landon sans se démonter.

— C'est pour ça que tu étais sous ta forme primale quand je suis arrivé ? C'était pour la protéger ? s'enquit Caine avec étonnement.

Landon se massa la nuque. La présence de Caine et ses remarques judicieuses lui rappelaient qu'il lui restait un certain nombre de choses à régler.

— Oui. Elle l'ignore encore, mais je compte faire d'elle ma compagne, continua-t-il en se surprenant lui-même.

— Tu as l'intention de t'unir à une humaine ? s'exclama Caine en ouvrant des yeux ronds. Jamais la meute n'acceptera une humaine comme femelle dominante !

Landon savait que Caine avait raison.

— Alors c'est une bonne chose que je ne sois pas à la tête de la meute, pas vrai ?

— La meute a besoin que tu sois son chef, Landon, en particulier maintenant que les vampires sont de retour. Est-ce que cette femme accepte ta double nature ?

— Elle ne m'a pas repoussé, elle ne m'a jamais traité de monstre jusqu'ici. Cela dit je pense qu'elle a dû perdre connaissance avant de m'avoir vu sous ma forme primale.

— Elle s'en serait certainement rendu compte si vous aviez fait l'amour. Oh, je vous ai interrompus, c'est ça ? s'esclaffa Caine en percevant la gêne de Landon.

— On peut le dire comme ça, oui, répondit son ami d'une voix blanche.

— Je pourrais m'excuser, mais je ne suis qu'un sale égoïste, et je maintiens que tu es, de plein droit, notre mâle dominant.

Les paroles de Caine touchèrent Landon, mais il n'avait pas l'intention d'abandonner Kaitlyn. A aucun prix. Elle était faite pour lui, jamais il n'avait ressenti d'union charnelle aussi forte avec aucune autre et il se languissait de lui faire enfin pleinement l'amour.

— Je vais te trouver des vêtements. J'aimerais que tu veilles sur Kaitlyn pendant que j'informerai les Eminences de mes progrès.

— Je refuse que tu retournes là-bas sans moi, rétorqua Caine en lui attrapant le bras.

Landon considéra un instant la main du jeune loup.

— Ta mission est de veiller sur elle. Compris ?

— Compris, répondit Caine en lâchant prise.

Il était contrarié, mais il considérait Landon comme son mâle dominant ; il obéirait.

*
* *

— Qu'est-ce que c'était que ce raffut? demanda Kaitlyn avec inquiétude lorsqu'il fut de retour près d'elle.

Landon gagna la penderie dans laquelle il prit un jean qu'il enfila aussitôt.

— C'est une longue histoire. Je dois m'occuper de certaines choses. Caine va rester avec toi. Il te protégera jusqu'à mon retour. Ne t'en fais pas, il restera en bas.

— Landon..., commença-t-elle d'une voix tremblante.

Il remarqua que les cicatrices profondes sur sa poitrine avaient laissé place à de larges marques rouges.

— Est-ce que ça va aller? s'enquit-il.

— Je suis très fatiguée, répondit-elle en acquiesçant.

Landon prit des vêtements pour Caine et attrapa une chemise avant de revenir au pied du lit. Il releva délicatement le menton de Kaitlyn et déposa un baiser sur ses lèvres.

— Repose-toi un peu, je serai bientôt de retour.

— Oui, je vais faire ça... je vais... me reposer... un peu, soupira-t-elle en se rallongeant.

Il attendit qu'elle eût retrouvé une respiration paisible avant de descendre l'escalier.

Dès qu'il fut sorti de son chalet, il composa le numéro de Jachin.

— Quelles sont les nouvelles? lui demanda aussitôt le vampire.

— J'ai tué deux des tiens, il y a quelques heures. Est-ce qu'ils faisaient partie des renégats? l'interrogea Landon après lui avoir fait une description sommaire de ses deux adversaires.

— Oui. Ils s'appelaient Tomias et Ren. Que s'est-il passé exactement ? demanda Jachin d'un ton agressif.

— Ils se sont attaqués à une humaine.

— Ont-ils bu son sang ?

Landon marchait tout en parlant et s'apprêtait à pénétrer sur le territoire des Luprédas en bordure duquel son chalet était installé. La question de Jachin le prit de court et il s'arrêta au milieu des pins. Il se souvint que les vampires cherchaient surtout à jouer avec Kaitlyn lorsqu'il était intervenu.

— Non, ils ne l'avaient pas mordue quand je suis arrivé.

— Je vais faire savoir aux nettoyeurs que deux de leurs cibles ont été éliminées. A partir de maintenant, je vais faire en sorte que mes vampires se tiennent tranquilles.

— Si d'autres s'en prennent encore à moi ou aux miens, je rendrai coup pour coup, répliqua Landon en raccrochant.

Une demi-heure plus tard, Landon entrait dans la grande maison des Luprédas et demandait à voir Garius. Il ne sentit nulle part l'odeur de Nathan tandis qu'il remontait le grand couloir. Etonnant. Après ce que Caine venait de lui apprendre, il s'était attendu à ce que le dominant reste auprès de ses sujets, en particulier maintenant que la mutinerie grondait.

L'idée d'un soulèvement contre l'autorité en place le fit sourire, tandis qu'il repoussait les lourds vantaux de bois ouvrant sur la bibliothèque aux vastes étagères croulant sous les ouvrages reliés de cuir.

— Bonjour, Landon, le salua Garius.

Le vieux loup-garou se leva du siège où il lisait, confortablement installé près de la haute fenêtre. Il referma son livre et s'avança vers le nouvel arrivant.

— J'imagine que tu m'apportes des nouvelles.

Le vieil homme était toujours aussi petit et ses cheveux grisonnants encadraient un visage faussement angélique. Landon savait que ses mains étaient capables de froisser une barre d'acier aussi aisément qu'une feuille d'aluminium. Garius était l'Eminence Grise la plus respectée, et il y avait une raison à cela.

— Je suis venu faire le point sur mon enquête, commença-t-il en prenant place sur une chaise.

— Je croyais que tu étais venu apaiser les membres de la meute que ton hurlement a rendus hystériques, ironisa Garius.

— Ce n'était pas dans mon intention, expliqua Landon sans baisser les yeux.

— Tu as conscience, j'imagine, que cela revient à défier ouvertement Nathan ? Jamais il n'a réussi à mobiliser la meute de cette façon. Jamais, répéta Garius avec un sourire en coin.

Le vieil homme ne lui laissa pas le temps de répondre. Il s'éclaircit la voix et revint au sujet qui les occupait.

— Où en es-tu avec nos zerkers, dis-moi ?

— Deux sont morts, le troisième est porté disparu.

Les traits de Garius se durcirent.

— Est-ce que les Sanguinas ont quelque chose à voir avec ça ?

— Ils n'y sont pour rien. L'un des zerkers a même été littéralement jeté aux pieds de leur chef.

— Sais-tu qui est derrière tout ça ? Qui pourrait être capable de localiser le nid des Sanguinas ? Nous l'avons cherché en vain pendant des années.

— Non, pas encore.

Landon avait son idée, mais ce n'étaient que pures conjectures, il n'avait rien pour étayer ses suppositions.

— Mais tu as ton avis sur la question ?

— Je pense que quelqu'un ou quelque chose fait en sorte de mettre le feu aux poudres entre les Luprédas et les Sanguinas.

— Et ils auraient réussi si tu n'étais pas parvenu à établir une trêve avec Jachin, intervint Garius.

— Où est Rourke ? Je sens l'odeur de cette petite pourriture ! s'écria soudain la voix de Nathan quelque part dans la grande demeure.

— Vous ne devez pas permettre à Nathan de bannir Caine du clan, glissa Landon à l'oreille de Garius.

— Je te laisse aborder toi-même le sujet avec lui, rétorqua le vieil homme au moment où la lourde porte s'ouvrait à la volée sur un Nathan rageur.

— Comment oses-tu revenir dans ma maison ? s'écria Nathan, les veines du cou tendues comme une corde d'arc.

— Ta maison, Nathan ? répéta Landon avec étonnement. Cette maison appartient à la meute, dont Caine fait d'ailleurs toujours partie, lança-t-il à l'intention des loups-garous qui s'étaient agglutinés à la porte à la suite de leur mâle dominant.

— Je me serais fait une joie de te tuer sur-le-champ pour avoir osé poser le pied dans ma demeure. Et ce n'est pas à toi de décider qui fait ou non partie de la meute, gronda Nathan en serrant les poings. Mais tu as de la chance, j'ai des choses importantes à faire.

Il désigna la porte à Landon d'un geste du menton et ordonna :

— Allez, dégage.

Landon percevait parfaitement les émotions qui montaient de la petite foule amassée à la porte de la bibliothèque. Ils étaient dans un état de fébrilité extrême. Il n'avait jamais senti ce mélange détonant d'adrénaline et d'inquiétude. Quelque chose ne tournait pas rond dans la meute.

— Qu'est-ce que tu as de si important à faire ? insista Landon sur le ton de la conversation, malgré la haine qui lui tordait le ventre.

— Ça ne te regarde p..., commença Nathan en découvrant ses canines.

— Les Eminences Grises sont toutes présentes, intervint Garius d'une voix impérieuse. Parle, Nathan, nous t'écoutons. De quelle affaire s'agit-il ?

— Je refuse d'aborder ces questions en présence d'étrangers à la meute, répondit Nathan en fusillant Landon du regard.

— Parle ! s'exclama Garius en frappant du poing sur l'accoudoir de son siège.

Landon se tourna vers l'ancien, visiblement stupéfait. Le conseil des Eminences était certes composé des anciens dominants de la meute, mais il n'avait encore jamais vu un de ses membres jouer ainsi de son autorité.

— Quelqu'un a déposé le corps d'un des zerkers à la lisière de notre territoire. Son corps est à demi calciné, lâcha Nathan entre ses dents.

— Quelqu'un ? répéta Garius en levant un sourcil.

Le regard de Nathan naviguait de Landon à Garius. Il n'appréciait manifestement pas que son rival assiste à cette discussion et il l'aurait volontiers tué de ses mains si cela avait pu lui épargner sa présence. La nouvelle dont Nathan était porteur avait de quoi inquiéter, il ne faisait aucun doute que le chef des Luprédas comptait incriminer les vampires.

— Les Sanguinas, cracha Nathan avec haine, comme pour confirmer les craintes de Landon.

— Tu as senti l'odeur des vampires sur le corps ? lui demanda Landon.

— Oui, lança-t-il en défiant son rival du regard, prenant à témoin toute l'assistance.

Cet imbécile allait-il déclencher une guerre entre les races, uniquement pour renforcer son autorité ?

— Tu mens ! lança Landon dont les griffes menaçaient de jaillir de leur fourreau, quand une main se posa sur son épaule, l'empêchant de sauter à la gorge de Nathan.

— Les autres zerkers sont-ils en sécurité ? demanda Garius en prenant place aux côtés de Landon, tandis que les cinq autres Eminences faisaient cercle près de Nathan.

Landon glissa un regard en direction du vénérable qui se tenait à ses côtés, et comprit qu'il connaissait déjà la réponse.

— Nous n'avons pas pu retrouver les autres, mais je doute qu'ils soient encore en vie, répondit Nathan en se tournant vers les membres de la meute.

— Lorsque nous les aurons retrouvés, en supposant qu'ils soient encore de ce monde, ils seront en mesure de nous éclairer sur les événements récents. D'ici là, je doute qu'il soit dans notre intérêt de nous en prendre aux vampires. Les autres Eminences partagent-elles cet avis ? s'enquit Garius.

— Nous le partageons, statua Markson, appuyé par les hochements de tête des autres membres du conseil.

Kaitlyn se réveilla en sursaut. Elle fixa le plafond et mit quelques secondes pour se souvenir de l'endroit où elle était.

La maison de Landon. Mais où pouvait-elle bien se trouver ?

Juste après que Landon eut enjambé la balustrade,

elle avait voulu se lever, mais elle avait été saisie d'un vertige et s'était écroulée sur le lit. Elle avait fermé les yeux un long moment afin de chasser la sensation de tournis. Elle avait parlé brièvement avec Landon, mais les détails de leur conversation étaient flous. Il y avait sans doute été question de son frère…

Elle ferma de nouveau les yeux en essayant de capturer les images fugaces du rêve qu'elle venait de faire. Landon y était omniprésent. Elle était dans ses bras et elle le suppliait de lui faire l'amour… L'euphorie onirique était en train de la quitter. Elle roula sur le côté, enfonça son visage dans l'oreiller et inspira l'odeur mâle de Landon.

Un rai de lumière filtra du rez-de-chaussée et elle consulta sa montre. 5 h 30. Du matin ou du soir? *Combien de temps ai-je bien pu dormir?* Son corps protesta énergiquement lorsqu'elle voulut se redresser pour s'approcher de la haute fenêtre qui s'ouvrait sur le ciel nocturne. Il ne fallait pas qu'elle pense à ses blessures.

Soudain tout lui revint à la mémoire et elle se souvint que c'était un vampire qui l'avait frappée à la poitrine. Elle souleva les couvertures et contempla son torse. Des profondes entailles qu'elle avait reçues quelques heures auparavant, il ne restait plus que de fines marques rouges à peine visibles.

— Comment ai-je pu guérir si vite? murmura-t-elle.

— Vous devez avoir une constitution robuste, suggéra une voix d'homme.

Kaitlyn remonta précipitamment la couverture en sursautant.

— Qui êtes-vous? demanda-t-elle en allumant la petite lampe de chevet.

Il devait avoir une vingtaine d'années et ses cheveux

étaient noirs comme le jais. Il était nonchalamment adossé au mur en haut de l'escalier.

— Je suis Caine, le petit frère de Landon, annonça l'homme avec un grand sourire, en croisant ses bras massifs sur un T-shirt marqué du logo de l'équipe des Giants de New York.

Il portait un jean et marchait pieds nus.

Kaitlyn serra les couvertures autour d'elle.

— Où est Landon ?

— Il a dû s'absenter. Il m'a demandé de rester ici pour veiller sur vous. Il paraît que vous vous êtes bagarrée avec deux vampires ?

— Disons plutôt qu'ils m'ont suivie avant de m'attaquer.

— Ils vous ont traquée ? répéta-t-il en entrant dans la pièce.

Kaitlyn acquiesça et s'adossa à la tête de lit.

— Dès que j'ai mis un pied dans la bibliothèque municipale. L'un d'eux m'a remarquée et il m'a attendue jusqu'à ce que je sorte. Ils m'ont sauté dessus alors que je rejoignais ma voiture qui était garée dans une petite rue tout près. Landon est arrivé et… je crois que je me suis évanouie. Je ne comprends toujours pas comment il a réussi à me sortir de là sans se faire démolir, raconta-t-elle en secouant la tête, incapable de recoller les morceaux.

— Mon frère se montre toujours très protecteur envers ceux qu'il aime. Ça ne me surprend pas qu'il n'ait pas été blessé.

— Même face à des vampires ? insista-t-elle, tout en repensant avec émoi à ce qu'elle avait partagé avec Landon avant de sombrer dans le sommeil.

C'était bien réel. Elle n'avait pas rêvé et elle vibrait encore de cette étreinte. Le sourire de Caine s'élargit, comme s'il devinait la teneur exacte de ses pensées et elle rougit.

— Bien…, reprit-elle, je crois que je vais prendre une douche. On se retrouve en bas ?

En sortant de la douche, Kaitlyn chercha en vain des vêtements propres, pour finalement trouver les siens dans la machine à laver. Elle mit en route le sèche-linge et fouilla dans les affaires de Landon. Tous ses pantalons étaient trop larges pour elle, même le jogging était trop ample. Elle déclara forfait et enfila un long T-shirt blanc dont l'inscription sur le torse, *loup solitaire*, trouva une résonance particulière avec les paroles de Landon lorsqu'il lui avait confié se sentir un peu en marge de la société. Sa robe improvisée lui descendait sous les genoux et portait l'odeur de son amant. *Son* amant : cet instinct possessif la troubla.

Elle prit le temps de visiter le chalet au plafond blanc et aux poutres noires. L'endroit lui plaisait. La chambre était décorée dans des teintes ocre très masculines et la tête de lit de bois sculpté correspondait parfaitement au tempérament ombrageux du propriétaire des lieux. Elle s'approcha de la haute fenêtre, ouvrit les rideaux d'un geste sec et fut stupéfaite de découvrir la crête d'une montagne qui se détachait à l'horizon. Où diable était-elle ?

Comment se faisait-il que Landon ne se soit pas cassé une jambe en sautant ? se demanda-t-elle en arrivant au bas de l'escalier.

Elle passa devant un tableau représentant un loup hurlant à la lune et sourit en découvrant la décoration minimaliste mais chaleureuse du salon. Un immense canapé occupait l'essentiel de l'espace, flanqué de deux fauteuils. Un tapis recouvrait le plancher près du sofa et un autre s'étendait au pied de l'âtre.

Suivant les appétissantes odeurs de bacon et de café, elle gagna la cuisine au bout du couloir et tomba nez à nez avec une statue de loup qui se dressait dans un angle, à hauteur de hanche, tout près de la porte de la cuisine. L'animal semblait avoir été sculpté directement dans la masse d'une souche et son regard sévère paraissait la jauger.

— Joli chiot, lança-t-elle à l'œuvre en lui tapotant la tête.

— Vous aimez les chiens ? lui demanda Caine, accoudé au bar, une tasse de café à la main, lorsqu'elle pénétra dans la cuisine.

— Oui, même si je n'en possède pas moi-même. Mon père aimait tellement les loups que j'ai l'impression d'avoir grandi au milieu d'eux, plaisanta-t-elle, il en a mis partout dans la maison, un peu comme Landon. Ce café sent divinement bon, est-ce que je pourrais en avoir ?

Caine considéra le T-shirt de Kaitlyn et il demeura un instant pensif avant de finalement prendre une tasse sur l'étagère et de la lui remplir.

— Asseyez-vous, proposa-t-il.

Kaitlyn prit place autour de la petite table ronde de bois.

Caine lui tendit son café, puis posa devant elle une assiette d'œufs au bacon.

— Vous devriez manger pour reprendre des forces.

— Merci beaucoup.

Son estomac émit un grondement de satisfaction et elle mordit généreusement dans une tranche de bacon craquant.

Caine avala une nouvelle gorgée sans la quitter des yeux.

— A votre avis, pourquoi les vampires se sont-ils attaqués à vous ?

Elle haussa les épaules et but un peu de café.

— Parce que ce sont des vampires, j'imagine.

A bien y réfléchir, ses deux agresseurs semblaient s'attendre à plus de résistance de sa part. Ce qui lui fit penser qu'elle avait perdu son portable dans la ruelle. Elle jeta un regard circulaire à la recherche d'un téléphone.

— Je n'ai pas vu de téléphone dans la chambre. Est-ce qu'il y en a un en bas ? Il faut que je signale mon agression. La police doit être alertée que les vampires sont de retour.

— Ces deux-là n'ennuieront plus personne, lança la voix de Landon dans son dos.

Elle se tourna vers lui, surprise de ne pas l'avoir entendu arriver.

— Les forces de l'ordre doivent être mises au courant. Il faut qu'ils se tiennent sur leurs gardes puisque les Garotteurs sont occupés à voler des armes au lieu de faire la chasse aux vampires.

— Les vampires sont partis, Kaitlyn, lui apprit Landon en se servant une tasse à son tour.

Il était encore plus séduisant avec sa barbe naissante et ses cheveux en bataille, mais son ton était sans appel, il lui demandait de laisser tomber.

Kaitlyn referma ses doigts autour de la céramique brûlante de la tasse et soutint le regard de Landon. Elle aurait volontiers entamé la discussion, mais pas en présence de Caine. Elle changea donc de sujet et aborda la question qui la taraudait depuis son réveil.

— Je ne vois pas de marques sur toi… Comment t'es-tu débarrassé de ces vampires sans même être blessé ?

— C'est vrai ça, frangin, comment tu as fait ? renchérit Caine avec amusement.

— Il est temps que tu rentres chez toi, suggéra Landon en lançant un regard assassin à son frère de meute.

— Je ne peux pas, répliqua Caine avec raideur.

— Si, maintenant tu peux, rétorqua Landon avec un regard appuyé.

Caine lui adressa un sourire plein de reconnaissance. Il posa sa tasse, s'approcha de Kaitlyn et s'inclina devant elle.

— Ce fut un plaisir de faire votre connaissance, Kaitlyn. Et… ne laissez pas mon frère vous intimider, ajouta-t-il en se tournant vers l'intéressé.

Landon adressa mentalement un grognement à son cadet, mais Caine poursuivit.

— Il aboie, mais il ne mord pas… du moins en général.

— Caine…, intervint Landon.

Kaitlyn éclata de rire.

— Je suis heureuse d'avoir fait votre connaissance, moi aussi. Vous êtes plus… détendu que votre frère.

Landon sentit l'aiguillon de la jalousie lui percer le cœur.

Caine lui adressa un sourire conquérant.

— Joli T-shirt, lança-t-il en désignant le vêtement de Kaitlyn, je ne le connaissais pas, celui-là.

Landon résista à la tentation de sortir le jeune garou par la peau des fesses et ravala un grognement bestial. Kaitlyn prendrait ce bruit incongru pour une manifestation de sa misanthropie, mais Caine ne se méprendrait pas sur le sens du message : *dégage de là immédiatement.*

— Bon, je dois y aller. A plus, frangin, lança Caine en sortant de la cuisine.

Kaitlyn attendit que la porte d'entrée se soit refermée, puis elle se tourna vers Landon.

— Ton petit frère est gentil, mais il n'a pas tes yeux, les siens sont noirs. Tu as hérité ça de ton père ou de ta mère ?

Landon attrapa une tranche de bacon dans la poêle et s'adossa à la cuisinière.

— Je n'ai pas de parents, répondit-il sans réfléchir en croquant dans la viande croustillante.

— Excuse-moi, je suis désolée. Tu as perdu tes deux parents ? demanda-t-elle en plantant sa fourchette dans ses œufs brouillés.

Landon eut du mal à avaler son bacon en prenant conscience que Kaitlyn avait mal interprété ses paroles. Il se sentait tellement à l'aise avec elle qu'il n'avait pas pris garde à ses propos.

— Oui, ils sont morts tous les deux, expliqua-t-il en toussant.

— J'ai perdu mon père quand j'avais six ans, lui raconta Kaitlyn en mâchant tristement une bouchée de bacon. Ma mère est à l'hôpital et elle est en train de mourir d'un cancer. Ça fait aussi de moi une quasi-orpheline, j'imagine.

L'innocente confession de Kaitlyn prit Landon au dépourvu et un soudain sentiment de culpabilité l'étreignit. Il l'avait perdu de vue lorsqu'ils avaient fait l'amour, mais les humains étaient des créatures fragiles.

— Même une fois partis, tes parents continuent de vivre en toi, la rassura-t-il, comme s'il avait la moindre idée de ce qu'il était en train de raconter.

Jachin et Ariel auraient bientôt un enfant, le premier métis des descendants de Scion, et Landon voulait comprendre la nature de ce lien qui unissait les parents à leur progéniture. Cela devait être très proche de ce qui unissait les membres de la meute, un amour profond et un souci constant de leur bien-être. Mais il se destinait à Kaitlyn, ce qui réduisait à néant ses chances de connaître un jour la joie d'être père. Il ne pourrait jamais coucher avec elle, car il serait incapable de museler sa nature sauvage au plus fort de l'étreinte.

— Finis ton assiette, suggéra-t-il d'un air bougon, avant d'avaler une dernière bouchée et de sortir de la cuisine.

8

Qu'est-ce qui lui prend? se demanda Kaitlyn en regardant Landon s'éloigner. Voilà qu'il la quittait brusquement après lui avoir dit des choses magnifiques au sujet de ses parents.

L'odeur du feu de bois l'attira dans le salon, et les premières lueurs du soleil l'accompagnèrent comme elle pénétrait dans la pièce. Landon était là; accoudé au manteau de la cheminée, il fixait les flammes. Ils avaient vécu quelque chose de très intime quelques heures auparavant, pourtant elle ne trouvait pas les mots pour abolir la distance qui s'était soudain créée entre eux.

— Je voulais te remercier pour m'avoir secourue dans la ruelle. D'ailleurs tu ne m'as pas dit comment tu avais fait pour me tirer de ce mauvais pas, dit-elle pour rompre le silence.

— Je les ai pris par surprise, expliqua-t-il.

— Tu t'es débarrassé seul de deux vampires? Sans récolter une égratignure? Tu as vraiment dû les prendre au dépourvu!

Landon attrapa un pique-feu et remua les bûches.

— Sandra m'a appelé, elle m'a dit où tu étais et elle m'a appris que tu essayais de me joindre. De quoi voulais-tu me parler? lui demanda-t-il en remettant la pique à sa place.

Kaitlyn se frictionna les bras. Elle avait froid, mais le feu commençait à la réchauffer. L'agression qu'elle avait subie lui avait presque fait oublier la raison pour laquelle elle l'avait appelé. Etait-ce trop demander que d'espérer qu'il lui dise la vérité, maintenant qu'ils avaient partagé des instants aussi intimes ?

— Quand j'étais petite, ma mère ne s'est jamais étendue sur les circonstances dans lesquelles mon père avait trouvé la mort. C'est pour ça que j'étais à la bibliothèque ; pour faire des recherches.

— Et qu'est-ce que tu attendais de moi ? s'enquit Landon en la fixant soudain.

— Mon père a été attaqué dans le parc Morningside, expliqua-t-elle tandis qu'un nœud se formait dans son estomac.

— Et ? l'encouragea-t-il en croisant les bras sur sa poitrine.

— Tu ne vois pas le lien ? Peut-être que la chose qu'on a retrouvée calcinée était celle qui a tué mon père ? Nous savons tous les deux que l'affaire de la Tacomi et celle du parc sont liées. C'est toi-même qui m'as déconseillé d'enquêter davantage, tu disais que c'était trop dangereux. Je veux que tu me dises ce que tu me caches. Qu'est-ce qui a attaqué la créature carbonisée ?

— Ce qui s'est passé la nuit dernière nous prouve que les vampires ne sont plus une espèce éteinte, commença-t-il en passant volontairement sous silence son intervention.

Les vampires étaient connus pour leur vitesse et leur force surhumaines, mais l'aura qu'elle avait perçue dans le parc n'était pas celle d'un vampire. Cela avait à peine forme humaine.

— Je ne sais pas à qui appartenaient ces cendres,

mais ce n'étaient pas celles d'un vampire. Je veux savoir de quoi il s'agissait, insista-t-elle.

— Ça ne t'a pas suffi de te faire presque tuer par deux suceurs de sang ! s'exclama-t-il en se passant nerveusement les doigts dans les cheveux.

Elle n'arriverait pas à lui soutirer la moindre information. *Et moi qui pensais que notre étreinte allait nous rapprocher, c'est raté*, songea-t-elle avec aigreur.

— Très bien. Tu ne veux pas me dire ce que tu sais, alors je m'en vais.

— Kaitlyn !

Elle l'ignora, descendit l'escalier, et se souvint qu'elle n'avait pas la moindre idée de l'endroit où elle se trouvait.

— Et on est où, ici, d'abord ! s'écria-t-elle en faisant volte-face.

Le mouvement brusque lui fit tourner la tête et Landon la rattrapa juste à temps, avant qu'elle ne s'effondre au sol.

— Doucement, Kaitie. Tu as été attaquée par des vampires, tu as encore besoin de repos, murmura-t-il d'une voix douce en la conduisant vers le canapé.

Il sentait si bon que la tête lui tourna encore davantage.

— Ça m'a brûlé à la poitrine quand ils m'ont attaquée, murmura-t-elle contre son épaule, je pensais que les blessures seraient plus profondes, mais je n'ai que de petites cicatrices roses.

— Tu es encore sous le choc, tempéra-t-il en s'asseyant sur le canapé avant de l'allonger contre lui.

Elle se sentait en sécurité entre ses bras puissants, adossée à son torse musclé. Ou étaient-ce ses lèvres contre son front qui la réconfortaient ainsi ?

— Je vais peut-être me reposer encore un peu, dit-elle en soupirant.

Elle tourna la tête et vint nicher son visage au creux du cou de Landon qui lui caressait le ventre en un apaisant mouvement de va-et-vient. Le feu qui craquait dans l'âtre et la chaleur de ce corps parvinrent à la calmer. Ils avaient encore des points de désaccord, mais elle était trop fatiguée pour se battre. Elle ferma les yeux et se laissa aller.

Ce fut la respiration ample de Landon à son oreille qui la réveilla. Le feu avait fini par s'éteindre. Elle avait dormi un bon moment. Sous elle le torse de Landon se soulevait par à-coups, il devait rêver. Le visage toujours blotti au creux de son cou, elle perçut les battements rapides de son cœur et sentit le sien accélérer ses pulsations. Si seulement elle parvenait à comprendre le lien étrange qui les unissait…

Elle l'imagina lui faisant l'amour, la faisant crier comme il l'avait déjà fait, et un frisson la saisit. Elle serra les cuisses en se mordant la lèvre pour refréner le désir qui montait en elle. Elle voulait sentir son poids sur elle, humer son odeur tandis qu'il la toucherait. Elle voulait retenir son souffle au moment où il se glisserait en elle.

Elle laissa ses doigts courir sur la cuisse de Landon. Il haleta. Elle remonta un peu plus haut en griffant la toile du jean et sentit son érection s'affermir de seconde en seconde.

Lorsque ses doigts se refermèrent sur son sexe dressé, Landon laissa échapper un grondement de plaisir.

Elle se retrouva soudainement à quatre pattes sur le tapis. Landon était penché sur elle et lui maintenait les poignets.

Son cœur s'affola de se retrouver dans cette position

presque bestiale. Il avait bougé si vite qu'elle en fut désorientée. Que devait-elle faire ? Jamais elle ne s'était sentie à ce point à la merci de quelqu'un.

Landon avança les jambes, lui écartant les cuisses dans le même mouvement. Les poignets toujours entravés, elle laissa son buste glisser au sol et se cambra. Son sexe était en feu et elle attendit avec impatience et anxiété ce que Landon déciderait de faire.

Il passa son visage dans son dos, dans son cou, inhala son odeur.

— Comme tu es fragile, souffla-t-il à son oreille.

— On parie ? le provoqua-t-elle en reculant, plaquant ses fesses contre le jean de son amant.

Il lui attrapa le cou entre ses dents, sans la mordre, marquant simplement sa domination, tout en faisant onduler son bassin.

Il était bien plus bestial qu'elle ne se l'était imaginé et elle demeurait stupéfaite de constater à quel point elle aimait ça. Elle n'avait pas peur de lui, elle espérait seulement qu'il lui lâcherait bientôt les poignets pour qu'elle puisse se frotter librement contre lui.

Il se tint un moment immobile, le souffle court, et elle comprit alors qu'il faisait son possible pour se maîtriser. Mais elle n'avait pas envie qu'il se calme, bon sang, elle voulait…

Dans la seconde qui suivit, Landon l'avait lâchée et il se tenait debout face à elle.

Elle chassa les cheveux tombés contre son visage et s'assit face à lui. Il regardait par la fenêtre, les mains au fond des poches.

— Landon…

— Tu peux garder le T-shirt, si tu veux. Habille-toi, je vais te ramener, dit-il sèchement.

Elle détestait qu'il joue avec elle de cette façon ! Qu'il

n'espère pas qu'elle quémande une explication sur son comportement de psychopathe. Elle ne s'abaisserait pas à ça.

— Si tu m'as amenée ici avec ma voiture, je pourrais repartir seule, affirma-t-elle en se remettant debout.

— Nous sommes dans les montagnes Shawangunk, consentit-il à ajouter, et je n'ai pas très envie de retourner en ville à pied.

Elle fut sur le point de rétorquer qu'il pouvait se brosser pour qu'elle fasse le chauffeur, mais son bon sens la rattrapa. Il lui avait sauvé la vie tout de même ! Elle tourna les talons et alla se changer.

Landon attendit que Kaitlyn eût disparu en haut de l'escalier pour sortir ses mains tremblantes de ses poches. Il plia et déplia les doigts, luttant intérieurement pour ne pas lui courir après.

Lorsqu'il s'était éveillé, couché sous ce corps si désirable, les doigts de Kaitlyn courant sur ses cuisses, il avait eu un moment d'égarement. Il avait perdu le contrôle. Avant même de comprendre ce qu'il faisait, il l'avait plaquée au sol, dans la position de soumission des Luprédas. Son odeur l'avait enivré et il l'avait pratiquement mordue, obsédé par l'idée de la marquer.

Pendant ce court laps de temps, le loup en lui s'était rendu maître de ses pensées. Ses sens avaient gagné en acuité et, percevant les battements rapides du cœur de la jeune femme, il avait su qu'elle était prête à se donner à lui. Les odeurs puissantes qu'elle émettait alors avaient semé le chaos dans les pensées du loup-garou. Elle n'était pas une Lupréda, mais elle avait provoqué en lui l'éveil de la bête.

C'est cette pensée et la peur de la blesser qui lui avaient permis de libérer Kaitlyn de son étreinte.

Dehors la journée touchait à sa fin et le soleil descendait sur la cime des arbres. Landon poussa un soupir de soulagement en songeant que grâce au ciel leur étreinte ne s'était pas déroulée de nuit. La lune était presque pleine et son appel était si puissant qu'il n'aurait sans doute pas été capable de refréner ses pulsions. Il se prit à regretter d'avoir perdu son pendentif en argent dans la ruelle pendant le combat contre les vampires. Avec le temps, il s'était habitué à cette entrave qui lui évitait de se transformer malgré lui.

Il tenait trop à Kaitlyn. Il devait retrouver sa chaîne d'argent ou la remplacer, sans quoi il devrait se tenir quelques jours loin de la jeune femme, le temps que la lune décroisse.

Une heure plus tard, Kaitlyn quittait la voie rapide pour rejoindre une route secondaire.

— Tu prends les petits chemins pour rentrer en ville ? demanda Landon avec étonnement.

C'était la première phrase qu'il décrochait de tout le trajet. Elle avait fait en sorte de l'ignorer, mais une question ne cessait de la hanter : pourquoi Landon refusait-il de lui faire confiance au point de ne pas lui révéler ce qu'il savait ? Elle avait la conviction qu'il était au courant de quelque chose au sujet du parc Morningside.

— Je fais d'une pierre deux coups, répondit-elle, laconique, en s'engageant sur un chemin de terre.

— Tu prends souvent ces petites routes ? demanda Landon entre deux cahots.

— Seulement pour rendre visite à un vieil ami de la famille. Tu peux rester dans la voiture le temps que je rassemble quelques affaires, si tu veux, déclara Kaitlyn en se garant à côté d'un pick-up, devant le chalet de Hank.

Landon descendit du véhicule en même temps qu'elle.

— J'ai du mal à rester en place, expliqua-t-il.

— Typiquement masculin, murmura-t-elle en refermant la portière.

— Kaitie, ma chérie ! s'exclama Hank en l'accueillant sur le pas de la porte.

Kaitlyn s'élança et se jeta dans les bras du vieil homme.

— Que c'est bon de te revoir après tout ce temps. Je parie que tu ne restes pas, pas vrai ? Et qui est ton ami, dis-moi ?

Kaitlyn jeta un regard en direction de Landon qui était resté adossé à la voiture, les bras croisés.

— C'est Landon Rourke. Tu l'as peut-être déjà rencontré au poste. C'est un détective privé, il a déjà donné un coup de main au département sur certaines affaires, dans le passé.

— Ah..., dit simplement Hank.

Il avisa le T-shirt trop large de Kaitlyn avant de porter de nouveau son regard sur Landon.

— Je savais bien que je l'avais déjà vu quelque part. Je parie que tu es là pour récupérer les affaires de ton père ? supposa-t-il en se massant le menton.

— C'est vrai. J'étais dans le coin alors j'ai décidé de faire un crochet.

— Est-ce que Rourke habite dans les environs ? lui demanda-t-il.

— A une heure d'ici environ.

— Est-ce que tu ne penses pas que ton petit ami devrait

habiter plus près de chez toi... En ville, par exemple? lui dit-il en ouvrant la moustiquaire puis la porte.

— Hank! Ce n'est pas mon...

Pourvu que Landon ne l'ait pas entendu!

— Il est un peu vieux pour toi, non?

Pour sa part, Kaitlyn jugeait leurs seize années de différence plutôt excitantes. Landon était un homme d'expérience. La plupart des types qu'elle avait fréquentés étaient immatures, Landon était l'archétype de *l'homme.*

— C'est à moi de décider avec qui je sors, tu ne crois pas?

— Je sais bien. Mais comme ton père n'est plus là, j'ai du mal à m'empêcher d'être un peu paternaliste... désolé.

— Hank, je vais bien, je t'assure. Landon est juste un collègue, rien de plus.

Hank pouffa en lorgnant ostensiblement son T-shirt beaucoup trop grand pour elle.

— Oh, ça! C'est... c'est une longue histoire.

— Je suis à la retraite, j'ai tout mon temps! plaisanta-t-il.

Kaitlyn n'avait aucune envie d'entamer la discussion au sujet d'un type qui soufflait le chaud et le froid avec une telle aisance sur ses sentiments et sur ses sens.

— La boîte, Hank.

— Je t'apporte ça, capitula le vieil homme avec le sourire.

Quelques minutes plus tard, il revint avec un gros carton qu'il lui tendit.

— Voilà, tout est là. Je ne l'ai pas ouvert, ton père tenait à son intimité.

— Merci, je vais le mettre avec les autres affaires de papa.

Elle revint vers la voiture.

— Tu veux que je mette ça derrière ? proposa Landon en tendant les bras.

Kaitlyn acquiesça. Elle n'avait pas envie de parler. Les remarques de Hank la faisaient réfléchir. Il fallait regarder les choses en face : elle mourait d'envie d'entamer une relation avec Landon, ce qui était parfaitement stupide étant donné qu'il était manifestement incapable de lui faire confiance. Elle avait un profond respect pour son intelligence et pour son jugement — sans compter qu'il lui avait sauvé la vie —, mais il était tellement secret ! Lui qui connaissait tous ses petits travers à *elle*.

Elle regarda Landon charger la caisse dans la voiture sans parvenir à détacher son regard de sa chevelure, de ses muscles et de ses cuisses moulées dans son jean. Elle poussa un soupir de frustration et s'installa derrière le volant.

Pendant le chemin du retour, Landon ne décrocha pas un mot, ce qui lui permit de penser à son aise à leur avenir. Le problème de la confiance était épineux, mais elle avait envie de ce type à un point… Elle ne parvenait tout simplement pas à réfléchir posément dès qu'il s'agissait de lui. Ses réactions semblaient alors dictées non par son cerveau, mais par un instinct primal dont elle ignorait l'origine.

Elle arrêta la voiture devant l'appartement de Landon. Il descendit puis se pencha à la fenêtre avec un sourire ravageur.

— Merci d'avoir ramené ton petit ami jusque chez lui.

Elle piqua un fard. *Bon sang, il n'a rien raté de ma conversation avec Hank !* songea-t-elle soudain en serrant le volant un peu plus fort.

— On allait faire l'amour, mais tu m'as laissée en plan tout à l'heure. Je pensais que les hommes d'expérience avaient un peu plus de tact que ça. Passe-moi un coup de fil quand tu auras décidé de grandir un peu.

9

Le répondeur clignotait lorsqu'elle entra dans le bureau, les bras encombrés par le carton. Elle s'accroupit, le posa au sol près du sofa et grimaça de douleur en sentant quelque chose lui piquer la cuisse. Elle fouilla au fond de sa poche et trouva le pendentif à la balle d'argent. Elle avait ramassé le bijou de Landon juste avant de s'évanouir, puis ça lui était sorti de la tête.

Elle examina l'objet. Il y avait comme des inscriptions sur le métal. Elle l'approcha de la lumière et tenta de les déchiffrer, mais la déformation de la balle l'en empêchait.

Elle passa le pendentif autour de son cou avec un soupir. Elle lui rendrait son bijou à leur prochaine rencontre.

Elle s'apprêtait à consulter ses messages, lorsque la une du journal attira son regard : *Les vampires sont de retour*. Elle jeta un œil distrait à l'article. Noyé au milieu d'informations sans intérêt, le journaliste signalait que les cadavres carbonisés de deux vampires avaient été découverts près de la bibliothèque et que la police locale avait demandé de l'aide au gouvernement. Kaitlyn se demanda de quelle façon les nouveaux Garotteurs s'inséraient dans ce canevas. Elle passa aussitôt un coup de fil pour signaler la perte de son portable, et éviter ainsi de se retrouver avec une facture de cinq cents dollars si un plaisantin le retrouvait et s'amusait à l'utiliser à tort et à travers.

Elle demanda qu'on suspende son compte le temps qu'elle remette la main sur l'appareil ou qu'elle fasse une déclaration de vol. Le répondeur continuait de clignoter inlassablement. Elle appuya sur le bouton de lecture.

— Salut, cocotte ! s'exclama la voix guillerette d'Abby. Tu es plutôt discrète ces temps-ci. Je t'ai laissé un message sur ton portable, mais comme tu n'as pas répondu, j'essaye ton fixe. Alors, c'était comment, la maison hantée avec M. « Topmodel » ? Hein ? Allez, rappelle-moi.

— C'était torride... et en même temps c'était une vraie douche froide, maugréa-t-elle en passant au second message.

— Je t'avais dit que je te tiendrais au courant de l'avancée du projet qui nous intéresse, annonça la voix de Ron. C'est pour ce soir. Consulte ton portable. Je t'enverrai sûrement des images. Elles ne serviront probablement à rien si tout se déroule comme prévu, mais je préfère couvrir mes arrières. Que te dire d'autre... C'est en route.

A peine le message fut-il terminé que Kaitlyn composait à la hâte le numéro de portable de Ron.

Il sonna une fois avant de l'aiguiller vers la boîte vocale.

— Ron, j'ai eu ton message. Rappelle-moi, dit-elle simplement avant de raccrocher.

Est-ce que Ron avait déjà envoyé les images ? se demanda-t-elle avec anxiété. Et dire qu'elle venait de faire couper la ligne ! Elle l'avait perdu durant le combat, il fallait donc qu'elle retourne en ville et qu'elle mette la main dessus.

Elle se changea en hâte, attrapa ses clés, son sac à main et quitta son appartement.

*
* *

La nuit était déjà tombée lorsque Kaitlyn se gara non loin de la petite ruelle. Elle eut un frisson en pensant aux suceurs de sang.

Elle s'assura que son arme était bien à sa place dans son holster, saisit sa lampe, et sortit de la voiture. Son pas se fit plus lent à mesure qu'elle approchait du théâtre de son agression, balisé par le ruban jaune et noir de la police.

Elle braqua sa lampe d'un bout à l'autre de l'allée en essayant de ne pas trop penser à ce qui s'était déroulé à cet endroit. Entre les punks, les sans-abri, les policiers et les pompiers qui avaient défilé, elle aurait vraiment de la chance si elle retrouvait son téléphone, mais qui ne tente rien…

Quelques voitures en stationnement lui bloquaient la vue. Elle s'accroupit pour passer sa lampe sous la première d'entre elles.

Rien.

Elle avança à quatre pattes jusqu'à la suivante et fit de même. Quelqu'un poussa un cri qui la fit sursauter. Elle porta instinctivement la main à son arme.

— J'veux qu'tu m'rendes ma bière, ordure ! criait un ado un peu plus loin dans la rue.

Kaitlyn laissa échapper un soupir de soulagement et reprit ses recherches. Il y avait des papiers gras sur le sol, qu'elle dut repousser à l'aide de sa torche.

Toujours rien.

Elle allait se remettre debout lorsqu'elle croisa le regard de quelqu'un qui avançait dans la même position qu'elle, à l'autre extrémité de la voiture. Elle poussa un cri et éblouit Landon en braquant le faisceau de sa lampe sur son visage.

— Qu'est-ce que tu fais là ?

— J'ai perdu mon pendentif la nuit dernière, expliqua Landon en fixant le bijou qui pendait au cou de Kaitlyn, j'espérais le trouver ici.

La jeune femme se sentit un peu ridicule. Elle ôta la chaîne et la lui tendit.

— Je suis tombée dessus par hasard en rampant et je l'ai reconnu. Je l'ai mis dans ma poche avant de m'évanouir, expliqua-t-elle.

Elle déposa le bijou dans sa main.

— Je peux savoir pourquoi tu portes une balle autour de ton cou ? ajouta-t-elle.

Il s'avança et laissa glisser un doigt dans le creux de son décolleté. Elle tressaillit et resta bouche bée lorsqu'il sortit le petit loup en argent.

— Et toi, pourquoi portes-tu un loup autour de ton cou ?

— C'est un cadeau de mon père, se justifia-t-elle en rangeant l'objet entre ses seins.

— Pareil pour moi, répliqua-t-il en glissant le pendentif sous son T-shirt kaki.

Son père lui avait fait cadeau d'une balle usagée ? Etrange. Mais peut-être avaient-ils l'habitude de chasser ensemble après tout !

— Qu'est-ce que tu fais là ? lui demanda Landon.

— Je cherche mon portable, je l'ai perdu par ici pendant l'attaque.

— Je vais t'aider à le retrouver, ce n'est pas très prudent de traîner toute seule dans les rues en pleine nuit.

Ils entamèrent les recherches autour de la troisième voiture.

— Je doute qu'il soit encore là. Si les pompiers ou les équipes de nettoyage ne l'ont pas récupéré, tu peux parier que les gens qui traînent dans le coin auront mis la main dessus. J'espère que tu as fait une déclaration de vol.

— Oui, je l'ai faite tout à l'heure.

Bon sang, elle n'avait pas pensé aux torrents d'eau que les pompiers avaient déversés...

— Non, je ne vois rien, annonça Landon en se relevant.

Kaitlyn se remit debout et gagna le centre de la ruelle. Elle balaya une nouvelle fois l'asphalte du faisceau de sa torche et suivit du regard la pente naturelle du bitume. Il y avait un amas de feuilles mortes et de détritus agglomérés un peu plus loin sur une grille d'égout. Elle s'approcha et déblaya le tas du bout du pied.

Le rayon de la lampe accrocha un reflet argenté qui l'encouragea à persévérer. Il était là.

Elle s'accroupit et brandit triomphalement le téléphone.

— Landon, je l'ai !

— Fantastique ! lança Landon d'un ton moqueur en avisant l'appareil ruisselant d'eau.

— Les feuilles l'ont peut-être protégé, avec un peu de chance.

Elle ouvrit le rabat et tenta de l'allumer. Rien. Pas la moindre réaction.

— Tu peux t'en acheter un autre, non ?

— Mais c'est de celui-là en particulier que j'ai besoin, expliqua-t-elle en le refermant avec un claquement sec.

— Quelque chose me dit que ce n'est pas juste une histoire de portable cassé, je me trompe?

Il semblait sincèrement ennuyé pour elle mais, paradoxalement, elle l'aurait giflé. Il était prévenant, attentionné, mais c'était aux problèmes de Kaitlyn qu'il s'intéressait, pas à la femme elle-même.

Il refusait de lui faire confiance, mais il s'attendait à ce qu'*elle* se confie à lui? Quel culot! Pourtant à qui d'autre pouvait-elle se confier? Landon avait prouvé qu'il savait tenir sa langue. Il était déjà au courant de l'affaire Tacomi et il ne faisait pas partie de la police, il ne pouvait donc pas être la taupe.

Pourquoi les choses doivent-elles toujours être si compliquées? se demanda-t-elle en tâchant d'estimer ce qu'elle pouvait raisonnablement lui révéler.

— Qu'est-ce qui ne va pas, Kaitie? J'aimerais t'aider, lui dit-il en lui saisissant le menton avec douceur.

Malgré l'obscurité de la ruelle, elle sut que son regard était sincère. Et puis il avait toujours cette odeur... Il l'avait appelée Kaitie, elle frissonnait chaque fois qu'il l'appelait comme ça.

Elle allait lui répondre, mais Landon l'interrompit d'un baiser lent, doux, qu'il fit durer interminablement. Elle sentit ses jambes flageoler.

Lorsque leurs lèvres se séparèrent, il la contempla avec une tendresse infinie, une lueur amusée. Kaitlyn prit alors conscience que, dans le vertige de cette étreinte, elle l'avait tiré à elle sans lâcher la torche et le cellulaire.

— Hum... je suis désolée, bredouilla-t-elle en lâchant précipitamment le blouson de Landon, je ne sais pas ce qui m'a pris, je...

Il lui caressa la joue et laissa ses doigts jouer dans ses cheveux.

— Tu dois bien admettre qu'on forme une sacrée équipe.

Etait-ce une remarque personnelle ou professionnelle ? Elle acquiesça, mais recula tout de même d'un pas pour retrouver son empire sur elle-même. Elle avait envie de lui faire confiance, même s'il mettait ses sens en ébullition chaque fois qu'un épisode un peu chaud avait lieu entre eux, et même si elle n'avait vraiment pas envie qu'il lui joue le coup de la douche froide une fois de plus.

— Ce n'est pas le lieu pour parler de ça. Allons chez moi, je t'expliquerai.

Durant le trajet, son esprit retrouva son acuité habituelle. Landon avait pris sa propre voiture. Il pénétra dans la maison à sa suite lorsqu'ils arrivèrent à destination.

Il allait parler, mais elle leva un doigt et lui fit signe de la suivre jusqu'à son bureau. Elle enclencha le répondeur afin que Landon écoute le message de Ron. Ce fut celui d'Abby qui résonna. Abby avait un débit incroyable, et le temps que Kaitlyn réagisse, sa meilleure amie en était déjà au passage où elle mentionnait « M. Topmodel ».

Landon leva un sourcil intéressé et croisa les bras sur sa poitrine. Kaitlyn refusa d'entrer dans son jeu et, ignorant ses gloussements, remit la machine en route.

La voix de Ron emplit l'espace et le sourire de Landon disparut. Il écouta le message jusqu'au bout avec attention.

— Tu as eu de ses nouvelles depuis qu'il t'a laissé ce message ? demanda-t-il sitôt l'enregistrement terminé.

— Non. J'ai laissé un message sur son répondeur, mais il ne m'a pas rappelée.

Landon considéra un instant le portable trempé de Kaitlyn, puis il ôta sa veste d'un geste de l'épaule, la jeta dans le fauteuil et saisit son propre téléphone accroché à sa ceinture.

— Si l'eau n'a pas grillé la carte, on doit encore pouvoir en tirer quelque chose.

Il ouvrit les deux appareils et inséra la minuscule puce dans son téléphone.

— Qu'est-ce que tu fais? demanda-t-elle en se rapprochant de lui.

— La puce renferme toutes les informations que contenait ton téléphone. En toute logique, si j'allume le mien avec ta carte à l'intérieur, c'est lui qui sonnera si on t'appelle.

— Tu veux dire que je vais pouvoir consulter mes messages? demanda-t-elle en lui prenant l'appareil des mains.

— Exactement.

Le portable s'alluma et afficha l'habituel écran d'accueil.

Kaitlyn composa son numéro sur le téléphone et entra son code secret pour accéder à son répondeur. Elle n'obtint qu'un message d'erreur et se souvint qu'elle avait fait suspendre sa ligne un peu plus tôt. Elle appela aussitôt son opérateur pour lui signaler qu'elle avait retrouvé son appareil.

— Ils disent que ça va prendre une à deux heures avant que le numéro ne soit réactivé, mais ça ne me dit pas comment je vais récupérer les pièces jointes que Ron m'a peut-être envoyées?

— L'écran de ton téléphone sera beaucoup trop petit

pour voir quoi que ce soit, tu vas devoir réexpédier le message vers ton ordinateur.

— Je savais que tu finirais par te rendre utile, plaisanta-t-elle en contournant le bureau pour ouvrir son ordinateur portable.

Kaitlyn se pencha sur la machine, ses cheveux tombant librement de chaque côté de son visage. Landon avait encore le goût de ses baisers dans la bouche et son odeur ne le quittait pas.

Il détourna volontairement le regard et aperçut la lune parfaitement ronde derrière les rideaux. Elle ne serait pas pleine avant un jour ou deux, mais il ressentait déjà son appel irrésistible.

De nouveau il contempla Kaitlyn qui fronçait les sourcils en pianotant sur son clavier. Elle était belle et terrible, et athlétique pour une femme de sa taille, mais tellement fragile face à sa force de loup-garou.

Il avait un peu plus envie d'elle à chacune de leurs rencontres. Plus le temps passait entre deux métamorphoses, plus le loup en lui semblait avide d'assouvir ses pulsions bestiales.

Elle t'appartient, prends-la !

Elle est humaine, se raisonna-t-il, épuisé par ce combat incessant contre lui-même. Tout irait bien tant qu'il maintiendrait une distance raisonnable entre eux.

— Ron a dit qu'il allait m'envoyer des images. Tu ne veux pas venir voir comment je pourrais les visionner ?

Landon passa derrière elle et étudia l'écran par-dessus son épaule.

— Avec les formats d'images les plus courants, l'un de ces deux logiciels devrait faire l'affaire.

Elle cliqua sur l'icône correspondante. Landon allait

se redresser lorsqu'il se figea, comme statufié, nimbé de son odeur parfaite ; il aurait pu en tomber à genoux. S'il avait été sous sa forme lupine, il se serait frotté à elle afin de s'imprégner entièrement du parfum de *sa* femelle.

Kaitlyn était *sa* femelle, *sa* compagne. Il en avait pris conscience un peu plus tôt au chalet, mais il avait dû s'éloigner d'elle pour ne pas la prendre, pour ne pas pénétrer en elle, au risque de la blesser, ou pire.

Il allait devoir museler sa nature bestiale et peut-être alors parviendrait-il à devenir l'amant dont elle rêvait. Le pendentif l'aiderait à maintenir sa forme primale en sommeil.

Il se pencha un peu plus, inhala son parfum et posa ses mains de chaque côté du clavier.

— Alors, tu t'es décidé à agir en adulte ?

Landon ramena ses longs cheveux en arrière et déposa un baiser sur sa joue. Un frisson saisit la jeune femme et son souffle devint plus rapide.

— Je refuse que tu joues au yoyo avec moi de cette façon, tu vas devoir me répondre, Landon.

Elle lui attrapa le poignet et fit mine de le repousser, mais il se colla contre elle, plaquant la raideur de son sexe contre son dos. Elle tourna la tête pour lui embrasser le bras droit, et il comprit qu'elle en voulait davantage.

Le cœur de Landon s'emballa et ses tempes se mirent à battre à un rythme primitif. Il ne fallait pas qu'il laisse ses griffes sortir de leur fourreau, aussi attrapa-t-il fermement le bureau. Pourquoi ne parvenait-il pas à se maîtriser, bon sang ! C'était comme si son corps refusait de lui obéir.

Non, c'était le loup en lui qui devenait enragé.

Du calme ! ordonna-t-il mentalement à la bête.

Kaitlyn tenta de se tourner face à lui, mais il l'en empêcha en lui saisissant les hanches.

— Non, pas encore, gronda-t-il en modérant sa prise pour ne pas lui fracturer le bassin.

Le loup regagna sa tanière et Kaitlyn s'adossa au torse de Landon.

— Tu ne veux pas que je te caresse ? s'étonna-t-elle presque à voix basse en levant la tête vers lui, palpant la nuque de son amant d'une main tandis que l'autre descendait lui saisir fermement les fesses.

— Laisse-moi te toucher, Kaitlyn, l'implora-t-il en glissant ses mains sous ses vêtements.

Elle le laissa faire et, à sa grande surprise, elle l'encouragea même en ôtant son sweat-shirt. Elle se retourna et saisit le T-shirt de Landon pour le sortir de son jean.

— A ton tour, maintenant.

Le sexe douloureusement dressé contre la toile de son pantalon, il se mit torse nu et jeta le T-shirt au sol. Elle palpa ses pectoraux, explorant chacun des reliefs dessinés par sa musculature. Enfin elle se pencha sur un téton noir et l'agaça du bout de la langue. Il ferma les yeux en lui embrassant la tête. Cette femme le rendait fou de désir. Il l'aimait tellement !

Landon fit glisser une bretelle de soutien-gorge et lui embrassa l'épaule. Elle tressaillit lorsqu'il descendit encore et se laissa porter par la courbe de son sein. Elle l'arrêta en posant un doigt sous son menton. Landon posa avec passion ses lèvres sur celles de Kaitlyn, tout en l'emprisonnant de ses bras puissants dans un corps-à-corps haletant. En réponse à cet assaut, elle lui mordit la langue et défit vivement les boutons de son jean.

Elle sent si bon, murmura la bête sortie de sa tanière.

Elle t'appartient. Laisse parler tes instincts. C'est ce qu'elle veut.

Non ! se rebiffa-t-il intérieurement tout en repensant à l'intimité qu'ils avaient partagée dans son chalet. *Elle possède l'odeur des Luprédas uniquement parce que j'aimerais que ce soit le cas. Si elle était des nôtres, je n'aurais pas besoin de la ménager. J'aimerais croire qu'elle peut aimer mon vrai moi, mais c'est un leurre. Allez, dégage de ma tête !*

Il défit le soutien-gorge de Kaitlyn, le jeta au sol, et laissa ses lèvres descendre jusqu'à sa poitrine.

Je serai toujours là pour te tourmenter, ricana le loup, *allez, montre-lui un peu ton vrai visage !*

Landon émit une petite plainte de plaisir lorsqu'il happa le téton dressé de Kaitlyn. Elle inséra sa main dans son caleçon et enroula ses doigts autour de son sexe raidi. Landon lui agrippa fermement les fesses et l'attira encore plus près. Le tissu du jean émit un léger craquement désespéré.

Il prit conscience que ses griffes venaient de jaillir malgré lui et qu'il avait littéralement déchiré un morceau du pantalon.

Kaitlyn éclata de rire et l'embrassa de plus belle.

— Voilà une façon originale de m'enlever mon jean, Musclor !

Landon paniqua intérieurement. Il n'avait même pas senti ses griffes jaillir ! Que se serait-il passé si elle avait été nue ? C'était pure folie que d'espérer parvenir à se contrôler en sa présence, elle faisait resurgir ses instincts bestiaux à la moindre caresse.

— Je suis désolé, murmura-t-il en reculant légèrement, une fois ses griffes rétractées.

— Ah, non ! s'emporta Kaitlyn en jetant les bras autour de son cou, cette fois tu vas terminer ce que tu as commencé, mon bonhomme. Et je me fous éperdument de mon jean.

J'aurais pu te blesser. Landon la prit dans ses bras et enfouit son visage dans son cou.

— J'ai tellement peur de te faire du mal. Je ne me le pardonnerais jamais, Kaitie.

— Et qu'est-ce qui te dit que ce n'est pas *moi* qui vais te faire du mal ? minauda-t-elle contre son oreille, en laissant ses ongles lui griffer le dos. Je ne suis pas une poupée de porcelaine, continua Kaitlyn en laissant son jean tomber à ses pieds, je suis une dure à cuire et si j'ai mal, ne t'inquiète pas, je le dirai. Beau boulot au fait, le félicita-t-elle en brandissant le jean en pièces, jamais on ne m'avait déshabillée aussi vite !

Le loup grogna à l'idée qu'un autre homme l'ait un jour approchée.

— Je te propose de clore les inscriptions à ce concours de l'amant le plus brutal, chuchota-t-il en jetant le jean par terre.

Kaitlyn recula vers le canapé en lui faisant signe d'approcher d'un simple mouvement du doigt. Elle éteignit en passant le plafonnier et s'allongea.

— Alors donne-moi une bonne raison de ne plus laisser personne tenter sa chance.

Comme elle était belle sous la lueur de la lune ! Ses pommettes roses et ses cheveux roux offraient un magnifique contrepoint aux coussins d'un vert profond sur lesquels elle était allongée. Il perçut de subtiles notes musquées qui trahissaient son excitation. Il cessa de réfléchir et ôta ses vêtements avant de la rejoindre.

Kaitlyn le regarda approcher en s'exhortant au calme. Il était immense, carré, large d'épaules… Il aurait dû l'intimider — d'autant qu'il l'avait mise en garde —, mais au contraire, cela la mettait dans un état d'excitation inimaginable.

Il se déplaçait avec une grâce féline et ses abdominaux se contractaient à chaque pas ! Il s'agenouilla près d'elle et elle put lire le désir sur son visage à la faveur de la lune. Kaitlyn frissonna et posa un doigt sur la fossette qu'il avait au menton.

— Est-ce que je t'ai déjà dit que ça te rendait extrêmement séduisant et que j'ai parfois le vertige quand tu es près de moi ?

Landon posa une main sur sa cuisse et lui effleura le front de l'autre. Il saisit une mèche de ses cheveux entre ses doigts et happa le doigt qu'elle avait posé sur ses lèvres.

La sensation de sa langue humide et de sa bouche chaude et moite autour de son doigt la fit haleter.

Il remonta un peu plus la main posée sur sa jambe et, d'une infime pression, lui suggéra d'ouvrir ses cuisses.

Elle le laissa faire et ondula pour se rapprocher encore un peu. Il sourit et commença à libérer le doigt humide de salive.

Leurs visages étaient tout proches, mais ils ne s'embrassèrent pas. Au lieu de cela, Landon la regarda au fond des yeux tout en glissant un doigt en elle avec un sourire prédateur.

— Tu es mouillée, chaude et si… étroite.

Kaitlyn répondit à ses mouvements par de petits mouvements de hanches et lui palpa le ventre jusqu'à saisir son sexe dressé.

— Et je t'attends, ajouta-t-elle en le serrant un peu plus fort.

Landon tressaillit et ferma les yeux l'espace d'un

instant. Lorsqu'il les rouvrit, ses pupilles étaient d'un vert un peu plus profond.

— Tes yeux...

Il plaqua sa bouche contre celle de Kaitlyn et introduisit au même instant un second doigt en elle. Les deux sensations conjuguées la firent chavirer.

Elle lui rendit son baiser avec ardeur, sans cesser de chevaucher cette main amoureuse, la sienne allant et venant le long de la verge de Landon. Elle voulait qu'il lui fasse l'amour de la même façon qu'il était en train de la caresser, avec lenteur et fermeté ; elle voulait hurler de plaisir.

Avant qu'elle ait eu le temps de réagir, Landon plongea sa tête entre ses cuisses, et de sa langue ajouta de nouvelles notes à la partition que jouaient ses mains à l'intérieur de son corps.

La verge de Landon lui échappa et elle ne pensa plus qu'à la bouche plaquée contre son sexe, qui la dévorait avec passion, tandis que les doigts de Landon s'agitaient, tournaient, allaient et venaient, la hissant crescendo sur un tempo endiablé.

Elle planta ses ongles dans ses épaules, grogna, se cambra, amoureuse de cette langue experte. L'orgasme guettait, et elle aurait voulu se laisser aller, mais elle ne voulait pas jouir sans lui cette fois.

Elle aimait sa force, elle respectait son sens de l'honneur et même le désintéressement dont il faisait preuve en tant qu'amant, mais une petite voix dans sa tête lui soufflait que cette nuit, il y avait un enjeu. Il y aurait un dominant et un dominé. Ce soir, les rôles allaient s'établir. Landon avait une présence terrible, mais elle devait lui faire savoir qu'il ne mènerait pas toujours la danse.

Elle serra les dents pour ne pas s'abandonner au

plaisir et lui releva la tête de force. Elle ondula et se mit à genoux avant de l'embrasser.

Landon la saisit par la taille et lui rendit son baiser avec une ardeur qui enflamma la jeune femme.

Il avait sa saveur intime dans la bouche, leurs odeurs se mêlaient et elle en eut presque le tournis. Elle s'accrocha à ses épaules et leurs lèvres se séparèrent afin qu'elle puisse enfouir son visage dans son cou et poser ses lèvres contre les pulsations puissantes de son vaste cœur.

Landon laissa ses mains se perdre dans la chevelure rousse et lui embrassa le front en murmurant son nom.

Elle lui caressa de nouveau le ventre et capta son regard lorsqu'elle saisit son sexe dressé.

Il cambra les reins et laissa échapper un grondement de plaisir. De nouveau elle vit ses pupilles prendre une teinte plus claire, comme si elles s'illuminaient de l'intérieur. Il lui saisit le poignet pour la forcer à cesser ses mouvements.

— Laisse-moi donner le tempo, ce sera encore mieux, suggéra-t-il d'une voix rauque.

Elle acquiesça et observa avec satisfaction l'extrémité humide de sa verge. Il était si dur, chacun de ses muscles semblait bandé à l'extrême, comme une statue de chair. *Mon magnifique dieu de l'amour à moi*, songea-t-elle en le prenant dans sa bouche.

Il lui lâcha le poignet et posa doucement une main sur sa tête, tandis que l'autre suivait la courbe de ses reins.

Il la saisit et la pièce sembla soudain tournoyer autour de Kaitlyn qui se retrouva à quatre pattes sur le canapé. Landon se coucha sur elle, son sexe plaqué contre ses fesses. Il la maintenait de force dans cette position, lui enfouissant presque la tête dans les coussins.

— Tu ne sais pas à quel jeu tu joues, Kaitie, gronda-t-il contre son oreille.

Elle tourna la tête et recula volontairement.

— Ce que je veux, c'est ce que tu allais faire quand tu es parti la dernière fois. J'ai envie de ça… je veux que tu te laisses aller.

Landon laissa échapper un grondement de colère en la libérant de son emprise. Il pesait toujours sur elle, la maintenant dans une immobilité forcée qu'elle accepta. Elle attendit sans bouger, de crainte qu'il ne se défile encore une fois.

Enfin elle sentit ses mains lui caresser le dos avec brusquerie et elle ferma les yeux.

— J'espère que tu as des préservatifs, souffla-t-elle sans bouger.

Landon se coucha une nouvelle fois sur elle et lui embrassa la tempe.

— Réfléchis bien avant de demander, tu pourrais obtenir plus que tu ne souhaites, ma petite enquêtrice soumise.

Elle l'entendit saisir un préservatif dans sa veste et sourit intérieurement.

— J'y compte bien, mon beau privé dominateur, répliqua-t-elle.

Une fraction de seconde plus tard, elle était de nouveau prisonnière de sa poigne d'acier.

— Tu aimes que ce soit moi qui décide ?

Elle eut un petit rire de gorge et ondula une nouvelle fois du bassin.

— J'aime te laisser croire que c'est toi qui décides, corrigea-t-elle.

Landon la força à se redresser et ils furent bientôt

tous deux à genoux, dos contre torse. Il la prit dans ses bras, l'empêchant de bouger tandis qu'il l'embrassait dans le cou.

— Tu *me* laisseras faire à ma guise, affirma-t-il sur un ton autoritaire qu'elle ne lui connaissait pas, car c'est pour ton bien. Je me fais bien comprendre ?

Le cœur de Kaitlyn s'affola. Il ne lui posait pas la question, c'était un ordre. Elle acquiesça et il relâcha légèrement sa pression en laissant ses mains lui caresser les hanches.

— Tu es certaine de ne pas vouloir te retourner ? chuchota-t-il dans son cou.

Elle fit non de la tête en lui attrapant les mains pour les guider jusqu'à ses seins. Son corps tout entier était en ébullition.

— Je veux que tu me donnes ce que tu m'as toujours refusé, répondit-elle en l'incitant à lui pincer les tétons.

— Est-ce que tu as déjà fait l'amour dans cette position ?

Il lui sembla que son cœur franchissait le mur du son lorsqu'elle sentit les battements de celui de Landon dans son dos. Il n'était pas aussi calme qu'il voulait bien le laisser croire.

Elle tourna la tête et déposa un baiser sur sa joue.

— Une fois. C'était pas mal.

Il la laissa à peine terminer sa phrase et agrippa ses seins en un geste de pure possession, sans la quitter du regard.

— Le passé n'existe pas. Seul le présent compte.

— Ça veut dire que tu me garantis que je vais aimer ça ? haleta-t-elle.

— Tu me diras ça quand j'aurai fini de te faire hurler de plaisir, répliqua-t-il en lui pinçant les tétons.

— Vantard…

Il l'interrompit en resserrant son étreinte sur ses seins. Elle eut le souffle coupé par un mélange de douleur et de plaisir. Son entrejambe se fit encore plus moite et elle dut s'agripper au canapé tant ses jambes tremblaient.

Landon la maintint contre lui, tout en laissant son autre main s'immiscer au plus chaud de son intimité, lui arrachant un cri de jouissance. Elle commença à onduler presque malgré elle en laissant échapper un bruit de gorge inarticulé.

— Allez, donne-m'en plus, on en a tous les deux envie, haleta-t-elle, incapable d'organiser ses pensées, comme si elle était plongée au beau milieu d'un rêve érotique.

Landon retira sa main, lui saisit les hanches et la souleva comme si elle ne pesait pas plus qu'une plume. Il la tint ainsi à quelques centimètres du sol, l'extrémité de sa verge effleurant le sexe de la jeune femme. Il la tenait si fermement qu'elle aurait certainement des bleus, mais elle s'en moquait.

— Maintenant, Landon ! hurla-t-elle, la tête enfouie dans les coussins.

Il bascula son bassin en avant et se glissa en elle. Entièrement. Kaitlyn ouvrit la bouche sur un cri muet.

— Est-ce que je te fais mal ? demanda-t-il d'une voix douce en reposant ses genoux sur le sol.

— Non, sanglota-t-elle, continue, je t'en supplie, continue !

— Je serais incapable de m'arrêter même si je le voulais, répondit-il sans cesser d'aller et venir.

Kaitlyn répondait à chacun de ses mouvements, le menant aussi loin en elle qu'elle le pouvait.

— Fais-moi crier, réclama-t-elle dans un souffle.

Il lui emprisonna alors les mains et pilonna ses reins comme un marteau frappant l'enclume. Ses coups de boutoir se réverbérèrent depuis le sexe de Kaitlyn jusqu'à sa bouche, d'où jaillit un cri de pure jouissance.

— Dis-moi que tu aimes ça, Kaitie, ordonna-t-il dans un feulement, tout en imprimant un mouvement circulaire à son bassin.

Mais Kaitlyn était incapable d'articuler le moindre mot.

— Ah…, gémit-elle face au déluge de sensations qui la saisirent, ou… oui, j'aime ça ! hurla-t-elle.

Landon se retira presque entièrement, la laissant pantelante, avant d'entrer en elle une fois de plus, mais cette fois en saisissant son épaule entre ses dents.

Il faisait cela pour la maintenir immobile, rien de plus, mais à sa grande stupéfaction, il constata que ses canines commençaient à jaillir. Comment cela était-il possible alors qu'il portait son pendentif ?

Le loup s'unissait à Kaitlyn et il s'apprêtait à apposer sur elle sa marque, malgré la barrière d'argent.

Non ! s'écria-t-il mentalement en tentant vainement de rétracter ses canines.

Son sexe lui-même semblait doué d'une vie propre et était agité de spasmes, comme pour se débarrasser du préservatif.

Kaitlyn gémit de plus belle en lui ouvrant largement ses cuisses.

— Tu durcis encore ! s'émerveilla-t-elle en se contractant autour de sa verge, c'est tellement bon, j'ai l'impression d'être en feu !

Elle en a envie, gronda le loup.

Elle ne se rend pas compte de ce qu'elle risque, contra Landon.

Elle te veut, c'est tout ce qui compte, rétorqua la bête.

— Mets fin à cette torture, Landon, mords-moi et fais-moi jouir, le supplia-t-elle d'une voix chevrotante.

Les vampires avaient prévenu les Luprédas que s'ils s'aventuraient à mordre un humain alors qu'ils se trouvaient sous forme lupine, ils seraient condamnés à demeurer sous cette apparence. L'inverse était-il vrai ? Ne pourrait-il plus se changer en loup ? Impossible de savoir ce qui se passerait, mais il savait une chose : Kaitlyn était son âme sœur.

Il glissa une nouvelle fois sa main vers le sexe offert et humide et décrivit de petits cercles rapides.

Kaitlyn saisit sa main et l'incita à appuyer plus fort, tout en bougeant les hanches comme une damnée.

L'odeur intime de la jeune femme se modifia subtilement et il sut qu'elle allait jouir.

— J'ai si chaud, souffla-t-elle, son corps tout entier ruisselant de sueur.

Landon perdit alors le contrôle de ses sens.

Elle est à moi ! mugit le loup en plantant ses canines dans la chair tendre.

Elle poussa un hurlement et son sexe se contracta autour de la verge tendue de Landon. Elle fut secouée de spasmes, emportée par un orgasme gigantesque. Landon décrocha sa mâchoire de l'épaule de Kaitlyn et lécha les petites blessures causées par ses canines, sans cesser d'aller et venir en elle.

Kaitlyn ne se contentait pas de se laisser prendre, elle répondait avec sauvagerie à chacun de ses mouvements. Lorsqu'elle atteignit son second orgasme, Landon l'accompagna et elle le sentit se libérer en elle en frémissant d'extase.

Le souffle court, elle laissa sa tête reposer sur l'accoudoir du canapé, le regard tourné vers Landon. Il embrassa la marque qu'il lui avait faite sur l'épaule, puis s'allongea sur elle lorsqu'elle tomba à plat ventre, littéralement épuisée.

Jamais il ne s'était laissé aller à ce point. Cela lui procurait un sentiment grisant de liberté, et une impression de fragilité tout à fait inédite. Kaitlyn savait le mettre à nu, il n'avait jamais aimé une femme à ce point.

— Alors... tu vas m'expliquer pourquoi tu m'as mordue ? demanda-t-elle lorsque leurs souffles eurent retrouvé un rythme constant.

Landon tressaillit. Il se leva, jeta le préservatif à la poubelle, en sentant le regard de Kaitlyn peser sur ses épaules. S'il lui révélait la vérité et qu'elle ne l'accepte pas, c'est toute la meute qu'il mettrait en danger.

Il revint s'allonger près d'elle et voulut la serrer contre lui, mais elle recula ; elle attendait une réponse.

Il passa un doigt sur les deux petits points rouges qui ornaient la peau de son épaule. Deux autres, identiques, dans son dos la désignaient désormais comme sa propriété. Ils ne s'effaceraient jamais et porteraient toujours son odeur afin que chaque Lupréda sache qu'elle lui appartenait. Cette idée le révoltait autant qu'elle le séduisait. Dans le monde des Luprédas, elle était à lui, mais, parmi les humains, il n'avait pas la moindre emprise sur elle.

— Je ne te mordrai plus sans ton accord, la rassura-t-il en lui prenant la main pour y déposer un baiser.

— Ce n'était pas ma question. Je t'ai demandé *pourquoi* tu l'avais fait.

— Tu fais ressortir mon côté bestial. Ce n'était jamais arrivé et, honnêtement, je n'ai pas pu m'en empêcher, répondit-il avec autant de franchise que possible.

— Ce n'est pas grave, les marques disparaissent déjà. Demain il n'y paraîtra plus.

J'en doute fort, ma douce compagne.

— Ça t'ennuierait si elles ne disparaissaient pas complètement ?

Elle rougit. Elle était tellement belle avec sa crinière rousse ébouriffée.

— Ce sera comme une sorte de suçon.

Tout le monde saura que tu es à moi, songea-t-il.

— Personne ne saura rien si tu ne les montres pas. Est-ce que ça t'a plu ?

Elle prit sa main dans la sienne et glissa l'index de Landon dans sa bouche. Elle le suça comme une sucrerie. Son érection se manifesta aussitôt, un peu plus raide à chaque coup de langue.

Elle lui mordit le doigt et lui adressa un sourire désarmant.

— Est-ce que ça répond à ta question ?

Il se pencha vers elle et l'embrassa longuement. Elle fit mine de glisser sa main vers sa verge, mais il la retint avec un petit rire.

— Et si on se reposait un peu, proposa-t-il en s'allongeant sur le dos.

Kaitlyn s'étendit contre sa poitrine avec un petit soupir de regret, tout en emmêlant ses jambes avec celles de Landon.

— D'accord, mais cinq minutes seulement alors.

Landon lui caressa les cheveux jusqu'à sentir sa respiration devenir ample et profonde, la lune jouant dans ses boucles ardentes. Il était prêt à vivre loin de la meute, si c'était pour avoir toujours Kaitlyn auprès de lui. Ce n'était pas tous les jours que l'on croisait le chemin de son âme sœur, et il comptait la chérir chaque jour de son existence.

10

Kaitlyn s'éveilla dans la chaleur des bras de Landon. Il dormait paisiblement, couché contre elle, les ombres dessinant son profil si séduisant. Il faisait encore nuit, mais la lumière de la lune les nimbait d'une clarté bleutée. Combien de temps avait-elle dormi ?

Elle souleva le bras de Landon qui pesait sur sa poitrine et se leva discrètement. Elle ramassa son jean derrière le bureau et poussa un soupir en apercevant la large déchirure à l'entrejambe. Elle laissa retomber le vêtement au sol et enfila le T-shirt de Landon qui lui tombait aux cuisses. L'odeur de son amant l'enveloppa entièrement et elle revint vers le canapé pour le regarder dormir, tout en pressant le col du vêtement contre son nez pour s'enivrer de son parfum.

Quel amant ! Elle se doutait que ce serait bon, mais à ce point-là…

— Tu es vraiment un vilain petit garçon, lui chuchota-t-elle à l'oreille avec un sourire satisfait.

Elle décida de le laisser dormir jusqu'à ce que son téléphone soit de nouveau en service. Son regard tomba alors sur le carton qu'elle avait rapporté de chez Hank.

La veste de Landon avait glissé du canapé, ouvrant l'un des pans du carton au passage.

Elle braqua la petite lampe de bureau vers le bas et s'agenouilla. Des piles de papiers et des chemises cartonnées occupaient un coin du carton. Une boîte contenant tout un attirail de pêche était logée dans l'autre. Enfin un coffret de bois à l'effigie du loup était posé dans le troisième angle, sur une photo encadrée. Elle saisit le cadre et son cœur cessa de battre. Il s'agissait d'une photo volée de Landon traversant la rue.

Elle retourna la photo et lut la date. Non, c'était impossible. Elle datait de plus de vingt ans !

Elle contempla une nouvelle fois l'image. Pourquoi son père possédait-il un cliché de Landon ? Et comment était-il possible qu'il n'ait pas changé ? Personne n'avait l'air aussi mature à vingt ans.

Elle reposa la photo et ouvrit le coffret de bois. Elle y trouva une poignée de balles. Elle s'était attendue à quelque chose de plus émouvant, comme un bijou datant de l'enfance de Kaitlyn ou ayant appartenu à Sharon, sa mère, mais des balles ?

Elles avaient une couleur étrange, argentée. D'ordinaire, elles étaient couleur cuivre, parfois teintées de plomb. Elle en examina une de plus près et remarqua les initiales gravées sur la surface : J.M.

Un frisson la saisit lorsqu'elle comprit qu'elle avait déjà vu ces lettres ailleurs, quoique déformées.

La photo à la main, elle revint vers le canapé ; ses jambes tremblaient. Elle s'assit près de Landon et compara le projectile du pendentif à celui qu'elle tenait au creux de sa main. Ils étaient identiques. La balle appartenait à son père.

Elle ravala un sanglot et ferma les yeux.

— Que se passe-t-il, Kaitlyn ? s'alarma Landon en lui prenant délicatement la main.

Elle ouvrit les yeux et des larmes roulèrent sur ses joues. Elle avait toujours trouvé que Landon avait quelque chose d'étrange, mais cette photo trouvée dans les affaires de son père confirmait ses soupçons. Elle lui posa les balles dans la main, ainsi que la photo.

— Explique-moi pourquoi mon père avait ce cliché de toi dans ses affaires, et pourquoi tu portes une de ses balles autour du cou !

Le ton de sa question blessa profondément Landon. Il ne pouvait pas accepter que sa promise le haïsse, mais c'était pourtant ce qui le guettait si elle apprenait la vérité. La photo qu'elle brandit le prit complètement par surprise. Quand James McKinney avait-il pris ce cliché ? Et pourquoi ?

— Je suis aussi surpris que toi de voir cette photo, répondit Landon avec un étonnement sincère tout en s'asseyant.

— Mais tu sais pourquoi tu portes l'une de ses balles en pendentif, murmura-t-elle, les yeux brillant de larmes.

Landon aurait tout fait pour chasser la douleur qu'il lisait sur son beau visage. Elle était son âme sœur, celle dont il était tombé amoureux trois ans auparavant, il lui devait la vérité, même si cela impliquait de se mettre en danger.

— Cette nuit-là, dans le parc, il tirait sur quelque chose dans les bois, il… essayait de protéger quelqu'un. C'est arrivé si vite ! Je n'avais pas l'intention de tuer ton père, Kaitlyn, tu dois me croi…

Il fit mine de la toucher, mais elle le repoussa violemment sans le laisser terminer sa phrase.

— Mon père s'est fait lacérer, commença-t-elle avant que ses yeux ne s'élargissent d'épouvante. C'était toi dans la ruelle, c'est toi qui as tué les vampires, tu étais… immense.

En une fraction de seconde, Landon était debout près d'elle. Il la rattrapa au moment où ses jambes se dérobaient sous elle.

— Doucement, Kaitie.

— Ne me touche pas ! s'écria-t-elle en retrouvant son équilibre.

Elle recula et se heurta aussitôt au bureau.

— Bon sang, mais qu'es-tu, au juste ? Ce... ce corps dans le parc, celui dont j'ai vu l'aura, c'était un... c'était un loup-garou, pas vrai ? lui lança-t-elle en le harponnant de ses pupilles volcaniques.

— Techniquement, on les appelle des zerkers, mais oui, c'est un loup-garou.

Elle posa ses deux mains sur la poitrine de Landon. Elle commençait à avoir du mal à respirer ; elle allait bientôt s'évanouir.

— Essaie de respirer calmement, lui conseilla Landon, impuissant à l'aider, inspire profondément ou tu vas tourner de l'œil.

— Et comment est-ce que je suis supposée réagir ! s'emporta-t-elle en agitant les bras. Je viens juste de découvrir que l'homme avec qui je viens de faire l'amour est non seulement le meurtrier de mon père, mais qu'en plus c'est une saloperie de loup-garou !

Elle était en état de choc et elle se sentait trahie.

— Kaitlyn, je...

— Dégage d'ici, lui ordonna-t-elle en ramassant ses vêtements avant de les lui jeter au visage et de lui désigner la porte.

Landon se rhabilla en silence. Il était en train de boutonner son pantalon lorsque le téléphone sonna.

Leurs regards convergèrent vers le bureau.

— C'est Ron, annonça-t-elle après avoir vérifié l'identité de son correspondant.

Elle ouvrit l'appareil et prit la communication.

— J'ai eu ton message, Ron.

L'ouïe surdéveloppée de Landon lui permit de percevoir la voix de son interlocuteur, un homme qu'il avait appris à détester au fil des années.

— Je suis heureux de l'apprendre, Kaitlyn, maintenant écoute bien ce que *moi*, j'ai à te dire.

— Rémy ? Où est Ron ?

Elle lança un regard interrogateur à Landon.

Est-ce que tu peux l'entendre ? articula-t-elle exagérément à l'intention de Landon, en désignant le combiné du doigt.

Il acquiesça vivement en croisant les bras sur la poitrine.

— Disons seulement qu'il n'aura plus besoin de son téléphone. Il me semble en revanche qu'avant de quitter ce monde, il t'a fait parvenir un autre message.

— Qu'est-ce que tu lui as fait ? Bon sang, Rémy, tu as complètement perdu la tête ou quoi ?

— Pas du tout. J'adhère simplement à une cause et je la défends.

— Et tu es prêt à tuer pour ça ?

— Tu as jusqu'à 2 heures du matin pour te rendre à la gare désaffectée de Chelsea, sur la 25e Rue. Tu m'apporteras ton portable. Si tu ne viens pas, mes hommes s'assureront que ta mère rejoigne son Créateur un peu plus tôt que prévu.

— Espèce d'ordure ! cracha-t-elle, vibrant de colère, si tu touches un cheveu de ma mère, je vous extermine tous !

Rémy ne répondit pas à sa menace, et conserva un calme olympien.

— Je suis sûr que tu viendras à mon rendez-vous. Inutile de préciser que je ne veux pas voir tes collègues dans le secteur. Je saurai si tu les mets au courant et je passerai le coup de fil dont je viens de t'entretenir. Non seulement ta mère mourra, mais tu devras en outre expliquer à la police comment cette perte tragique t'aura poussée à assassiner Ron.

Les mains tremblantes, elle lança un regard désespéré à Landon, qui s'approcha aussitôt et lui saisit les épaules avec une grande douceur. Il laissa le loup sortir de sa tanière et put ainsi s'adresser mentalement à Kaitlyn.

Fais-le parler, qu'il nous raconte comment il t'a piégée. C'est un petit fumier orgueilleux, il ne ratera pas une occasion de se faire mousser.

Elle tressaillit face à cette intrusion dans son esprit, mais il lui serra un peu plus les épaules afin de la rassurer, avant de désigner le téléphone d'un geste du menton.

— Tu n'es pas assez intelligent pour avoir planifié ces horreurs tout seul, Rémy, le provoqua-t-elle sans quitter Landon du regard.

— Tout le monde vous a entendus vous accrocher l'autre jour au poste.

— Mais je ne lui ai pas parlé depuis le début de la semaine.

— Allons, allons, tu as la mémoire courte. Tes relevés téléphoniques prouveront que tu l'as appelé aujourd'hui même. Et puis tu semblais vraiment enthousiaste de l'avoir au bout du fil, il y a quelques minutes.

— Quelque chose me dit que Ron est mort la nuit dernière. L'appel a été passé après sa mort.

— Rends-toi à l'évidence ! Nous sommes plus malins que toi. Nous avons fait en sorte que l'heure du décès soit impossible à déterminer avec certitude, mais quand ils trouveront son corps, il y aura des preuves qui t'incrimineront. Il me suffit de passer un coup de fil anonyme, de parler d'une odeur suspecte et tu es finie, Kaitlyn. Allez, on arrête là. Tu as toujours été une fille bornée, et aujourd'hui ça te joue des tours. Sois plus maligne cette fois et amène-nous ce foutu téléphone à 2 heures tapantes.

Elle referma l'appareil et se mit à trembler nerveusement. Landon la prit aussitôt dans ses bras et la serra fort. Elle se laissa faire quelques instants avant de le repousser.

Il n'insista pas, mais lui lança de sa voix de mâle dominant :

— Ne laisse pas nos problèmes personnels interférer entre nous. Accepte mon aide. Tu as besoin de quelqu'un pour veiller sur ta mère et pour couvrir tes arrières pendant ta rencontre avec Rémy. Tu ne peux pas être à deux endroits à la fois. Laisse-moi t'aider, insista-t-il face à l'expression bornée de la jeune femme.

A peine avait-elle acquiescé qu'il saisit son téléphone et appela Caine.

Pendant que Landon mettait son frère de meute au courant de la situation, Kaitlyn réunit ses affaires, se déplaçant comme un automate. Elle grimpa l'escalier et monta dans sa chambre pour se trouver des vêtements plus chauds en vue de sa confrontation avec Rémy ; les manteaux épais n'étaient pas vraiment conseillés quand on voulait être libre de ses mouvements.

Elle enfila un jean, un T-shirt rouge et une veste de jogging avant de redescendre et d'attacher ses cheveux.

Elle était pâle comme la mort et elle avait le regard vide. Elle avait conscience d'être dans une sorte d'état de choc et d'être beaucoup trop calme au regard de ce qu'elle venait d'apprendre au sujet de Landon. Manifestement elle tenait vraiment à ce type.

Quelle idiote ! Elle avait pourtant senti que quelque chose clochait chez lui. Ce soir, la vie de sa mère était en jeu, elle ne pouvait pas se permettre de manquer son coup.

Elle se dirigea vers l'armoire et se dressa sur la pointe des pieds. Ses doigts heurtèrent sa casquette de base-ball, la repoussant encore plus loin au fond.

— C'est ça que tu cherches ? lui demanda Landon en attrapant l'objet pour elle.

Elle le remercia, mais constata que le regard de Landon était fixé sur un loup qu'elle avait peint, plusieurs années auparavant, sur le mur rose de sa chambre, et qu'elle n'avait jamais eu le cœur de recouvrir. L'animal avait un pelage d'un brun profond et des taches argentées autour des oreilles. Il était assis dans les herbes hautes, fier et majestueux, telle une sentinelle qui suivait chacun de ses mouvements, où qu'elle se trouve dans la pièce.

Un frisson la saisit lorsque son rêve lui revint à la mémoire. Elle vissa la casquette sur son crâne et passa sa queue-de-cheval dans l'ouverture à l'arrière.

— Je te laisse avec ton ami à poil, lança-t-elle à Landon en quittant la pièce.

— Est-ce ton père qui a peint ça pour toi ? lui demanda-t-il en la saisissant par le bras.

Elle se dégagea de sa poigne, coupable de ce désir qui refusait de la quitter malgré ce qu'elle venait d'apprendre.

— Il a engagé un artiste pour le faire sous ses directives, répondit-elle avant de descendre l'escalier, sans laisser à Landon le temps de réagir.

Il la suivit jusque dans son bureau. Elle avait

encore deux heures devant elle avant le rendez-vous fatidique.

Elle songea de nouveau qu'elle n'avait pas droit à l'erreur et saisit ses clés.

— Où vas-tu ? lui demanda Landon en bloquant le passage.

Elle tenta de se faufiler, mais il la saisit par les épaules.

— Je veux voir ma mère. On est en dehors des heures de visite, mais j'entrerai par effraction s'il le faut.

— Si tu t'approches d'elle, ils penseront que tu essaies de tenter quelque chose. Tu sais qu'ils la surveillent.

Elle savait qu'il avait raison.

— Je suis désolé, Kaitlyn, pour… ce passé tragique. Si je pouvais tout recommencer, murmura-t-il en lui massant affectueusement les épaules.

Elle n'avait aucune envie d'évoquer le rôle de Landon dans la mort de son père, la blessure était encore trop fraîche. Elle se redressa, se dégagea de son étreinte et lui prit son téléphone. Si elle pouvait recevoir des appels, cela signifiait que son opérateur avait réactivé son accès.

Elle fit défiler l'historique des messages et trouva celui de Ron. Elle le réexpédia vers son ordinateur et s'installa au bureau en attendant que le mail arrive dans sa boîte de réception. Un flash d'info clignota dans la fenêtre de son navigateur internet :

Camion de la Tacomi accidenté. Chauffeur tué. Armes volées.

— L'accident fait déjà la une, indiqua-t-elle à Landon, tandis que l'icône indiquant un nouveau message attirait son attention.

Il contenait deux photographies. Elle suivit les instructions de Landon pour les ouvrir et ne fut pas surprise de voir Rémy parader sur la première. Il avait une arme à la main. Derrière lui le camion de la Tacomi était couché sur le flanc. Le second cliché était moins net et elle discerna une silhouette floue au second plan, près du semi-remorque. Elle imprima les deux documents.

— Ron a réussi à envoyer des photos ? demanda Landon d'un ton étonné.

Elle saisit le premier cliché et le lui tendit.

— Pas étonnant qu'il veuille mettre la main sur mon téléphone, il recèle la preuve qu'il était sur la scène de crime.

— Et l'autre ? s'enquit Landon en se tournant vers la machine qui ronronnait.

Elle lui tendit la feuille encore chaude et alla s'adosser au bureau.

— Celle-là me laisse perplexe. On dirait presque une panthère noire. Qu'est-ce que tu en dis ?

— Je dis que je vois la même chose que toi, répondit-il en posant l'image sur une étagère.

— C'est étrange, non ?

Ils demeurèrent un long moment muets, avant que Kaitlyn ne brise finalement un silence qui devenait pénible.

— J'imagine que tu vas vouloir attendre l'arrivée de Caine pour discuter du rendez-vous avec Rémy ? Puisqu'on est là, pourquoi ne me racontes-tu pas d'où viennent les loups-garous ? Tu t'es battu comme un beau diable contre ces vampires, l'autre nuit, c'était comme si vous aviez des comptes à régler.

Landon s'adossa au chambranle de la porte et croisa les bras sur sa poitrine.

— C'était le cas. Si les loups-garous existent, c'est parce que les vampires les ont créés. Ils voulaient un adversaire à leur taille pour le chasser.

Kaitlyn tressaillit en entendant le mot *chasser.*

— C'est… barbare.

Non, se reprit-elle, elle ne devait pas oublier que Landon n'était pas humain. Il avait tué deux Sanguinas à mains nues, cet homme… Ce Lupréda pouvait se défendre tout seul.

— Tout a changé quand les vampires ont commencé à s'éteindre, il y a vingt-cinq ans. Ils nous ont libérés de nos chaînes et nous avons gagné notre liberté.

— Connais-tu l'origine des vampires et la raison de leur haine envers l'humanité ?

Il acquiesça.

— Les premiers vampires sont le fruit d'un projet gouvernemental top secret baptisé Scions. Son objectif était de créer, par le biais de manipulations génétiques, un super-soldat.

— Mais pourquoi s'attaquer aux humains ?

— Parce que les scientifiques les traitaient comme des rats de laboratoire, leur faisaient subir des batteries de tests inhumains et ne leur permettaient pas de sortir du complexe. Ils ont fini par se révolter.

— Et ils se sont mis à tout dévaster, à se nourrir de sang humain et à créer des loups-garous pour les chasser, c'est ça ?

— En gros, confirma-t-il en se massant la nuque.

— Comment se fait-il qu'on soit au courant de l'existence des vampires, mais pas de celle des loups-garous ?

— Parce que nous ne nous attaquons pas aux humains. Nous avons été conçus de telle sorte que si l'on s'aventure à mordre un humain en étant sous forme de loup, cette apparence devient permanente. C'est très dissuasif.

Elle se frotta l'épaule.

— Tu m'as mordue. Est-ce que l'inverse se vérifie ? Est-ce que je vais me transformer en loup-garou ?

Landon sembla choqué.

— Ce n'était pas une morsure de loup !

— On aurait bien dit pourtant, répliqua-t-elle avec agressivité.

En un éclair, il fut face à elle.

— Ça n'avait pas l'air de te déranger, tout à l'heure.

Le rose lui monta aux joues et elle détourna les yeux face à son regard pénétrant en faisant mine d'étudier les ouvrages de son père.

— Tu penses qu'il connaissait ta vraie nature et que c'est pour cette raison qu'il gardait cette photo de toi ?

Landon prit le temps de réfléchir.

— Non, je ne pense pas qu'il ait été au courant avant cette nuit terrible dans le parc.

Kaitlyn chassa vivement les images qui lui venaient à l'esprit, elle ne pouvait pas se permettre de flancher maintenant. Cependant elle avait besoin de réponses à ses questions.

— Est-ce que c'est un vampire qui a mis le feu à ce zerker ?

— Non.

La réponse laconique de Landon ne la satisfaisait pas.

— Mais tu sais qui est responsable, n'est-ce pas ?

Devait-il lui dire la vérité, ou du moins partager sa théorie avec elle ? Il n'avait aucune certitude, mais le Velius était l'hypothèse la plus plausible, surtout depuis qu'il avait aperçu sa silhouette près du camion sur la photo.

Il poussa un soupir et s'adossa au bureau que Kaitlyn venait de quitter.

— Après que les vampires nous ont créés, ils ont abandonné leurs labos, mais il s'en trouvait parmi nous qui voulaient ressentir l'excitation d'être le chasseur et non la proie. Ils ont donc mené secrètement leurs expériences à l'insu des vampires et ont créé *leur* proie, qu'ils ont sobrement baptisée Velius.

Landon songea alors à un passage de la prophétie :

La proie cessera de fuir et deviendra chasseur.

— Vous n'étiez quand même pas gardés en cage en attendant la traque suivante, si ?

— Non, les colliers d'argent que les vampires nous forçaient à porter nous empêchaient de nous transformer et nous maintenaient dans un périmètre restreint.

— Continue, je t'écoute, intervint Kaitlyn, ébahie par son récit.

— Seuls quelques Luprédas étaient au courant de ces expérimentations sur le Velius, et nous n'étions pas tous d'accord entre nous.

— Tu… tu veux dire que tu étais l'un d'eux ?

— Moi et quelques autres, nous avons voulu agir. La perspective de réduire en esclavage une autre espèce après ce que nous avions vécu… Nous avons détruit le laboratoire et libéré les cobayes.

— Ça n'a pas dû te rendre très populaire.

— Non.

Le destin était ironique, lui qui était en passe de devenir une icône pour son clan…

— Quel genre de créatures étaient ces… *proies* ?

— Des métamorphes. Des hommes-panthères, pour la plupart. Selon la fantaisie de leurs créateurs, bien entendu.

— Bien entendu, répéta-t-elle en levant les yeux au ciel.

Le jean et la casquette la rajeunissaient, mais n'enlevaient rien à sa beauté aux yeux de Landon.

— Tu crois que ces panthères ont survécu et qu'elles cherchent à se venger à leur tour ?

Sa question lui remit à la mémoire un autre passage de la prophétie.

La proie cessera de fuir et deviendra chasseur,
L'ennemi intime se révélera plus gris que noir.
Faire face à ses contradictions,
C'est trouver la réponse à ses questions.

La panthère semblait la réponse évidente à l'énigme. Quelqu'un avait essayé de dresser les vampires contre les Luprédas dont les Velius étaient l'échec le plus patent. Quant à savoir ce que pouvait signifier *L'ennemi intime se révélera plus gris que noir* ?

Provoquer une guerre et assassiner trois zerkers par le feu était un acte plutôt *noir* pour Landon. Et puis cela n'expliquait pas comment les panthères avaient fait pour ne pas laisser la moindre odeur, car elles en possédaient une, jadis.

Kaitlyn claqua des doigts sous son nez.

— Hého ? Humaine à loup-garou ! Tu me reçois ?

Landon adorait ce petit côté immature. Quelle tragédie que la mort de son père ait dressé ce rempart entre eux. Il pouvait s'estimer heureux qu'elle lui adresse toujours la parole.

— J'étais en train de me demander à quel point la prophétie dont m'a fait part un ami vampire s'était réalisée jusqu'ici.

— Un ami vampire ? J'avais cru comprendre que vous étiez légèrement en froid, non ?

— C'est une longue histoire.

— J'ai tout mon temps, s'entêta-t-elle.

Landon lui récita la prophétie, l'épisode concernant

le roman d'Ariel, ce qui l'amena à raconter comment il était parvenu à établir une trêve avec celui qui était devenu depuis le chef des vampires, et qui avait fini par tomber amoureux de l'humaine qu'il avait initialement enlevée et qui était aujourd'hui sa compagne.

Lorsqu'il eut terminé, Kaitlyn semblait ébahie.

— Wahou ! C'est un vrai film, ton truc. Incroyable histoire.

— Les humains jugent souvent notre existence elle-même assez incroyable, et pourtant nous sommes là.

— Et les panthères aussi, désormais.

— Je n'en étais pas absolument certain jusqu'à ce que je voie cette photo. Tout s'explique, maintenant.

— Mais tu as dû les sentir dans le parc, non ? Vous autres les lycanthropes, vous avez un odorat hors du commun, il me semble ? Et puis ces empreintes luminescentes ?

Landon se tendit. Elle venait de toucher un point sensible.

— Je n'ai rien senti, et Jachin non plus. Ils parviennent, je ne sais comment, à masquer leur odeur. Quant aux traces brillantes, aucun de mes frères n'a mentionné quoi que ce soit de semblable sur les lieux des enlèvements. Mais nous savons désormais qu'il existe un lien entre les panthères, la Tacomi et la mafia.

Kaitlyn sembla enfin prendre la mesure de l'abomination à laquelle ils allaient devoir faire face.

— Aïe, ce n'est pas bon du tout, ça.

— On ne s'attaque pas à des truands humains, cette fois, dit-il en saisissant Kaitlyn à la nuque, et c'est pour cette raison que j'ai demandé de l'aide à Caine et à quelques autres.

Elle lui attrapa vivement le poignet.

— Quelques autres? Mais vous êtes combien dans ta meute?

— Cent cinquante, répondit-il en lui caressant la joue.

On frappa à la porte. Les loups étaient suffisamment près pour qu'il détecte leur odeur.

— C'est Caine, Laird et Roman, répondit-il à la question muette de Kaitlyn.

Caine, le petit frère de Landon, et deux autres colosses pénétrèrent dans la pièce qui sembla aussitôt étouffante. Kaitlyn ne parvint pas à soutenir leur regard. Même sous leur apparence humaine, ils formaient un groupe terriblement impressionnant. Sachant qu'ils étaient tous des lycanthropes, elle se rapprocha instinctivement de Landon.

— Je te présente Laird, commença Landon en lui désignant un jeune homme de son âge, à la chevelure auburn et aux grands yeux bleus.

Il était aussi grand que Landon, mais il était plus svelte.

— Ravi de faire ta connaissance, Kaitlyn. J'ai cru comprendre que tu étais flic?

Son regard franc et son large sourire la mirent aussitôt à l'aise.

— Merci pour le coup de main, répondit-elle.

— Comme si on avait le choix, ronchonna l'autre type, qui ramena sa crinière blonde derrière ses oreilles.

Il avait plus l'air d'un surfeur que d'un redoutable loup-garou.

— Laisse tomber, lui lança Caine avant d'adresser un sourire amical à Kaitlyn. C'est bon de te revoir, même dans ces circonstances. Ne fais pas attention à Roman, il a tendance à parler sans réfléchir. La plupart des gens ne comprennent rien à son sens de l'humour.

— Il me reste quelques détails à vous exposer, annonça Landon en posant ses mains sur les épaules de Kaitlyn en un geste protecteur.

Lorsque Landon parlait, les sourires disparaissaient et les lycanthropes semblaient se mettre mentalement au garde-à-vous. Une tension palpable emplit la pièce et des regards respectueux convergèrent vers l'homme debout derrière elle. Vraisemblablement, il avait une emprise incroyable sur ses frères.

— Nous avons mis la main sur les informations que Ron a transmises à Kaitlyn. Nous avons la preuve qu'au moins un Garotteur est impliqué dans le récent accident d'un camion de la Tacomi. Je veux que vous fassiez preuve de la plus extrême prudence. Les Velius sont également impliqués et il est probable qu'ils soient également liés à l'enlèvement et au meurtre de nos zerkers.

— Tu as retrouvé tous les zerkers ? lui demanda Laird.

Landon acquiesça.

— Alors ce n'est pas une chimère, cette histoire de panthères ? intervint Roman. C'est dingue, je croyais que c'était juste une légende urbaine qu'avaient inventée les anciens de la meute !

— Pourquoi est-ce qu'on ne les a pas sentis ? demanda Caine.

— Voilà une question à laquelle j'aimerais pouvoir répondre.

Landon s'éloigna de Kaitlyn. Il saisit la photo qu'ils avaient imprimée et la tendit à Caine.

— Tu vois cette silhouette, à l'arrière-plan ?

Roman et Laird se rapprochèrent pour y jeter un œil.

— Nom de… ! s'exclama Caine.

— Voyons maintenant comment nous allons intervenir durant ce rendez-vous avec le Garotteur, enchaîna Landon, impassible.

— Tu crois que les panthères seront de la fête elles aussi ? s'enquit Caine.

— Soyez prêts à tout. Je veux que toi, Laird et Roman, vous suiviez Kaitlyn jusqu'à la gare. Vous vous garerez plus loin et vous finirez à pied. Je ne veux pas que le type que Kaitlyn doit rencontrer suspecte votre présence. Il aura peut-être posté des guetteurs, alors gardez les yeux ouverts. Je le veux vivant. On a besoin de lui.

— C'est risqué, intervint Kaitlyn qui commençait à respirer péniblement, qu'est-ce qui se passera s'ils sont plus nombreux que prévu ? Et si ces… Velius sont là aussi, vous ne pouvez pas sentir leur odeur !

— On ne peut pas les traquer après coup, répondit Landon, mais je te garantis que ces trois-là entendront jusqu'aux battements de cœur des panthères si elles sont dans les parages. Moi, je vais à l'hôpital m'assurer que ta mère va bien.

Caine prit son téléphone et le lança à Landon.

— Prends mon portable, on t'appellera quand on en aura terminé avec ces fumiers. Il est sur vibreur.

Landon le remercia d'un signe de tête et enfouit l'appareil au fond de sa poche.

— Tu as une deuxième arme ? demanda-t-il à Kaitlyn.

Elle acquiesça. Il la fixa de ses yeux émeraude et sembla sonder les profondeurs de son âme.

— Je vais protéger ta maman. Promets-moi d'être prudente.

11

Kaitlyn avait l'impression qu'une armée d'insectes abominables se frayaient un chemin dans ses entrailles. Le temps qu'elle gare sa voiture près du lieu du rendez-vous, elle était devenue une vraie boule de stress. Il n'y avait sur le parking que la BMW noire de Rémy, et un unique réverbère dispensait une chiche lumière sur le bitume. L'endroit où devait avoir lieu le rendez-vous était plongé dans l'obscurité.

Elle fixa son arme à sa cheville et la recouvrit de son jean, puis elle prit le téléphone de Landon et effaça le message qu'elle avait envoyé un peu plus tôt vers sa boîte mail. Elle rangea l'appareil ainsi que ses clés dans la poche de sa veste, saisit sa lampe et sortit de la voiture.

Elle remonta la rue en scrutant les ténèbres, à la recherche d'hommes embusqués derrière des amas de rails figés par la rouille, ou entre deux wagons abandonnés. Les ombres s'étiraient de façon lugubre autour d'elle, mais l'endroit semblait complètement désert. Seule une silhouette solitaire se détachait un peu plus loin dans la pâle clarté lunaire.

Kaitlyn déglutit péniblement et serra la lampe un peu plus fort, réconfortée de sentir les empreintes de Landon incrustées dans le métal. Il n'était pas près d'elle, mais elle savait qu'il avait tout fait pour la protéger et cela lui procurait un étrange sentiment de plénitude. Du coin de l'œil elle vit Caine avancer à couvert. Elle ne fit rien qui puisse laisser penser qu'elle l'avait vu et se dirigea vers Rémy.

Elle alluma la lampe et la braqua sur les ténèbres qui s'étendaient sous le pont soutenant les anciennes voies de chemin de fer.

— Montre-moi le téléphone, lui ordonna Rémy, tandis qu'une sonnerie résonnait dans sa poche.

Elle le brandit et braqua la lampe sur l'appareil. Elle en profita pour vérifier l'origine de l'appel et constata qu'il venait du portable de Ron.

— Incroyable. Pour la première fois, on dirait bien que tu m'écoutes ! se félicita Rémy tandis que Kaitlyn continuait d'avancer vers lui.

— Tu ne m'as pas vraiment laissé le choix, répondit-elle en orientant la lampe dans sa direction afin de s'assurer qu'il n'était pas armé.

Détendu en apparence, il avait les bras le long du corps. Il referma le portable de Ron dans un claquement et le téléphone de Kaitlyn cessa de sonner. Aux yeux de Kaitlyn, ce téléphone dans la main de Rémy était *déjà* une arme. Il ne fallait à aucun prix qu'il passe le moindre coup de fil, la vie de sa mère en dépendait.

Rémy était toujours le même. De taille moyenne, les cheveux blonds coupés court. Il s'était manifestement mis à faire de l'exercice car il avait gagné en carrure. Son regard en revanche était devenu froid et calculateur.

— Je n'arrive pas à croire que tu aies tué Ron et que tu t'abaisses à menacer ma mère. Tu as beaucoup changé en deux ans.

— Pas tant que ça. Ce n'est pas moi qui ai tué Ron et l'autre flic… Quel était son nom déjà ? Ah oui, Wayne. C'est Kent qui s'en est chargé. Quant à moi, je n'ai pas changé, c'est juste que tu as toujours été trop obnubilée par ta carrière pour voir le vrai *moi*.

Il n'avait pas tort, elle s'était plongée dans le boulot corps et âme. Elle s'en voulut presque de l'avoir jugé hâtivement. Pourtant, elle avait vu juste au sujet de Ron et de Landon et son impression initiale au sujet de Kent semblait se confirmer, si le Kent avec qui elle faisait équipe était bien celui qui avait tué Ron et Wayne.

Elle se reprit et songea qu'elle devait rester concentrée sur son rôle. Elle devait faire parler Rémy aussi longtemps que possible afin que Caine et les autres aient le temps de repérer ses éventuels complices.

— C'est plutôt une bonne chose que j'aie été autant absente, alors. Je t'aurais foutu dehors bien plus tôt sinon. Tu es vraiment devenu le toutou des Garotteurs, hein ? Ils te font voler des armes à la Tacomi, s'arrangent pour que tu profères des menaces de mort et même que tu te livres au chantage. Ils t'ont lavé le cerveau, ma parole.

— La mort de ces flics était un faible prix à payer pour notre protection. Nous avions besoin de ces armes. Tout le monde a entendu les infos au sujet de ces deux vampires carbonisés dans une ruelle. Ils sont de retour, Kaitlyn ! Bon, ça suffit. Donne-moi ce téléphone. Si je n'appelle pas mes hommes dans — il consulta sa montre — sept minutes, ta mère est morte.

Kaitlyn sentit son sang bouillir et s'avança, menaçante.

— Espèce d'enfoiré de menteur, ce n'était pas ce qui était convenu !

— Disons que c'est une petite assurance, répliqua-t-il avec un sourire, en tendant la main vers son téléphone.

Kaitlyn fit mine de le lui donner, quand un bruit

sourd résonna au-dessus de leurs têtes. Une arme à pulsations fit feu, puis des bruits de lutte suivirent la déflagration.

— Espèce de salope ! cracha Rémy en lui arrachant le téléphone des mains.

Il lui décocha un direct à la mâchoire qu'elle esquiva en se baissant, avant de lui expédier la lampe dans les côtes.

Les deux cellulaires glissèrent au sol et Rémy hurla de douleur. Il s'élança et projeta Kaitlyn contre un mur de briques. Ses poumons se vidèrent brusquement et une souffrance terrible lui vrilla le dos. La main de Rémy se referma sur son cou et il serra comme un forcené.

Prise de panique, elle abandonna la lampe et s'employa à le faire lâcher prise, en lui labourant la peau. Elle commençait à voir flou, mais parvint tout de même à lui décocher un coup de pied à l'entrejambe.

Il accusa le coup et sa prise se relâcha légèrement, permettant à Kaitlyn de reprendre son souffle. Elle s'apprêtait à le rendre stérile pour de bon quand il fut soudain soulevé de terre et expédié de l'autre côté de la rue. Son corps vint s'écraser contre un mur.

— Ça va aller ? Est-ce que tu peux respirer ? lui demandèrent Roman et Laird avec inquiétude.

Elle vit Rémy, à quatre pattes, tenter de frapper Caine qui lui asséna un violent coup de poing au visage, l'expédiant brutalement au sol.

Kaitlyn connaissait la puissance des loups-garous.

— Ne… laissez pas Caine… le tuer, parvint-elle à articuler.

Laird franchit la rue en un éclair et saisit le poing de Caine avant qu'il ne s'abatte une nouvelle fois sur Rémy qui essayait de se relever.

— Du calme, mec, elle le veut vivant.

Kaitlyn s'approcha de Rémy et le toisa. La lèvre du jeune homme était ouverte. Il cilla à plusieurs reprises, luttant manifestement pour ne pas sombrer dans l'inconscience, tout en s'appuyant péniblement sur son coude.

— Ta maman va nous quitter, annonça-t-il avec un air triomphant.

— Tu vas appeler ton porte-flingue, lâcha Kaitlyn, blanche de rage en le saisissant par le col.

Il la repoussa, tituba et s'effondra en arrière sur le bitume.

— Trop tard, ricana-t-il avant de s'évanouir.

Kaitlyn traversa aussitôt la rue pour récupérer le téléphone de Landon. Elle l'alluma et interrogea Caine du regard, la gorge serrée.

— Ton numéro ?

Caine le lui donna et elle le composa à la hâte en priant pour que Landon soit arrivé à temps auprès de sa mère. La sonnerie retentit encore et encore, jusqu'à ce que la messagerie se mette en marche.

— Il ne répond pas, annonça-t-elle à Caine qui s'était approché d'elle.

— On emporte les deux hommes de main et cette petite ordure de Rémy. Il y a de la corde dans le pick-up. Attachez-les solidement et faites-les taire jusqu'à notre retour, ordonna Caine aux deux autres.

Il adressa un signe de tête à Kaitlyn, le front barré d'un trait soucieux.

— Allons à l'hôpital, proposa-t-il.

Elle le laissa conduire pour pouvoir rappeler Landon en chemin et constata que les réflexes des loups-garous se révélaient fort pratiques dans la circulation. Il roulait tellement vite qu'elle n'osait même pas consulter le compteur. Elle vit simplement les bâtiments, les panneaux et les autres voitures défiler dans un flou coloré de chaque côté.

Elle repensa alors à la genèse des loups-garous et à leurs créateurs.

— Tu n'es pas vraiment le petit frère de Landon, pas vrai ?

Il secoua la tête avec un léger sourire.

— Non, mais c'était la meilleure façon d'expliquer pourquoi je venais de fracasser sa porte d'entrée. J'avais peur qu'il ne soit blessé. Il avait poussé un tel cri...

Il s'éclaircit la voix avant de poursuivre.

— Bref, peu importe. Landon n'est pas mon frère de sang, mais c'est un admirable mentor. Je le suivrais jusqu'en enfer, contrairement à cet abruti de Nathan.

— Landon n'est pas votre chef ? rétorqua Kaitlyn avec étonnement.

— Non, il n'est pas notre mâle dominant, expliqua Caine en se garant devant l'hôpital, même s'il devrait logiquement l'être.

Elle bondit de la voiture et toutes ses pensées revinrent vers sa mère tandis qu'elle fonçait vers les bâtiments. Caine la dépassa et lui tint la porte.

— Elle est au quatrième étage, chambre 420. Je te rejoins aussi vite que je peux, fonce !

En un éclair, Caine avait disparu. Seules les portes menant aux escaliers qui se refermèrent sur son passage témoignaient de sa présence.

Elle grimpa les marches quatre à quatre et envisagea d'alerter la sécurité de l'hôpital, mais elle ignorait à quoi ils devraient faire face là-haut. Seraient-ce des hommes de main ou des panthères polymorphes ? Elle ne voulait pas mettre en danger plus de monde que nécessaire, sans parler de Landon et de Caine qui seraient peut-être amenés à manifester leur nature bestiale pour protéger sa mère…

Lorsqu'elle atteignit le quatrième étage, elle dégaina son arme et ouvrit prudemment la porte.

Une forte odeur d'antiseptique la prit à la gorge. Les couloirs étaient déserts, baignés d'une lumière bleutée et le bureau des infirmières était vide.

Elle enfouit sa main armée sous sa veste et ouvrit la porte. Elle remonta le couloir à pas rapides et aperçut une chaise roulante renversée et de la paperasse éparpillée au sol.

Le cœur battant, elle se précipita vers le bureau et passa le buste par l'ouverture. Une infirmière aux cheveux courts gisait sur le dos, du sang coulait de sa tempe sur la moquette.

Elle se précipita près d'elle et prit son pouls. Il était faible, mais présent.

Elle se releva, décrocha le téléphone suspendu au mur et composa le zéro.

— Ici l'accueil, que puis-je pour vous ?

— Kaitlyn McKinney à l'appareil. Une infirmière a été blessée au quatrième étage. Elle est étendue dans le bureau des admissions. Appelez une ambulance et dites-leur de se dépêcher, elle perd beaucoup de sang.

— Doux Jésus ! Je m'en charge !

Elle raccrocha et composa aussitôt le numéro de la police. Elle signala l'incident puis se dirigea vers la chambre de sa mère.

Un patient hasarda un regard par sa porte entrebâillée avant de la refermer précipitamment en voyant Kaitlyn passer comme une tornade.

Elle pénétra dans la pièce avec anxiété. Tout était sens dessus dessous. La table de service était fendue en deux et la chaise avait été jetée à l'autre bout de la chambre, brisée. Les billes colorées s'étaient répandues un peu partout et le vase qui les contenait gisait brisé au sol.

Caine était là, les poings dressés, dominant le corps d'un homme brun très pâle — mort ? Sa mère était allongée dans son lit, les yeux clos.

Mon Dieu, pourvu qu'elle soit encore en vie. Elle écarta les billes de la pointe du pied et lui prit la main. Elle avait un visage paisible, celui du sommeil profond. Son pouls était régulier.

— Landon est arrivé à temps, lui glissa Caine à l'oreille, ils étaient dans sa chambre, mais ils n'ont pas eu le temps de faire quoi que ce soit. Je n'en reviens pas qu'elle ne soit pas réveillée avec tout ce raffut.

— Ce sont les antalgiques, ça la fait dormir profondément.

Elle effleura la chevelure de sa mère, le cœur lourd.

— Où est Landon ? s'enquit-elle auprès de Caine.

— Il s'est lancé à la poursuite de la panthère, annonça-t-il, la mine sombre, en désignant la fenêtre.

La vitre avait complètement éclaté, elle ne s'en était même pas rendu compte, obsédée qu'elle était par la bonne santé de Sharon. Elle n'avait remarqué ni le froid qui régnait dans la pièce, ni le verre brisé, ni le T-shirt de Landon maculé de sang, au pied de la fenêtre.

— Tu crois qu'il va s'en sortir ?

— Oui, ça ira, la rassura-t-il, il hurlera s'il a besoin de moi.

Kaitlyn remonta le couvre-lit sur les jambes de sa mère en tâchant de ne pas trop penser à Landon.

— Dis-moi qu'il respire encore, dit-elle à Caine en désignant l'homme immobile sur le sol.

Caine acquiesça à regret.

Soulagée, Kaitlyn examina la pièce, à la recherche du carnet que sa mère avait toujours à portée de main. Elle le trouva sous le lit, et c'est à ce moment qu'elle vit l'arme automatique.

— C'était à lui, expliqua Caine en désignant l'homme de main.

D'un coup de pied, Kaitlyn expédia l'arme à l'autre bout de la pièce et se mit à griffonner sur son carnet.

— Une infirmière a été blessée, j'ai dû appeler la police. Il faut que tu partes. Rejoins Laird et Roman, dépose Rémy et ses hommes devant le commissariat avec ce mot et va-t'en aussitôt, lui ordonna-t-elle en arrachant la feuille du carnet et en la lui mettant dans la main.

— Est-ce que je ne devrais pas plutôt rester avec toi ? demanda-t-il en désignant la silhouette inerte au sol.

— Ce n'est qu'un humain, non ?

— Oui, à ma grande déception. Landon se battait contre deux adversaires quand je suis arrivé, il protégeait ta maman. Quand le Velius a vu qu'on était plus nombreux, il a fui en fracassant la fenêtre.

Des voix graves résonnèrent dans le couloir, ainsi que le crachotement des radios de la police.

— Va-t'en, murmura-t-elle à Caine en le poussant vers la porte.

Il enfouit le mot au fond de sa poche et s'élança dans la direction opposée.

— Non, pas par l..., commença-t-elle, mais il sautait déjà par la fenêtre.

Elle courut à sa suite et ne vit en se penchant au-dehors qu'une silhouette floue zigzaguant dans la nuit entre les voitures.

— Quel frimeur, marmonna-t-elle.

Un grognement dans son dos attira son attention ;

l'agresseur de sa grand-mère était en train de se relever péniblement en se massant la mâchoire. Elle le connaissait. C'était le partenaire que Ron lui avait assigné, celui en qui il avait, soi-disant, une confiance absolue et qu'il considérait comme un homme de parole.

— Je crois que j'ai la mâchoire cassée, marmonna Kent en roulant sur le dos.

— J'en doute, mais c'est tout ce que tu mériterais, espèce d'ordure.

Il tenta de lui attraper la cheville, mais elle esquiva d'un bond avant de lui asséner un violent coup de poing au menton qui le fit replonger instantanément dans l'inconscience.

— Ça, c'est pour avoir essayé de tuer ma mère ! lâcha-t-elle en se massant le poing.

Dieu qu'il avait le crâne solide !

Elle lança la chaise brisée par la fenêtre afin de justifier le carreau cassé, remit son arme en place dans le holster qu'elle portait à la cheville. Elle plia le T-shirt de Landon qu'elle mit dans sa poche.

Elle saisit ensuite Kent par le col et le traîna jusque dans le couloir.

— Officier, par ici ! lança-t-elle à l'intention du policier affairé dans le bureau des infirmières. Cet homme a tenté d'agresser ma mère.

Kaitlyn s'était installée dans la salle de réunion mise à sa disposition afin qu'elle puisse rédiger son rapport. Elle était occupée à relire le document quand un policier vint s'asseoir près d'elle.

Elle mentionnait dans son rapport que tout avait commencé avec son affectation sur le dossier Tacomi. Elle évoquait le rôle de Rémy et des Garotteurs, le chantage qu'elle avait subi afin qu'elle leur confie les clichés que Ron avait pris en le payant de sa vie, et les menaces qui avaient pesé sur sa mère. Elle indiquait que des preuves falsifiées seraient trouvées sur le corps de Ron, l'incriminant elle-même à tort. Elle avait laissé dans l'ombre le rôle joué par Landon et ses frères loups, se contentant de signaler que des francs-tireurs dont l'identité lui demeurait inconnue l'avaient aidée avant de disparaître dans la nature.

Elle signa le document et le fit glisser en direction de l'officier John Roberts qui le parcourut avec attention.

— On peut dire que tu sais comment tourner les choses, McKinney, dit-il, la mine sombre, mais toute cette affaire n'a pas été traitée selon les règles ; une fois que les avocats entreront dans la danse, tu sais comme moi que tes arguments ne tiendront pas.

Elle se massa les tempes. Elle était épuisée, physiquement et mentalement.

— J'étais prise par le temps, la vie de ma mère était menacée… Dis-moi que vous avez bien mis Rémy et ses deux hommes à l'ombre.

Il acquiesça avant de se pencher par-dessus la table pour murmurer :

— Tu sais comme moi qu'il va falloir davantage de preuves. Si on n'arrive pas à les forcer à témoigner les uns contre les autres, ce sera ta parole contre la leur.

Elle sortit le téléphone de Landon de sa poche et montra à John les photos prises par Ron.

— Tu parles de ces clichés dans ton rapport, mais ça ne prouve pas qui a tué Ron et Wayne. Et de toute façon il faudra les forcer à nous dire où sont les corps, sans quoi les meurtres ne seront même pas avérés.

— Tu peux utiliser ça pour qu'ils se mettent à table,

dit-elle en sortant de sa poche le petit enregistreur offert par Abby.

Elle appuya sur le bouton lecture et John put entendre l'intégralité de la conversation qu'elle avait eue avec Rémy avant qu'il ne l'agresse.

Un sourire revint sur le visage de Roberts.

— Tu as fait un sacré bon boulot, Kaitlyn. J'espère qu'avec ça ils vont faire payer ces ordures pour la mort de Ron et de Wayne et pour ta mère.

— Moi aussi, soupira Kaitlyn en se laissant retomber dans le fauteuil.

Par chance, Sharon ne s'éveilla qu'une fois installée dans une autre chambre.

Le soleil commençait à poindre lorsqu'elle ouvrit les yeux. Elle sursauta et Kaitlyn émergea de son état semi-comateux pour se précipiter à son chevet.

— Maman? Ça va? Est-ce que tu as mal?

— On dirait que cette journée commence plutôt bien, annonça-t-elle avec un sourire, j'ai juste été surprise de te voir. Que fais-tu ici aussi tôt? Tu as l'air épuisée, ma chérie.

— Je t'aime, maman. On m'a dit que tu allais changer de chambre à cause des travaux de rénovation. Je voulais être là à ton réveil, expliqua-t-elle en déposant un baiser sur son front.

— On m'a déplacée? répéta Sharon en jetant un regard autour d'elle.

Kaitlyn acquiesça. Elle n'aimait pas mentir à sa mère, mais il était inutile de lui livrer les détails sordides de ce qui venait de se produire.

— Tu auras moins de soleil l'après-midi.

— Ça ira très bien, la rassura sa mère en fermant les yeux.

Elle semblait détachée de tout, comme si elle lâchait doucement prise. Kaitlyn sentit sa gorge se serrer et un début de panique s'empara d'elle en voyant sa mère immobile.

— Maman?

Cette dernière rouvrit les yeux.

— Je me réveille doucement, chérie. Tu viens plutôt le soir, habituellement.

Kaitlyn soupira intérieurement et l'embrassa de nouveau.

— Je te laisse te reposer. Est-ce que je peux revenir plus tard?

— Bien entendu. A ce soir, ma puce.

Aussitôt sortie de la pièce, Kaitlyn prit ses clés de voiture et s'adossa au mur. Elle avait l'impression d'avoir fait un séjour dans un tambour de machine à laver. Elle n'avait jamais connu un tel état de délabrement.

Le parfum enivrant de Landon vint alors l'envelopper et elle sentit ses jambes la trahir. Comme cette odeur était réconfortante, puissante, à croire qu'il était là, à côté d'elle. Elle devait absolument se reprendre.

C'est alors qu'elle ouvrit les yeux et le vit, assis sur le banc face à elle.

— Ça fait combien de temps que tu es là?

— Un certain temps.

Il avait son visage des mauvais jours et avait pris le temps de se changer. Chemise bleue ouverte sur un T-shirt gris, jean délavé et paire de bottes. Il approcha et elle remarqua ses cheveux trempés en bataille, comme s'il y avait passé ses doigts encore et encore; une vraie incarnation de la virilité.

Elle dut se retenir pour ne pas se jeter dans ses bras,

mais à l'idée qu'il n'était qu'à moitié humain, elle reprit son sang-froid.

Elle vit alors de longues griffures dans son cou…

— Tu es sûr que ça va ? demanda-t-elle avec inquiétude.

— Tout va bien, répondit-il en lui prenant la main et en lui desserrant les poings.

Il lui prit ses clés de voiture.

— Je vais te ramener, tu tiens à peine debout.

— Merci, mais je peux me débrouiller seule, marmonna-t-elle.

— Si tu veux rentrer chez toi, tu vas devoir me rejoindre à ta voiture.

Et avant qu'elle n'ait eu le temps de dire un mot, il disparut. Comme ça. Elle ne s'habituerait jamais à la vitesse surhumaine de ces gens. Avec un soupir, elle suivit le même chemin.

Landon l'attendait, adossé à la voiture. Il ouvrit la porte côté passager et elle s'installa en protestant à peine. Elle devait bien admettre que Landon avait raison, elle était trop épuisée pour prendre le volant.

Il quitta le parking et Kaitlyn se laissa aller en arrière contre l'appui-tête.

Elle s'éveilla dans les bras de Landon qui la sortait de la voiture.

— Qu'est-ce…, bredouilla-t-elle en clignant des yeux sous le soleil aveuglant.

Elle jeta ses bras autour du cou de Landon et y enfouit son visage.

— Nous sommes arrivés chez toi.

— Oh !

Landon la porta à l'intérieur et ses bottes firent

craquer les marches quand il monta à l'étage. Kaitlyn sentit sa casquette tomber comme par magie et elle ôta ses chaussures en les chassant de la pointe du pied, une à une, avant de sentir la douceur incroyable d'un matelas contre son dos ; son lit !

— Nom de..., commença Landon.

Sans doute venait-il de voir les marques de strangulation laissées par les doigts de Rémy sur sa gorge.

— Ça va aller, marmonna-t-elle.

Il se releva, mais elle enroula ses mains autour de sa nuque.

— Non, s'il te plaît.

Il l'allongea et posa sa tête sur sa poitrine. Elle poussa un soupir et sentit les doigts de l'homme-loup défaire sa queue-de-cheval avant de venir se perdre dans sa chevelure.

Un torrent d'émotions contradictoires déferla en elle, et lorsque Landon la prit contre elle, les larmes se mirent à couler naturellement sur ses joues.

Elle pleura la mort de son père, les années perdues, sa mère hospitalisée. Elle pleura face à la certitude que malgré la victoire de cette nuit, les jours de Sharon étaient comptés et elle repensa à la terreur qu'elle avait sentie en la croyant morte quelques minutes plus tôt. Ce n'était plus qu'une question de jours, maintenant.

Elle serait bientôt seule, sans personne pour l'aider, sans personne à aimer. Alors ses pensées se tournèrent naturellement vers Landon. Elle le serra un peu plus fort contre elle, avec la sensation de tomber dans un abîme sans fin. Il lui embrassa la main, la prit dans la sienne et elle s'accrocha à lui pour ne pas être avalée par les ténèbres.

12

Kaitlyn roula sur le côté et enfouit sa main sous son oreiller. Quelques secondes passèrent avant que les brumes du sommeil ne se dissipent complètement. Elle ouvrit les yeux et constata que le soleil de fin d'après-midi brillait à l'extérieur. Avait-elle vraiment dormi toute une journée ?

Elle avait un léger mal de tête, qui s'accentua lorsqu'elle se souvint dans quelles circonstances elle s'était endormie. Elle avait sombré dans le sommeil en pleurant dans les bras de Landon. Elle se sentit un peu honteuse… Dire qu'elle était censée être une femme forte. Maintenant elle allait devoir affronter son regard. Elle roula de l'autre côté et trouva le lit vide.

Elle sut instinctivement que Landon n'était plus dans la maison.

— Merci, murmura-t-elle en embrassant l'empreinte qu'il avait laissée dans l'oreiller.

Quelle heure pouvait-il bien être ? Sa montre indiquait 16 h 30. Elle avait le temps de manger un peu et de prendre une douche avant d'aller à l'hôpital.

Sous le jet brûlant, elle repensa avec douleur au rôle que Landon avait joué dans la mort de son père. Comment l'homme-loup avait-il vécu ce drame ? Elle avait évité de penser à cet épisode de sa vie, mais désormais elle devait faire face à ses sentiments afin d'aller de l'avant.

« C'est mon père qui me l'a offert », avait-elle dit à Landon en parlant de la tête de loup qu'elle portait autour du cou.

« Le mien aussi, c'est lui qui me l'a offert », avait répondu Landon avec quelque chose d'étrange dans la voix, comme un regret.

Est-ce que son pendentif était un moyen de ne pas oublier une erreur passée ? Peut-être...

— Oh, Landon, murmura-t-elle en laissant de lourdes larmes se mêler à l'eau ruisselante.

Elle savait qu'il regrettait son geste fatal, mais comment lui pardonner une telle chose ?

Il m'a sauvé la vie, il a sauvé celle de maman.

Et elle lui en était reconnaissante. Pouvait-elle envisager de vivre sans lui ?

Non ! lui cria son cœur. *C'est quelqu'un de bon. Vous n'êtes pas toujours d'accord, mais il respecte ton avis et malgré son côté brut, c'est l'homme le plus tendre que tu aies rencontré. Il comprend tes réactions et il te laisse être toi-même.*

Landon représentait tout ce dont elle pouvait rêver.

Oh, bon sang, elle l'aimait au-delà du raisonnable, d'un amour presque douloureux. Elle leva les yeux face au jet purificateur et sentit chaque gouttelette lui frapper la peau, comme un châtiment pour cet amour qu'elle portait à un homme qui était le meurtrier de son père.

La culpabilité et l'humidité de la pièce commencèrent à l'oppresser.

Elle éteignit la douche et demeura immobile, laissant l'air frais pénétrer sous le rideau. Elle attendit de claquer des dents pour saisir une serviette et se sécher.

Le cœur lourd, elle sortit de la salle de bains et s'habilla. Elle avala un en-cas et fit un détour par le bureau pour éteindre l'ordinateur qu'elle avait laissé allumé la veille.

Face à l'écran noir, elle se demanda ce qu'elle allait apporter à sa mère. Chaque jour elle s'arrangeait pour ne pas venir les mains vides, pour lui offrir un petit quelque chose qui illuminerait sa journée.

Son regard tomba sur le coffret de bois à l'effigie du loup. Il était là où elle l'avait laissé, sur le tapis, près du canapé. Sa mère allait adorer. Elle renversa les balles qu'il contenait sur le sol avant de le remettre dans le carton. Son œil fut attiré par la pile de papiers rangée dans ce même carton. Elle ouvrit la chemise dans laquelle tout était classé. Il s'agissait d'une correspondance entre sa mère et son père.

Elle fut prise d'une gêne soudaine à fouiller ainsi dans les poèmes et les lettres intimes de ses parents, mais songea que cela ferait un merveilleux cadeau pour sa mère. Lorsqu'elle eut terminé de lire, les joues ruisselantes de larmes, elle songea à tout cet amour que son père avait laissé derrière lui.

Elle plaça sa lettre préférée sur le dessus de la pile, attrapa ses clés, son sac et quitta la maison.

— Mademoiselle McKinney, l'interpella une infirmière lorsqu'elle dépassa le bureau du septième étage.

— Oui ?

— Je tenais à vous prévenir que votre mère a eu une dure journée, l'informa la soignante qui devait avoir une cinquantaine d'années ; elle est réveillée, mais il se peut qu'elle s'endorme pendant votre visite.

— Vous pensez que je devrais repasser demain ? demanda Kaitlyn en serrant les lettres contre sa poitrine.

— Bien sûr que non, ma petite. Allez rejoindre votre maman, c'est une joie pour elle de vous voir chaque jour.

Kaitlyn la remercia et se dirigea vers la chambre de Sharon.

— Ah, ma seconde visite de la journée ! se réjouit celle-ci en pousant un soupir fatigué.

Kaitlyn fit mine de ne pas remarquer les cernes et la pâleur de sa mère lorsqu'elle l'embrassa.

— Techniquement, je suis la même personne, mais en plus reposée, douchée et le ventre plein.

Sa mère eut un petit rire tandis que Kaitlyn approchait une chaise du lit.

— C'est vrai que tu as meilleure mine, Kaitie, mais je voulais parler de l'homme charmant qui est venu me voir tout à l'heure.

Kaitlyn adressa un regard inquiet à sa mère. Elle avait pourtant réclamé une surveillance rapprochée, vingt-quatre heures sur vingt-quatre.

— Quel homme ?

— Un ami à toi. Et très séduisant, je dois bien admettre, ajouta sa mère avec un sourire entendu.

— De qui parles-tu, maman ? s'enquit Kaitlyn en froissant malgré elle le paquet de lettres qu'elle tenait contre sa poitrine.

— Il m'a dit s'appeler Landon Rourke et avoir travaillé avec toi sur une affaire, tout récemment. Pourquoi ne pas m'avoir dit que tu avais été promue ? Ton père aurait été très fier de toi, ma chérie.

Kaitlyn ne savait que penser de cette visite impromptue, mais elle espérait qu'il n'en avait pas trop dit au sujet de l'affaire qui les occupait.

— Que t'a-t-il raconté ?

— Simplement que tu avais été très efficace sur cette affaire.

— Et c'est tout ? insista Kaitlyn avec un incommensurable soulagement.

— Il avait une façon de parler de toi, poursuivit Sharon songeuse, il semblait si admiratif. On aurait dit ton père, quand il parlait de moi. Mais c'était il y a des lustres, quand nous étions jeunes. Je suis si fatiguée, Kaitie...

— Ne dis pas de bêtises, maman. Papa t'a toujours aimée, et je peux te prouver à quel point il tenait à toi.

— Comment ça ? demanda Sharon qui commençait à fermer les yeux.

Kaitlyn lui mit entre les mains la petite boîte de bois.

— Je l'ai retrouvée dans les affaires que papa avait entreposées chez Hank.

— Ce chalet était le refuge de ton père, lorsqu'il avait besoin de passer un peu de temps avec lui-même. Il a dû y séjourner plus longtemps que Hank lui-même.

— Hank vit là-bas désormais, lui apprit Kaitlyn.

— Merci de me l'avoir apportée, Kaitie, la remercia sa mère en fermant encore une fois les yeux.

— Attends, maman, j'ai autre chose pour toi. Ecoute, lui demanda-t-elle en lui prenant la main.

Sharon chérie,

T'ai-je déjà dit combien je t'aimais ? Combien je garde un souvenir ému de cet instant où tu m'as dit : « oui, je le veux » ? J'ai compris, le jour où tu es entrée dans mon existence, qu'enfin j'avais trouvé l'âme sœur. Nous avons eu des moments difficiles dans le passé, nous avons essayé en vain d'avoir un enfant durant des années. Et puis Kaitie est entrée dans nos vies, illuminant nos jours de son merveilleux babil et de son regard neuf sur le monde. Elle a redonné un souffle à notre famille, elle y a insufflé une vie nouvelle. Je l'aime de tout mon cœur, et je ne peux imaginer ma vie sans elle, mais si nous ne l'avions pas eue, sache que mon amour pour toi serait demeuré intact. J'ai conscience d'être un peu taciturne, c'est dans ma nature, mais je t'aime de toute mon âme, Sharon. J'aime ce pétillement dans ton regard lorsque résonne ton rire si communicatif. J'aime la douceur sans pareille de tes mains. Tu es tout pour moi et tu le seras à jamais.

Ton époux aimant.

James.

Kaitlyn leva les yeux vers sa mère. Elle avait toujours les paupières closes, mais des larmes roulaient sur ses joues.

— C'est le plus beau cadeau que l'on m'ait jamais fait.

— Il y a des dizaines de lettres et de poèmes écrits de la main de papa dans cette boîte. Tu aimerais que je t'en lise d'autres ? lui demanda Kaitlyn, la gorge serrée par l'émotion.

Sharon acquiesça lentement, sans ouvrir les yeux.

— Oui, ce serait merveilleux.

Kaitlyn entreprit de lire chacun des écrits de son père. Lorsqu'elle eut terminé, elle releva la tête et constata que sa mère avait toujours les yeux clos. Les larmes avaient fait place à une expression de plénitude absolue.

— Maman ?

Elle posa le doigt à l'intérieur de son poignet, mais ne perçut pas la moindre pulsation.

Les lettres se répandirent au sol lorsqu'elle se leva en hâte pour poser une oreille contre sa poitrine. Le cœur de Sharon McKinney avait cessé de battre. Elle s'était endormie pour toujours.

Kaitlyn étreignit sa mère et pleura à en avoir la migraine. Puis elle se rassit et lui caressa la joue.

— Je t'aime, maman, et tu vas me manquer. Au moins tu ne souffres plus. Dis à papa que je l'aime également.

Kaitlyn rentra chez elle quelques heures plus tard. Elle était épuisée, le cœur en miettes, avec la sensation de ne rien avoir avalé depuis des jours. Elle se gara près de la voiture d'Abby et se demanda comment elle allait pouvoir lui faire comprendre qu'elle n'était pas d'humeur à papoter avec elle.

Abby sortit de sa voiture et vint à sa rencontre, une bouteille enveloppée dans un sac en papier à la main.

Kaitlyn désigna le petit paquet du menton.

— Qu'est-ce qu'il y a là-dedans?

Abby sortit la bouteille de vin de sa cachette.

— Je ne suis pas vraiment d'humeur à faire la fête, Abby. Désolée.

Abby lui montra l'étiquette de la bouteille.

— C'est un merlot. Idéal quand on veut parler entre amies. J'ai aussi apporté des biscuits et du fromage.

Kaitlyn se rendit compte qu'Abby n'avait pas son comportement habituel.

— Tu es au courant pour ma mère, n'est-ce pas?

Abby remit la bouteille dans son sac et prit Kaitlyn par l'épaule en l'emmenant vers la maison.

— Landon m'a passé un coup de fil.

— Landon? répéta Kaitlyn en s'arrêtant net.

Abby acquiesça, les larmes aux yeux.

— Il m'a appelée il y a environ une heure et m'a suggéré de passer te voir. Il a dit que tu aurais besoin d'avoir une amie auprès de toi. Je suis désolée pour ta maman.

La prévenance de Landon la stupéfiait.

— C'est gentil, Ab. Quelques verres de vin avec toi vont me faire du bien.

— Je suis là, ma chérie, la réconforta Abby en l'embrassant sur la joue.

— Je vais avoir des tonnes de choses à faire dans les jours à venir, mais je ne veux pas décevoir les gamins. Vous êtes tout ce qui me reste, Ab.

— Ne t'en fais pas pour Handleburg, je te couvre jusqu'à ce que tu te sentes prête. Allez, entre, on se gèle dehors.

Abby se révéla être d'un grand secours. Cette nuit-là elle fit en sorte que Kaitlyn lui dise de quoi elle avait besoin, après quoi elle s'occupa des préparatifs pour les funérailles.

Deux jours plus tard — le lendemain des obsèques de Ron et Wayne —, Kaitlyn revint de celles de sa mère, le cerveau noyé dans un brouillard opaque, heureuse cependant de savoir que ses parents reposaient désormais ensemble.

C'était un matin d'automne froid et sec, illuminé par un soleil implacable. Tous ses collègues avaient fait le déplacement, ainsi que d'anciens flics à la retraite, qui avaient travaillé avec son père. Leur présence lui avait fait chaud au cœur.

C'est elle qui avait dit l'éloge funèbre. Elle avait évoqué les lettres de son père, avait raconté comment sa mère s'était éteinte en entendant ses mots. Puis elle avait lu l'un de ses poèmes.

— Mon père était profondément amoureux de ma

mère et je suis heureuse de savoir qu'elle est morte avec cette certitude. L'amour sincère résiste aux épreuves de la vie. Quand vous rentrerez chez vous, dites à ceux qui vous sont chers combien vous tenez à eux, prenez-les dans vos bras.

L'assemblée s'était levée pour saluer son discours. Elle les avait tous remerciés au nom de ses parents et leur avait dit combien leur présence l'avait réconfortée.

Lorsqu'elle revint chez elle, un bouquet et une carte l'attendaient sur le perron de sa maison.

Mes pensées sont avec toi, Kaitie.

Landon, à toi pour toujours.

Cet après-midi-là, tandis que Kaitlyn faisait le ménage pour éviter de trop réfléchir, quelqu'un vint sonner à la porte. Elle alla ouvrir sans ôter ses gants jaunes en caoutchouc.

Caine jeta un œil critique à son bandana rouge et à son jean informe.

— Jolie tenue.

Il est arrivé quelque chose à Landon, songea-t-elle aussitôt.

Elle donna le change malgré tout et s'accouda à la porte en chassant d'un souffle la mèche rebelle qui lui tombait dans les yeux.

— Qu'est-ce qui me vaut ta visite, Caine ?

— Je peux entrer ? demanda-t-il en franchissant le seuil.

— Mais je t'en prie.

L'air froid s'engouffra avec lui, faisant frissonner la jeune femme en sueur.

Caine enfouit les mains dans ses poches, visiblement mal à l'aise.

— Je voulais juste te dire que j'étais désolé pour ta mère. On était aux funérailles, Landon et moi.

— Ah bon ? Je ne vous ai pas vus.

— Landon a estimé qu'il valait mieux qu'on reste à l'écart. Il avait peur que tu ne le prennes mal.

— Pourquoi est-ce que je l'aurais mal pris ?

— Eh bien… à cause de ton père, répondit-il en évitant son regard.

— C'est le passé, on ne va pas revenir là-dessus en permanence, lança-t-elle en ramassant son seau et ses serpillières.

— En fait, c'est aussi de ça que je voulais te parler.

Kaitlyn le dévisagea un instant avant de tourner les talons et de monter l'escalier.

— Si tu veux discuter, il va falloir me suivre pendant que je nettoie. C'est ma mission du jour.

— Je vois ça, remarqua-t-il en passant devant la chambre.

Elle alluma la lumière de la salle de bains et arrosa la robinetterie de produit lavant.

— Je t'écoute.

Caine s'adossa nonchalamment au chambranle, puis se raidit soudain, comme s'il venait de voir un spectre. Il regardait en direction de la chambre.

— Qu'est-ce qui ne va pas ? demanda Kaitlyn.

— Qui a peint ce loup sur ton mur ? demanda-t-il sans quitter l'œuvre du regard.

— Vous autres, les Luprédas, vous vous ressemblez tous. Comme je l'ai déjà dit à Landon, c'est mon père qui a demandé à un artiste du coin de peindre ça selon ses directives.

— Ah, dit-il simplement en se détendant.

Il s'adossa de nouveau au montant de la porte.

— Je suis ici pour te demander de pardonner à Landon, expliqua-t-il.

— Est-ce qu'il ne devrait pas le faire lui-même ?

— Il me tuerait s'il savait que je suis ici. Il pense mériter ta haine et ta colère.

— Eh bien, comme ça on est deux ! Il a tué mon père, Caine. Il a peut-être sauvé la vie de ma mère, mais ça ne change rien à ce qu'il a fait.

— Il le regrette chaque jour. Est-ce que tu savais qu'il veille sur toi depuis cette fameuse nuit ?

— De quoi parles-tu ? demanda-t-elle, ébahie.

— Landon a toujours été là, dans l'ombre, pour s'assurer que tu allais bien. Il a même fait en sorte que tu puisses aller à l'université.

Elle secoua la tête d'un vif mouvement de dénégation.

— C'est faux, j'ai eu une bourse réservée aux orphelins de la police.

— Financée par un mécène anonyme.

Kaitlyn accusa le coup face à cette révélation.

— Landon a fait tout ce qu'il a pu pour tenter de compenser la perte que tu avais subie.

Pourquoi ne m'a-t-il rien dit ? Quoique, il est bien du genre à faire ce genre de chose. Quel entêté !

Elle réfléchit à ce que Caine venait de lui révéler, tout en astiquant la douche.

— Je ne suis pas venu pour te demander de pardonner, mais simplement pour te dire que tu te trompes de personne.

— Explique-toi ! C'est bien Landon qui a tué mon père, non ?

— Mais il l'a fait pour me sauver la vie, avoua Caine en levant les mains au ciel.

— Raconte-moi exactement ce qui s'est passé, lui ordonna Kaitlyn, le cœur battant à tout rompre.

Caine lui relata en quelques mots ce qui s'était produit dans le parc dix-huit années plus tôt… et elle sentit la nausée la gagner. Elle aurait préféré ignorer certains détails.

— Landon a agi comme il le fait toujours, assumant son rôle de mâle dominant en protégeant les siens. Ma théorie est que ton père a dû me voir sous ma forme primale aux trousses d'une femelle Lupréda hurlante. Il en a conclu que j'allais la tuer.

— Mon père a fait ce que n'importe quel autre flic aurait fait. Il a protégé une innocente, murmura Kaitlyn tandis que les pièces du puzzle se mettaient lentement en place dans son esprit.

Caine s'approcha d'elle.

— Si tu veux en vouloir à quelqu'un, lui glissa-t-il d'une voix douce, alors c'est moi qu'il faut détester. Landon est de plein droit le mâle dominant de notre meute, et je pense que s'il n'a jamais revendiqué officiellement ce rôle, c'est en partie à cause de ce drame. Il s'en veut terriblement et il porte cette douille autour du cou pour museler la bête en lui.

— Comment ça ? La balle l'empêche de se transformer ?

— L'argent contenu dans la balle que ton père a tirée sur moi a failli me tuer. Si Landon n'avait pas été là, je n'aurais jamais survécu. La balle n'est qu'un pense-bête, mais c'est la chaîne en argent qui l'empêche de revêtir sa forme primale et sa forme lupine lorsque vient la pleine lune. C'est une sorte de réplique des entraves que nous faisaient porter les vampires.

Voilà pourquoi il a retiré sa chaîne lors du combat dans la ruelle. Seul le goutte-à-goutte de l'éponge sur la porcelaine de l'évier ponctuait les réflexions intenses de Kaitlyn.

— Tu as dit que la mort de mon père était en partie responsable de sa mise à l'écart de la meute, reprit-elle en frottant énergiquement, mais tu ne m'as pas donné l'autre raison ?

— Son odorat est moins aiguisé que le nôtre. Il l'a toujours été.

— Un loup-garou sans odorat ?

— Je n'ai pas dit ça. Il reste bien au-delà de ce que peut percevoir un humain, mais pour un garou...

Un sentiment d'injustice submergea Kaitlyn, qui se mit à agiter furieusement son éponge trempée.

— Ne me dis pas que c'est pour un motif aussi crétin qu'il ne peut pas devenir le mâle dominant !

Caine essuya la mousse dont elle venait de l'asperger.

— Si. Les Eminences Grises l'ont écarté de la joute annuelle pour cette raison. Quoi qu'il en soit, je tenais à ce que tu accordes ton pardon à Landon, et que tu l'acceptes comme ton compagnon Lupréda.

Kaitlyn cilla, incrédule, et essora l'éponge.

— C'est à moi de décider si j'accorde mon pardon... et je ne suis pas sa compagne Lupréda ou je ne sais quoi !

— Ce n'est pas ce que disent ces morsures, rétorqua Caine en désignant les marques sur son cou.

13

La remarque de Caine la fit rougir. Lorsqu'elle avait accusé Landon de l'avoir mordue comme une bête, il lui avait répondu avec un sérieux désarmant que ce n'était pas une morsure de loup.

— Je ne te crois pas, répondit-elle à Caine en scrutant son épaule, à la fois choquée et étrangement excitée à l'idée que Landon ait pu la marquer de la sorte.

— Les Luprédas ne laissent leur marque que lorsqu'ils ont trouvé une compagne pour la vie. C'est un engagement éternel que les miens ne prennent pas à la légère. Penses-y, lui lança Caine d'une voix glacée en sortant de la pièce.

A peine eut-elle entendu la porte d'entrée se refermer sur lui qu'elle se précipita vers le miroir. Il y avait bien deux points rouges là où Landon avait planté ses dents, et deux marques correspondantes dans son dos.

Il l'avait marquée au vu et au su de tous. Il avait fait d'elle sa *compagne*, comme disait Caine.

Cela faisait plusieurs jours que Landon l'avait mordue, mais les marques ne disparaissaient pas. Elle avait eu d'autres chats à fouetter, aussi n'y avait-elle pas vraiment prêté attention.

La compagne de Landon. L'idée la remplit d'une coupable allégresse. Ce que Caine lui avait raconté la fit réfléchir. Elle savait que Landon s'en voulait sincèrement pour ce qu'il avait fait et une émotion étrange l'avait envahie depuis qu'elle savait qu'il l'avait protégée à son insu, sans savoir si son affection serait payée en retour.

Pourquoi devrais-je me sentir coupable de tenir à lui ?

Si seulement elle avait pu se confier à Abby à ce sujet… mais elle ne voulait pas mettre les Luprédas en danger, même en confiant son secret à sa meilleure amie. Et puis elle savait déjà quelle aurait été sa réaction. Elle lui aurait dit que le passé était le passé, que dix-huit années s'étaient écoulées et que Landon avait fait de son mieux pour faire amende honorable.

Lorsqu'elle eut terminé de nettoyer la salle de bains, elle prit une douche et se retrouva face à elle-même dans cette maison silencieuse. Cela faisait plusieurs mois que sa mère avait été admise à l'hôpital et qu'elle vivait seule dans la demeure de son enfance. Aujourd'hui ses parents étaient vraiment partis, tous les deux, pour toujours.

Elle avait gardé le nettoyage du bureau pour la fin. La chemise contenant toutes les lettres d'amour était posée sur la table en attendant qu'elle trouve où les ranger. Elle entreprit de les replacer au fond du carton avec les livres, mais ces derniers n'étaient plus calés. Ils tombèrent en éventail au fond du carton et l'un des ouvrages attira son regard. La couverture était dorée à l'or fin et il était fermé par un élastique. Curieux. Elle retira l'élastique et l'ouvrit au hasard. Il s'agissait du journal intime de son père. Elle revint à la première page et constata qu'il en avait entamé la rédaction quelque vingt-cinq années auparavant.

Les choses ont commencé à devenir vraiment étranges environ un mois après que ce chien énorme m'a mordu, dans le parc. Il était noir et son oreille gauche était abîmée. Il avait les yeux vairons. L'un bleu, l'autre marron. Je n'oublierai jamais ses crocs et sa gueule béante.

Kaitlyn poursuivit sa lecture, les yeux écarquillés. Manifestement cet accident l'avait bouleversé, même s'il avait donné le change face à Sharon.

Sharon ne pourrait pas comprendre ce besoin que j'ai de courir dans les bois, ni mon goût pour la viande crue. Quelque chose en moi a changé.

Elle passa plusieurs pages.

Quand je n'arrive plus à supporter la pression de la ville, Hank me prête son chalet. Il comprend que je puisse avoir besoin de me ressourcer, mais il ignore que je ne suis plus le même.

Les pages défilèrent.

J'ai croisé un inconnu dans la rue aujourd'hui. Son visage me disait quelque chose, pourtant nous ne nous étions jamais rencontrés auparavant. Je l'ai suivi à bonne distance jusqu'au parc de Morningside, là, il s'est enfoncé dans les bois.

Je l'ai attendu plusieurs heures. Lorsqu'il a émergé des buissons, il avait l'air... régénéré. Exactement le sentiment que j'ai lorsque je pars courir dans la forêt.

Etait-ce de Landon qu'il parlait ?

Des loups !! Je n'arrive pas à penser à autre chose. J'ai investi dans des ouvrages les concernant, et même un livre sur le mythe des loups-garous. C'est devenu une obsession.

— Oh, papa, si j'avais su..., murmura-t-elle en poursuivant sa lecture avec avidité.

J'ai vu un loup dans les bois aujourd'hui ! Une bête énorme, bien plus grosse que les loups que l'on croise d'ordinaire.

A mesure que le temps passait, ses écrits devenaient

plus chaotiques, ses propos parfois incohérents, comme s'il traversait une profonde dépression.

Je dois être en train de perdre l'esprit. Des pulsions purement bestiales s'emparent de moi lorsque la lune est pleine. Dans ces moments-là, je me terre dans le chalet de Hank et je pars dans les bois, pour me ressourcer. Il m'arrive de courir aussi vite et aussi loin que mes jambes peuvent me porter… et je me réveille souvent sur un tapis de feuilles, nu comme un ver, sans savoir comment je suis arrivé là.

Je me sens tellement seul. J'ai le sentiment que personne ne pourra jamais comprendre ce que je vis. Heureusement, je peux toujours compter sur l'amour de Sharon, même si elle ignore mes tourments. Ce soir, je retournerai dans le parc, avec un peu de chance je retrouverai ce type et je pourrai l'interroger au sujet de ses longues balades dans les bois.

Il devait parler de Landon. Voilà pourquoi il avait sa photo dans ses affaires. Elle feuilleta les pages jusqu'à la dernière date, quelques jours avant sa mort.

Trois soirs que je l'attends en pure perte. Peut-être qu'il ne fréquente plus le parc. Je suis seul au monde. J'ai fabriqué des balles spéciales à mes initiales. Une seule devrait suffire, mais je préfère être prudent. Je vais retourner là où tout a commencé. Ma famille va me manquer, mais il vaut mieux pour tout le monde que je disparaisse. Je ne me… contrôle plus. Je ne serai plus jamais le même homme.

Kaitlyn laissa le journal lui échapper des mains. Son père savait que Landon était différent, sans vraiment comprendre ce qui l'attirait irrésistiblement vers lui. Il avait été comme magnétisé par son charisme de mâle dominant. Son père avait vécu ses derniers jours dans la peur et il s'était rendu dans le parc avec la certitude de marcher au-devant de sa propre mort. Avait-il été mordu par un lycanthrope sous sa forme animale? Elle ne le saurait jamais.

Elle saisit le combiné du téléphone et composa le numéro de Caine. Il décrocha après deux sonneries.

— Oui?

— Caine, c'est Kaitlyn.

— Je savais que tu finirais par...

— Tais-toi et écoute-moi. Y a-t-il dans votre meute un loup noir à l'oreille coupée avec des yeux vairons?

— Oui, il y en avait un, répondit-il après une longue hésitation. Il s'appelait André. Il s'est donné la mort voilà vingt-quatre ans.

— Pourquoi a-t-il fait ça?

— Parce qu'il n'a pas retrouvé sa forme humaine à la nouvelle lune. Le temps a passé et il a conservé son apparence de loup. Des rumeurs ont prétendu qu'il aurait mordu un humain... Pourquoi tu me demandes ça? Et comment as-tu entendu parler de lui?

— Parce que c'est mon père qu'il a mordu il y a vingt-cinq ans, soupira Kaitlyn. Je viens de retrouver son journal intime. Je... je crois que cette morsure l'a transformé. Il a développé une obsession pour les loups et il s'est mis à passer de plus en plus de temps dans les bois, ressentant l'appel puissant de la nature lorsque la pleine lune se manifestait. Il a croisé Landon dans la rue et s'est retrouvé comme hypnotisé par son aura de mâle dominant. Il l'a suivi jusqu'au parc Morningside où il l'a vu disparaître dans les bois des heures durant. Si mon père est retourné au parc la nuit de sa mort, c'était pour en finir. Du jour où il a été mordu, il n'a plus été le même homme.

— Et ce soir-là, il nous a vus sous notre forme primale. Je suis désolé, Kaitlyn, s'excusa Caine d'une voix triste, j'ignorais que la chose était possible, mais on dirait bien que ton père a été transformé par la morsure d'André et qu'il est devenu l'un des nôtres à son corps défendant. Il a développé les mêmes instincts et les mêmes besoins que nous, c'est pour cette raison que Landon lui a fait un tel effet ; il a ressenti l'appel de la meute. La poisse ! Tout s'explique.

— Que veux-tu dire ?

— Les loups sont par nature des animaux grégaires, et si Landon fait exception à la règle, ce n'est pas un choix volontaire de sa part. Je commence à comprendre ses raisons aujourd'hui.

— Mais de quoi est-ce que tu me parles ?

— Tu te souviens de toutes ces représentations de loup chez Landon ? La peinture au mur, la sculpture et le buste sur la table ?

— Oui.

— Quand je suis allé chez ton père, j'ai remarqué que lui aussi en possédait. Est-ce que tu commences à comprendre ce qui les poussait à collectionner ces objets ? Ils vivaient loin des leurs, mais tous deux ressentaient le besoin de s'entourer d'une meute imaginaire.

La voix de Caine tremblait presque d'excitation.

— Ça fait un moment que je me pose cette question, mais maintenant je sais que Landon rêve de réintégrer la meute. Ce journal est un trésor ! Est-ce que les notes de ton père t'ont permis d'en apprendre plus au sujet de Landon ?

— Là, tu exagères. Ne va pas trop loin, Caine, dit-elle.

— Vous êtes vraiment faits l'un pour l'autre, toi et lui. Il faut que tu comprennes que Landon est comme un frère pour moi, et j'estime qu'il a le droit d'être heureux.

Kaitlyn se résolut à contrecœur à s'ouvrir au frère de meute de l'homme qu'elle aimait.

— La vérité, c'est que je tiens à lui. Beaucoup. Je sais que c'est quelqu'un de bien et que c'est un chef-né. Il est certes responsable de la mort de mon père, mais je sais maintenant que c'est son instinct de protection envers les siens qui l'a poussé à agir comme il l'a fait. Je suis seulement triste que les choses se soient déroulées de cette manière.

Kaitlyn comprit à cet instant que la transformation de son père la reliait, elle aussi, d'une certaine façon aux Luprédas. Elle était la fille de James, elle possédait donc, elle aussi, certains traits communs avec les lycanthropes. Voilà qui expliquait l'attirance qu'exerçait sur elle l'odeur de Landon et pourquoi elle possédait cet étrange pouvoir de perception d'aura. A bien y réfléchir, toute petite déjà, elle guérissait à une vitesse incroyable et pas une seule fois elle n'était tombée malade. Tout concordait, mais il lui avait fallu un élément déclencheur pour réunir les pièces du puzzle.

— Ça m'attriste, moi aussi. Bien, je vais devoir te laisser.

— Caine, attends ! Je crois avoir trouvé un moyen de permettre à Landon de redevenir le mâle dominant.

— Je t'écoute.

— Je veux que tu m'arranges une entrevue avec les Eminences Grises.

— C'est impossible, tu n'es pas une Lupréda.

— Et moi, je crois pouvoir vous prouver aisément le contraire.

— Ça ne suffira pas, Kaitlyn. Je ne peux pas faire entrer une humaine sur le territoire de la meute, cela irait contre toutes les règles. Ce n'est pas pour rien que nous conservons le secret au sujet de notre tanière.

— Cette fois, tu vas devoir te fier à ton instinct, pas à ton odorat, Caine, insista-t-elle.

L'intéressé poussa un soupir las.

— Je t'ai déjà vue à l'œuvre, et je sais que tu es une jeune femme déterminée. Si tu penses que ton plan a la moindre chance de fonctionner, je suis avec toi. Et puis la meute doit connaître la vérité au sujet de ton père. Mais je ne pourrai pas te mener à eux avant demain.

— Pourquoi ça ? s'écria-t-elle, sa main se crispant soudain sur le téléphone.

— Parce qu'il fera bientôt nuit et que c'est la pleine lune. Tous les Luprédas se transformeront malgré eux sans rien pouvoir y faire. Lorsque le jour reviendra, je pourrai retrouver mon apparence humaine.

— Et Landon ? s'enquit-elle avec un soupçon de culpabilité. Est-ce qu'il a toujours porté ce collier en argent depuis la mort de mon père ?

— Toujours. Il ne se transforme jamais et je sais que ça lui manque.

— Nous aimerions tous changer le passé, rétorqua Kaitlyn en percevant la contrariété de Caine, mais nous pouvons seulement agir sur le futur.

— Tu as raison. Je t'appelle demain.

Elle raccrocha et contempla les étagères chargées d'ouvrages spécialisés, en songeant qu'elle était à moitié Lupréda.

— Nous allons continuer à pied.

Caine gara son pick-up argenté dans les bois, en bordure du chemin de terre qu'ils avaient emprunté pour pénétrer au plus profond des montagnes Shawangunk. Il coupa le contact et saisit son téléphone.

— Laird, nous serons bientôt là.

Silence pendant qu'il écoutait la réponse de son interlocuteur.

— Je m'en fous. Débrouille-toi comme tu veux, mais tu dois réunir les Eminences Grises.

Il remit son téléphone dans sa poche, tandis que Kaitlyn descendait du véhicule et jetait un œil aux alentours. Les arbres avaient revêtu des parures de rouges, de bruns et de jaunes que le vent agitait doucement. Ils étaient au beau milieu de nulle part.

Caine fit le tour du pick-up pour la rejoindre et lui tendit un bandana.

— Je vais devoir te bander les yeux pour protéger notre repaire.

— Je suis une Lupréda, moi aussi, protesta-t-elle.

— Pas tant que les Eminences ne t'auront pas officiellement intronisée, répliqua-t-il avec détermination.

Elle ne réussirait pas à le faire changer d'avis. *Fais-le pour Landon*, songea-t-elle en se tournant.

Caine lui serra le bandana autour des yeux et lui prit la main pour la guider.

— Vois ça comme un jeu, lui conseilla-t-il.

Kaitlyn tendit son autre main devant elle, avança de quelques pas et trébucha aussitôt sur un rocher saillant — ou bien était-ce une racine ? Elle n'aimait pas ce genre de jeu.

Caine lui saisit l'épaule pour l'aider à recouvrer son équilibre.

— Suis-moi au lieu d'essayer de te guider seule.

Kaitlyn fit en sorte de lâcher prise et de s'en remettre à Caine. Cela n'avait rien d'évident, mais elle y parvint en laissant son esprit vagabonder. Ne pouvant plus se fier à sa vue, elle se fia à ses autres sens. Il y avait le chant des oiseaux, les branches craquant sous ses pas, l'odeur puissante de l'humus. Elle se surprit à sourire en percevant cette foule de détails qui lui auraient échappé si elle n'avait pas été temporairement aveugle.

Après une demi-heure de marche, le doute n'était plus permis : ils montaient à flanc de montagne et elle commençait à franchement appréhender la rencontre imminente avec les Luprédas.

— Parle-moi des Eminences, demanda Kaitlyn à Caine tandis qu'il l'aidait à contourner un énorme rocher.

Elle se laissa faire en se félicitant d'avoir mis des bottes.

— Tu m'as dit que ce serait aux Eminences de déterminer si je suis une Lupréda ou non, mais ce n'est pas à votre mâle dominant de prendre cette décision? Je suppose que c'est lui, votre chef, non? J'aimerais connaître l'étiquette au sein de votre meute, histoire d'éviter de faire une bourde lorsque le moment viendra de défendre mon cas.

— Il y a bien un mâle dominant, il s'appelle Nathan. C'est un abruti, jaloux et peu sûr de lui qui ne mérite pas d'occuper ce rang. Landon et lui sont à couteaux tirés depuis que Landon a publiquement défié son autorité il y a quelques mois, en présence de la meute... et des vampires.

— Des vampires? Landon m'a dit avoir conclu une trêve avec le chef des Sanguinas, mais je n'ai pas eu droit aux détails.

Caine lui serra la main un peu plus fort pour lui faire comprendre qu'il se remettait en route.

— Nathan a banni Landon du clan pour l'affront subi et il le harcèle depuis ce jour. Ce devrait être à lui de décider de ton sort, mais étant donné que tu veux voir les Eminences afin qu'ils déterminent si tu peux oui ou non intégrer la meute, nous allons tout régler d'un coup.

— Qui sont les Eminences Grises ?

— D'anciens mâles dominants déchus de leur rang par un rival plus jeune et plus fort. Ils n'ont rien perdu de leur aura de chef et ils ont le respect de la meute, ce sont eux qui jouent le rôle de médiateurs lorsqu'un conflit oppose le mâle dominant et un membre de la meute.

— C'est donc *leur* autorité qui prédomine ?

— En général ce n'est pas nécessaire et il est rare qu'ils s'impliquent directement. Lors de la joute annuelle en revanche, ce n'est pas — pour des raisons évidentes — le mâle dominant qui fixe les règles ou qui détermine le vainqueur.

— O.K., je comprends mieux. Si cette joute est annuelle, vous devez avoir des dizaines d'Eminences, s'étonna Kaitlyn.

Elle marcha sur une branche sèche qui céda sous son poids, effrayant un oiseau qui prit son envol.

Caine pouffa de rire à cause de son ignorance.

— Cette joute est bien plus qu'un défi physique, c'est une façon de prouver ses talents de chef et de tacticien. Le mâle dominant dirige la meute jusqu'à être défait lors de ce défi, ce qui peut prendre un temps considérable, car nous vivons très longtemps. Nous avons donc peu d'Eminences parmi nous.

Les loups-garous vieillissaient donc plus lentement que les humains. Intéressant. Elle songea aussitôt à la photo de Landon dans les affaires de son père. Vingt années avaient passé et Landon n'avait pas pris une ride ; serait-il toujours aussi jeune lorsqu'elle serait devenue une vieille femme ? Il lui restait à espérer que la longévité faisait partie de son héritage génétique à elle aussi.

— Est-ce que l'une des Eminences possède une plus grande autorité au sein du conseil ?

— Tu devras leur témoigner à tous le même respect, mais ce sera certainement Garius qui te posera les questions. Il est le patriarche de la meute et tous boivent ses paroles. Cette entrevue va certainement rester dans les annales, et je sais d'avance que les Eminences vont être stupéfaites d'apprendre que notre morsure peut transformer un humain. Si seulement nous l'avions su plus tôt, nous aurions pu aider ton père à accepter sa nature.

Kaitlyn accusa le coup et trébucha.

— Je suis désolé, Kaitlyn, je ne voulais pas te blesser, lui dit Caine en la rattrapant in extremis, j'aurais vraiment aimé pouvoir aider ton père.

— Je sais que tu ne pensais pas à mal en disant ça.

— Tant mieux.

— Et qu'est-ce que..., commença Kaitlyn, mais elle fut brusquement soulevée de terre et Caine la chargea sur son épaule avant qu'elle ait pu terminer sa phrase.

— On ne va pas assez vite. Je vais te porter, ce n'est plus très loin. Qu'est-ce que tu as dans ta poche?

— C'est le journal de mon père.

— Ah, d'accord. Allons-y, tu es prête à t'envoler? Ferme les yeux.

— Très drôle, marmonna-t-elle en s'accrochant à la ceinture de Caine, le bandeau toujours plaqué sur les yeux.

Caine s'élança aussi vite que ses jambes de loup-garou le lui permettaient et le vent se mit à siffler aux oreilles de Kaitlyn. Heureusement qu'elle avait les yeux bandés, ainsi elle ne se rendait pas compte de leur vitesse. Elle fit en sorte de conserver une respiration lente et de penser à autre chose.

Quelques minutes plus tard Caine la reposa enfin au

sol et lui ôta le bandeau. Aveuglée, elle cilla à plusieurs reprises.

— Bienvenue chez toi, Kaitlyn, lui murmura Caine à l'oreille en la faisant pivoter sur elle-même.

Une majestueuse demeure en briques aux fenêtres noires se dressait en face d'elle. De larges colonnes sculptées soutenaient le porche qui ceinturait la maison. Un lierre épais d'un vert profond grimpait à l'assaut des murs ; l'ensemble était magnifique.

Les arbres qui entouraient la demeure la masquaient en partie aux yeux du monde extérieur. Ils formaient un camouflage naturel, tout en laissant le soleil pénétrer à travers leur feuillage. La tanière des Luprédas était à tous égards un lieu vraiment impressionnant.

— C'est à couper le souffle, chuchota Kaitlyn.

— N'est-ce pas ? s'esclaffa Caine en avançant vers l'entrée. Allez, viens, ils nous attendent.

Avant de le suivre, Kaitlyn saisit vivement son arme de cheville et la glissa dans la poche de sa veste. Comment savoir s'ils l'accepteraient ? La prudence et son instinct de flic lui dictaient de rester sur ses gardes, quoi qu'il arrive.

Ils montèrent les marches, passèrent sous le porche et franchirent le seuil de la demeure. Quel accueil allait-on lui réserver ?

A peine avaient-ils passé la porte d'entrée que Kaitlyn fut fixée.

— Caine, qu'as-tu encore fait ? lança un homme aux cheveux blonds en se levant du canapé, tandis que la porte claquait dans leur dos.

Caine se plaça immédiatement entre Kaitlyn et l'inconnu.

— Ça ne te regarde pas, Brian, occupe-toi de tes oignons.

Le temps d'un battement de cœur et Brian fut près d'eux.

— Tu connais les règles. Pas d'humains ici. Jamais.

La tension entre les deux hommes était palpable. Il y avait d'autres personnes présentes, des femmes, des enfants, qui tous convergeaient pour assister à la scène.

— Ça te plairait, hein, de t'arranger pour que Nathan me bannisse.

Kaitlyn sentit les regards peser lourdement sur elle. On commençait à murmurer. Son premier instinct fut de se rapprocher de Caine, mais le brouhaha enflait, aussi se résolut-elle à en terminer avec cette histoire. Elle marcha droit vers la petite foule hostile.

— Je suis la compagne de Landon, c'est la raison de ma présence ici, affirma-t-elle en soutenant les regards inamicaux.

Une vague de stupeur balaya l'assistance.

— Tu oses m'adresser la parole ? s'emporta Brian.

— C'est vrai qu'elle a l'odeur de Landon, lança quelqu'un.

— Et alors ! Landon ne fait pas partie de notre meute. Tu n'as rien à faire ici, espèce de traînée.

La petite assemblée se désolidarisa de Brian en reculant d'un pas. Est-ce que ça voulait dire qu'ils s'attendaient à un combat ? Est-ce que c'était mauvais signe ? Les doigts de Kaitlyn se refermèrent sur la crosse de son arme.

— Merci pour le compliment, maintenant tu recules, le clébard ! ordonna-t-elle.

Brian lui adressa un grognement menaçant. Ses griffes jaillirent et il s'élança. L'instant d'après il roulait au sol.

— C'était un avertissement. Approche-la encore et je te tue, lança Landon d'un ton sans équivoque.

— Qu'est-ce que tu fais là ? dit Kaitlyn avec étonnement.

— Je pourrais te retourner la question, rétorqua-t-il en lançant un regard lourd de reproche à Caine.

Les deux amants se fixèrent un instant et le cœur de Kaitlyn bondit dans sa poitrine. Landon avait une barbe de trois jours et ses muscles roulaient de façon menaçante sous son T-shirt chaque fois qu'il serrait les poings. Il était manifestement hors de lui de constater qu'elle avait pénétré sur son territoire. Elle ne trouva rien à dire pour se justifier.

— Landon, je suis heureux que tu aies pu veni..., commença Caine.

A cet instant un homme aux cheveux blonds sauta de la mezzanine au-dessus d'eux et atterrit près de Landon.

— Je t'avais dit de ne plus remettre les pieds ici. Tu viens de signer ton arrêt de mort.

— Si tu veux te reprendre une déculottée, je suis ton homme, Nathan, railla Landon.

Le nouvel arrivant gonfla le torse comme un coq en train de parader avant le combat. Kaitlyn s'attendait presque à le voir gratter le sol avec son pied.

— Landon et cette jeune femme sont ici sur ma demande !

Tous les regards convergèrent vers un homme massif aux tempes grisonnantes.

— C'est Garius, chuchota Caine à son oreille.

Kaitlyn avança droit vers l'ancien mâle dominant, saisissant sa chance de désamorcer le combat inévitable entre les deux hommes. La foule se scinda en deux pour la laisser passer. Elle s'arrêta à quelques pas du chef des Eminences.

— Je vous remercie de votre invitation, lança-t-elle respectueusement à l'adresse de Garius et des hommes qui l'accompagnaient — vraisemblablement les autres Eminences.

Garius inclina légèrement la tête.

Laird et Roman m'ont dit grand bien de vous, Kaitlyn McKinney. Je suis persuadé que vous n'avez pas pris la décision de venir ici à la légère, lui dit-il mentalement.

Elle inclina à son tour la tête avec déférence.

— Je requiers humblement auprès des Luprédas la faveur d'être intronisée en tant que membre de la meute.

Un rugissement retentit derrière elle et, en un éclair, Nathan fut près d'eux.

— Comment oses-tu m'insulter de la sorte en t'adressant aux Eminences !

Nathan posa son poing sur la poitrine de Kaitlyn.

— Je suis le mâle dominant des Luprédas, j'ai banni ton… compagnon il y a des mois. Tu n'as donc aucun droit de pénétrer ici. Aucun droit !

Garius sembla hésiter un instant.

— Il a raison, affirma-t-il enfin.

Kaitlyn embrassa en un regard le poing posé sur sa poitrine, le bras musculeux et les lèvres retroussées en un sourire narquois sur des canines menaçantes ; quelle arrogance !

— Eh bien, heureusement que je ne revendique pas ma place en tant que compagne de Landon, dans ce cas. Je suis une Lupréda de plein droit et je viens pour vivre au sein de *ma* meute.

14

Un chaos indescriptible s'abattit sur la pièce. Certains poussèrent des hurlements de colère, d'autres se mirent à lancer des injures.

Bien qu'il soit stupéfait de la révélation que venait de faire sa compagne, Landon ne comptait pas la laisser se faire insulter sans réagir.

— Ça suffit ! s'écria-t-il, et aussitôt le calme revint.

Nathan tendit le bras pour attraper Kaitlyn, mais Landon lui saisit le poignet avec fermeté.

— Ne t'avise pas de la toucher, sinon tu ne vas pas tarder à ramasser tes dents avec tes doigts brisés, le mit en garde Landon.

Nathan s'apprêtait à riposter, mais Garius intervint à cet instant.

— Rentrez vos griffes, messieurs, le sujet mérite que nous y réfléchissions posément.

Il se tourna vers Kaitlyn et l'invita à le suivre en lui offrant galamment son bras.

— Pourquoi n'entrerions-nous pas dans le salon, nous serons plus à l'aise pour discuter... comme des êtres civilisés, ajouta-t-il à l'intention de Landon et de Nathan.

Seul Landon sembla goûter l'ironie de sa remarque.

Kaitlyn pénétra dans l'immense salon au bras de

Garius. Il y avait là une gigantesque cheminée et cent cinquante loups-garous dans l'expectative, s'attendant à voir à tout instant la situation déraper.

Mais qu'est-ce que tu es en train de faire, Kaitlyn? s'apprêtait à lui demander Landon. A cet instant, son regard croisa celui de Caine et il lui fit comprendre silencieusement qu'il était en sursis. Il tenait à entendre ce que Kaitlyn comptait annoncer à l'assemblée avant d'agir. Bon sang, comme elle lui avait manqué!

Il était revenu dans l'antre des Luprédas sur la demande de Laird. Il avait prétendu que les Eminences voulaient s'entretenir avec lui. Il savait bien qu'il aurait déjà dû les tenir au courant de ses progrès et de l'existence des panthères, mais il était resté non loin de son chalet, à rêver des chasses échevelées avec ses frères de meute. Chaque nuit son collier lui pesait un peu plus, l'enchaînant à son apparence humaine.

Garius proposa un siège à Kaitlyn.

— Merci, mais je préfère rester debout.

Garius interrogea Nathan du regard.

— Elle demande à ce que nous l'intégrions à la meute, prétextant qu'elle est de notre sang. C'est toi, le mâle dominant. Si elle peut effectivement prouver son ascendance, la loi du clan t'impose d'accepter sa demande. Si tu n'es pas en mesure de rendre un jugement impartial comme tout bon chef se doit de le faire, alors les Eminences prendront cette décision à ta place.

Nathan s'avança vers Kaitlyn en bombant le torse, s'arrêta à quelques millimètres de son visage et la renifla.

Landon se raidit, prêt à la défendre, mais Garius posa la main sur son épaule et secoua lentement la tête.

Landon inspira plusieurs fois et parvint — avec peine — à juguler les pulsions de la bête en lui.

— Si elle peut prouver qu'elle est bel et bien une Lupréda, alors je reconnaîtrai son droit à devenir l'une des nôtres.

— A qui suis-je supposée m'adresser ? demanda Kaitlyn à Garius. A vous ou à lui ?

— C'est à Nathan que vous devrez présenter votre requête, il est notre mâle dominant et il saura juger avec justesse et équité.

Kaitlyn opina et se tourna vers Nathan.

— Y a-t-il dans votre meute un loup noir à l'oreille blessée et aux yeux vairons ?

Où veut-elle en venir ? se demanda Landon.

— Non, aucun de nos frères ne correspond à ce signalement.

— Laissez-moi reformuler ma question : y a-t-il eu dans votre meute un loup noir à l'oreille blessé et aux yeux vairons ?

— Oui, répondit Nathan en serrant les dents, mais il est mort.

— Comment est-il mort ?

Landon pressentait qu'elle connaissait déjà la réponse. Il se tourna vers Caine, dont l'attitude confiante confirma ses soupçons.

— Il s'est suicidé, admit Nathan, il a mis fin à ses jours pour une raison que nous ignorons. André n'est jamais parvenu à revêtir son apparence humaine à la fin du cycle lunaire. Il est resté sous forme de loup.

Kaitlyn sortit le journal de son père de sa poche et commença à tourner les pages.

— Rappelez-moi la règle des Luprédas concernant les morsures sur les humains ?

Un murmure monta de l'assistance.

— Comment se fait-il que vous en sachiez autant

à notre sujet ? Landon n'aurait jamais dû vous révéler ces informations.

— Est-ce que tu vas te décider à répondre à sa question, Nathan ! insista Landon avec un énervement croissant, tenté à chaque instant de briser le cou de son rival.

Le mâle dominant se tourna vers Kaitlyn.

— Il est dit que si nous mordons un humain alors que nous sommes sous forme lupine, nous ne pourrons jamais revêtir de nouveau notre apparence humaine.

Kaitlyn s'avança alors vers Garius et lui tendit le carnet de son père ouvert à la bonne page.

— Voici le journal de mon père. Il date d'il y a vingt-cinq ans. Voulez-vous lire cette page, je vous prie ?

Garius lut deux pages à voix haute. Lorsqu'il se tut, Landon se tourna vers Kaitlyn, saisi par la révélation. Elle faisait bel et bien partie de la meute. Elle avait toujours été des leurs.

Kaitlyn croisa son regard et lui adressa un sourire timide qui emplit le cœur du loup-garou d'allégresse.

— Mensonges ! s'écria Nathan en désignant l'ouvrage dans les mains de Garius. Elle a monté ça de toutes pièces. Ce journal est une aberration, mais nous ne nous laisserons pas abuser. Elle est humaine, cent pour cent humaine !

Kaitlyn sortit alors un second objet de sa poche. Un couteau de chasse. Elle le saisit par la lame et Landon comprit aussitôt son intention. Elle s'était déjà ouvert la paume avant qu'il ait pu intervenir.

Il se précipita à ses côtés, ôta sa chemise et la roula en boule pour juguler l'hémorragie. Il lui prit l'arme, mais Kaitlyn leva bien haut sa main ensanglantée en s'adressant d'une voix puissante à la meute réunie autour d'elle.

— Lycanthropes ! Reconnaissez-vous cette odeur ?

— Lu-pré-da ! s'écrièrent-ils d'une seule voix.

— Tu es folle, soupira Landon avec un sourire en épongeant le sang avec sa chemise avant de laper la blessure.

— Moi aussi, je t'aime, répondit-elle en lui caressant la joue.

Un moment de pure intimité s'installa entre eux, effaçant pendant quelques secondes le brouhaha des conversations.

— J'ai tellement de choses à te dire, commença-t-elle à voix basse.

Puis elle haussa le ton pour être entendue de tous.

— Je ne suis pas venue ici dans le seul but d'être acceptée au sein de la meute.

Landon fut surpris de la voir se tourner vers Nathan.

— Je crois que mon appartenance au clan fait l'unanimité, non ?

Landon admira la façon qu'elle avait de le mettre devant le fait accompli. Dieu, qu'il aimait cette femme.

— Tu es bel et bien une Lupréda, admit Nathan en serrant les dents, bouillonnant de rage contenue.

— Maintenant que nous sommes tous d'accord, il y a autre chose dont j'aimerais m'entretenir avec les Eminences, poursuivit-elle en se tournant vers Garius et ses compagnons.

— C'est à moi que tu dois t'adresser ! rugit Nathan.

Comment peut-on se ridiculiser à ce point ? ricana intérieurement Landon tandis que sa compagne continuait à narguer Nathan.

— Tu manques à l'évidence d'objectivité dès qu'il s'agit de Landon. Alors non, je ne te consulterai pas, j'ai parfaitement le droit de m'en remettre aux Eminences au sujet de *mon* compagnon.

— Elle a raison, Nathan, confirma Garius. Nous t'écoutons, Kaitlyn McKinney.

— Je demande à ce que mon compagnon soit autorisé à participer à la joute annuelle.

Nathan rougit sous l'affront.

Autant Landon appréciait de voir Kaitlyn se battre pour elle-même, autant il n'appréciait guère de la voir se mêler ainsi de ses affaires.

— Je suis désolé, dit Garius, mais l'odorat affaibli de Landon le disqualifie d'office, nous avons déjà statué à ce sujet il y a longtemps.

— Inutile de remettre ça sur le tapis, confirma Landon, contrarié.

— Pourquoi? répliqua Kaitlyn. Tu mérites d'avoir ta chance, comme les autres.

— Mais oui, Landon, pourquoi tu ne lui donnerais pas ton caleçon et tes bottes tant que tu y es, elle a l'air de vouloir tout faire à ta place, railla Nathan.

Landon se contint avec peine.

— Je pourrais te traîner d'un bout à l'autre de cette pièce et te la faire nettoyer avec la langue. On le sait tous les deux, alors un ton en dessous, tu veux? lança-t-il à son ennemi.

— Pense à la meute, Landon, insista Kaitlyn. Est-ce qu'ils ne méritent pas un mâle dominant digne de ce nom?

Elle ne lui laissa pas le temps de répondre et se tourna vers Garius.

— Y a-t-il une pièce complètement opaque dans cette grande bâtisse?

Garius leva un sourcil étonné.

— Vous piquez ma curiosité, jeune demoiselle.

Suivez-moi jusqu'à la bibliothèque, elle devrait être assez vaste pour contenir toute la meute.

Landon tenta de dissuader Kaitlyn, mais elle fit un pas de côté et s'éloigna avec la foule, guidée par Garius.

Seul Nathan resta dans la pièce.

— Quand cette mascarade grotesque sera terminée, j'en finirai avec toi une bonne fois pour toutes.

Landon ignora les provocations de son rival, curieux de savoir ce que mijotait Kaitlyn, et suivit les frères de meute en direction de la bibliothèque.

— Et quand tu seras mort, poursuivit Nathan, je prendrai Kaitlyn comme compagne. Il faudra la dresser, mais je pense pouvoir en faire un objet sexuel efficace...

Landon s'élança et percuta de plein fouet Nathan qui fut propulsé à l'autre bout de la pièce avant de s'écraser sur la table, brisant la vaisselle au passage.

— Reste loin de nous ou je te tue, gronda Landon avant de quitter la pièce.

Lorsqu'il rejoignit les autres, les rideaux avaient déjà été tirés, masquant la lumière du soleil. Seul un immense chandelier dispensait une douce lumière dorée sur la chevelure de Kaitlyn qui se tenait face à la meute tout entière.

Landon se fraya un chemin dans la foule et attendit la suite, les bras croisés.

Kaitlyn enfonça une main dans sa poche.

— D'abord un journal, ensuite un couteau, elle va finir par nous sortir un évier si on la laisse faire, plaisanta Roman.

Sa remarque fut accueillie par un concert d'éclats de rire sonores et Landon aurait ri lui aussi s'il n'avait pas eu la sensation d'être un rat de laboratoire qu'on s'apprête à disséquer.

Lorsque le calme revint, Kaitlyn brandit le T-shirt ensanglanté que Landon avait abandonné derrière lui à l'hôpital.

— Est-ce que ça fera l'affaire?

Elle fouilla de nouveau dans sa poche intérieure et brandit un petit objet noir et menaçant.

— Ou est-ce que vous préférez ça?

Un calme surnaturel s'abattit sur l'assemblée comprenant qu'elle avait une arme à feu dans la main. Il fallait admettre qu'elle avait un vrai don pour capter l'attention.

Un sourire fleurit sur le visage de la jeune femme qui rengaina son arme.

— Allons, Roman n'est pas le seul à avoir le sens de l'humour!

Nouvelle salve de rires tonitruants.

Bien joué, Kaitie, songea Landon avec fierté.

— Que voyez-vous? demanda-t-elle à l'assistance en brandissant le T-shirt souillé.

— Des déchirures.

— Du sang.

— Et que sentez-vous?

— Le sang de Landon.

— Rien d'autre?

Quelques jeunes mâles s'approchèrent, touchèrent le vêtement, le reniflèrent de plus près.

— L'odeur de Landon, conclurent-ils tous.

Elle tendit le T-shirt aux Eminences.

— Et vous?

Tous acquiescèrent et Garius dit qu'ils partageaient l'avis de la meute.

— Est-ce que quelqu'un pourrait éteindre la lumière, s'il vous plaît? demanda la jeune femme.

La pièce fut soudain plongée dans l'obscurité et l'esprit de Landon se mit à fonctionner à cent à l'heure. Est-ce qu'elle était vraiment en train de faire ce qu'il supposait ?

— Et maintenant, que voyez-vous ? demanda-t-elle de nouveau.

— Nous sommes nyctalopes, Kaitlyn, il n'y a rien de différent.

— Pour vous, Garius, aucun changement ?

— Non, Kaitlyn, aucun.

— Et toi, Landon, que vois-tu ? l'interrogea-t-elle.

— Des étincelles iridescentes autour des déchirures et sur les épaules, répondit-il sur le ton de la conversation.

— Pour mes yeux d'humaine, cette pièce est plongée dans l'obscurité la plus totale, mais je distingue des choses que même Landon ne peut pas voir. Je vois les empreintes des mains de son agresseur, là où il l'a poussé, au niveau des épaules, avant de le griffer à la poitrine.

— Le griffer ? répéta quelqu'un.

— Oui. Des griffes de panthère.

Des murmures de colère parcoururent l'assistance.

— Rallumez la lumière, ordonna Garius d'un ton cassant.

Le calme revint et Garius interrogea les deux amants du regard.

— Comment se fait-il que vous discerniez des détails qui nous échappent ?

— J'ai toujours possédé une sorte de don qui me permet de percevoir des auras autour des cadavres. Je le dois sans doute à mon ascendance lycanthrope qui compense comme elle le peut les limitations de ma part humaine. C'est sans doute le même phénomène qui frappe Landon, une façon de contrebalancer son faible odorat.

De nouveau elle leva bien haut le vêtement taché de sang.

— Aujourd'hui, je vous ai prouvé à tous que Landon possédait un don unique. Refuserez-vous de nous aider à traquer les panthères ? Elles laissent une piste derrière elles, mais seuls Landon et moi sommes capables de la distinguer.

Un silence glacial régnait parmi les loups-garous réunis. Landon décida d'enfoncer le clou.

— Vous vous en moquez peut-être, mais ce sont les panthères qui sont responsables du meurtre de nos trois frères zerkers. Pas les Sanguinas. Oui, nos trois frères sont morts !

Des cris indignés résonnèrent dans l'assemblée. Garius leva la main pour rétablir le silence.

— Fort bien. Vous avez défendu votre point de vue avec brio. Je vais à présent m'entretenir avec les autres Eminences…

A cet instant Nathan bondit à travers la pièce et se jeta sur Landon. Ils roulèrent au sol et le mâle dominant tenta de lui ouvrir la gorge à l'aide du couteau de chasse que Kaitlyn avait laissé derrière elle. Landon parvint à se déplacer légèrement et la lame vint se ficher dans son épaule.

La douleur le saisit et il poussa un hurlement de rage en projetant Nathan dans la foule. Il ôta le couteau de la blessure et s'apprêtait à riposter quand Kaitlyn cria son nom. Il se figea sur place, tremblant de colère, et la regarda s'approcher de lui à pas lents, lui ôter sa chaîne en argent et se la passer au cou.

— Vas-y, démolis ce petit merdeux.

Landon fila droit vers son adversaire tout en revêtant sa forme primale. Son museau s'allongea, ses jambes s'arquèrent et ses vertèbres craquèrent tandis qu'il grandissait à vue d'œil, déchirant ses vêtements. Lorsqu'il se dressa face à Nathan, son corps tout entier était couvert d'une fine fourrure.

Il tremblait littéralement de fureur, mais attendit pourtant que son ennemi se soit à son tour transformé avant d'assouvir son désir de vengeance. Il voulait un combat équitable.

Kaitlyn regarda Landon se transformer en une bête prodigieuse et terrifiante aux muscles massifs. En voyant ses crocs terribles, elle eut presque pitié de Nathan. Presque. Le mâle dominant avait une fourrure blonde et s'il était plus large que Landon, il était aussi nettement plus petit.

— Si vous voulez vous battre, faites ça dehors ! rugit Garius pour couvrir les grognements des deux bêtes.

Nathan frappa vivement Landon à la poitrine, y laissant trois sillons sanglants, avant de fendre la foule pour gagner la porte d'entrée.

Sale pleutre ! songea Kaitlyn tandis que Landon bondissait à la suite de son adversaire.

La plupart des lycanthropes présents ainsi que les Eminences suivirent les belligérants, seuls quelques-uns demeurèrent en arrière, pariant sur l'issue du combat.

— Landon va le réduire en charpie, prédit Caine.

— Nathan n'est pas manchot, c'est un bon combattant, tempéra un petit brun.

— Nathan va l'emporter, ça ne fait aucun doute, pronostiqua Brian.

— On parie ? proposa Caine.

— Pari tenu. Si Nathan perd, je me retire de la joute pour cette année.

Caine éclata de rire.

— Que tu te retires ou non, ça ne fera pas la moindre différence. Landon va te foutre dehors et tu rentreras chez toi la queue entre les jambes, mon bonhomme.

— Venez, vous êtes en train de tout rater ! cria Laird depuis le vestibule.

Tous les lycanthropes retardataires quittèrent précipitamment la pièce pour assister à la bagarre. Kaitlyn faillit suivre le mouvement, mais elle avisa Garius qui avait ouvert les rideaux et s'installait confortablement dans un siège pour compulser le journal de McKinney père.

Elle fut d'abord choquée par cette violation de l'intimité de son défunt père, avant de songer que l'Eminence avait sans doute le droit de connaître toute la vérité.

— Vous n'allez pas assister au combat ? lui demanda-t-elle.

— J'en connais déjà l'issue, expliqua-t-il en tournant lentement les pages.

Dehors, par la fenêtre, elle observa les deux créatures, gueules béantes, qui bataillaient au corps-à-corps. Leurs hurlements la firent frémir. Nathan avait clairement le dessous, ce qui signifiait qu'il n'hésiterait pas à employer les pires coups bas pour vaincre.

— Ne devriez-vous pas descendre pour vous assurer que le combat se déroule à la loyale ?

— La vie est ainsi faite, répondit-il sans lever le nez de sa lecture. Un combat n'est jamais chevaleresque. Les adversaires doivent se tenir prêts aux pires infamies, seul le plus fort — dans tous les sens du terme — peut l'emporter.

Dehors, Nathan s'enfonça soudain dans les bois,

Landon sur ses talons, bientôt suivis des autres membres de la meute.

— Je trouve cela tellement brutal.

— Nous sommes une espèce primitive, Kaitlyn. Si vous ne vous sentez pas de taille à l'accepter, alors Landon n'est peut-être pas fait pour vous. Il dirigera la meute avec équité, je le sais, mais il devra parfois faire preuve de brutalité pour maintenir son autorité. Ils ont besoin d'un mâle dominant à poigne pour les guider.

— Est-ce que vous êtes en train de me dire qu'il va prendre la place de Nathan, s'il le bat ?

— Il le sera jusqu'à la prochaine joute, répondit Garius en feuilletant paisiblement l'ouvrage, joute à laquelle les Eminences lui permettront de participer et dont je ne doute pas qu'il sorte victorieux.

Kaitlyn fut soudain morte d'inquiétude, mais elle sentit instinctivement qu'elle devrait se montrer forte dès qu'il s'agirait de préserver l'autorité de son compagnon. Elle vint s'installer dans le siège situé près de celui de Garius et le laissa terminer sa lecture.

Quelques minutes passèrent avant qu'il ne le referme d'un coup sec et le lui tende.

— Voilà qui explique beaucoup de choses. C'est bien Landon que votre père avait vu dans le parc, n'est-ce pas ? demanda-t-il en fixant le pendentif qu'elle portait autour du cou.

— Landon ne l'a pas lu, répondit-elle en rangeant le journal dans sa poche. Il ignore que mon père avait prévu de mettre fin à ses jours cette nuit-là. J'espère que, lorsqu'il l'apprendra, il cessera de s'en vouloir.

— La question qui demeure, répliqua Garius avec un regard pénétrant, est de savoir si *vous*, vous lui avez pardonné.

Les paroles qu'elle avait elle-même prononcées lors

des funérailles de sa mère lui revinrent à l'esprit. *Un amour sincère permet de surmonter tous les obstacles.*

— Aujourd'hui je connais les circonstances de ce drame et je sais que Landon a un fort instinct protecteur pour les siens. Mon père n'est plus là, mais je sais qu'il s'agissait d'un accident. Landon en a payé le prix pendant dix-huit ans, je pense qu'il est temps de passer à autre chose.

— Je partage votre sentiment, dit Garius en lui prenant la main, et je vous souhaite la bienvenue dans notre meute, Kaitlyn McKinney. Vous vous êtes montrée digne de régner aux côtés de notre mâle dominant.

Elle serra sa main dans la sienne, puis le vieux loup-garou se leva.

— Allons féliciter le vainqueur, proposa-t-il.

Elle jeta un regard au-dehors, mais ne vit personne.

— Mais comment…

— Je viens d'entendre un hurlement de victoire.

— Pas moi, je…

Des cris de joie résonnèrent alors dans les bois. L'un d'eux était plus puissant que les autres et la fit frémir.

Landon était chef de meute.

15

Pourquoi me tient-il à l'écart? s'était-elle rebellée intérieurement en apprenant, à la fin du combat, qu'elle allait devoir regagner le chalet de Landon.

Elle n'avait pas dit un mot pendant le trajet du retour en suivant tant bien que mal le pas rapide de Caine. Lorsqu'ils arrivèrent à destination, elle ne s'encombra plus de civilités.

— Donne-moi les clés, tu peux arrêter de jouer les nounous.

— Tu es sévère, répondit Caine en enfonçant les poings au fond de ses poches.

— Désolée, ce n'était pas le but, mais j'ai du mal à supporter d'être mise à l'écart.

— Parce que tu crois qu'on ne veut pas de toi? Tu crois que Landon a honte de toi?

— Qu'est-ce que tu veux que j'en conclue?

Caine passa une main nerveuse dans ses cheveux, marmonnant quelque chose au sujet des femmes et de leur caractère.

— Landon m'a demandé de te ramener ici pour pouvoir se laver, soupira-t-il. Il ne voulait pas que tu le voies dans cet état.

— Dans quel état? Je l'ai vu se transformer, bon sang, je crois être capable d'encaisser à peu près n'importe quoi, maintenant!

Caine gloussa en se dirigeant vers le chalet.

— Qu'est-ce qu'il y a de si drôle? lui lança-t-elle en lui emboîtant le pas.

— Je sens que tu vas passer ton temps à lui tenir tête et ça m'amuse.

Kaitlyn fit la moue et l'hilarité de Caine redoubla.

— Il a bien besoin qu'on le dresse un peu, il a passé trop de temps tout seul, affirma-t-il.

Kaitlyn fut saisie d'une culpabilité soudaine.

Ils grimpèrent les marches et Caine lui tendit les clés.

— Quand je disais qu'il ne voulait pas que tu le voies dans cet état, je ne faisais pas référence à sa forme primale, Kaitlyn, expliqua Caine en retrouvant son sérieux, Landon ne voulait simplement pas que tu le voies blessé et couvert de sang.

— Que s'est-il passé?

— Landon a mis Nathan à terre. Il comptait l'épargner. Nathan lui a jeté de la terre au visage et a tenté de le frapper en profitant de sa cécité temporaire. Il n'a laissé aucun autre choix à Landon. C'était tuer ou être tué.

Kaitlyn soupira en songeant aux mâles Luprédas qui s'évertuaient à ménager sa *sensibilité*.

— Caine, si j'avais vu Landon couvert de sang, je me serais fait du souci pour lui, c'est tout. Peu m'importe qu'il ait réduit Nathan en charpie, je savais que cet idiot voulait un combat à mort.

— Est-ce que tu doutais de la victoire de Landon?

— Non, elle n'en a pas douté une seule seconde, répondit pour elle l'intéressé en apparaissant au pignon du chalet.

Kaitlyn chavira face à cette apparition. Il avait encore une plaie au menton et quelques marques dans le cou.

Une blessure au bras cicatrisait déjà. Il était rasé et ses cheveux n'étaient pas encore secs. Il la dévorait littéralement du regard.

— Merci d'avoir veillé sur ma compagne, dit-il à Caine. Il fera bientôt nuit, va rejoindre les autres et profite de la dernière chasse.

Caine sauta par-dessus la balustrade, atterrit au sol avec une souplesse de chat avant de disparaître dans les bois.

Kaitlyn se tourna vers Landon, elle avait à lui parler. Elle percuta littéralement son torse massif.

— Je ne m'habituerai jamais à te voir bouger aussi vite.

Il laissa son doigt dessiner la délicate courbe du menton de Kaitlyn, avant de descendre dans le V de son décolleté. Le souffle de la jeune femme se fit haletant.

Elle s'apprêtait à parler, mais les mots refusèrent de venir. Après tout ce qu'ils avaient traversé, elle ne savait plus quoi dire et surtout elle se demandait par où commencer.

Landon lui ôta la chaînette au bout de laquelle se balançait la balle d'argent et la remit à son cou.

— On ferait bien de rentrer, il fera bientôt nuit.

Elle aurait voulu lui arracher ce maudit collier et lui crier de cesser de se torturer, mais elle savait qu'avant cela, il devrait se pardonner à lui-même le geste fatal qui avait coûté la vie au père de Kaitlyn.

Il l'accompagna à l'intérieur et l'aida à retirer son manteau.

— Je veux que tu lises ceci, lui dit-elle en fouillant dans sa poche avant de lui tendre le journal intime.

— Ce sont les écrits de ton père, ils ne sont pas destinés à être lus par qui que ce soit.

Elle lui posa l'ouvrage d'autorité entre les mains.

— Tu te trompes. Il aurait voulu que toi, plus que quiconque, tu en prennes connaissance. Il aurait voulu que tu le comprennes.

Elle ne lui laissa pas le temps de répondre et gagna aussitôt la cuisine.

Elle ouvrit le frigo d'une main tremblante et décida de préparer à dîner pendant que Landon lirait. Elle avait besoin de s'occuper pour éviter de penser aux réactions de Landon face aux révélations que contenait le journal.

— Il ne mange jamais de légumes ou quoi ? murmura-t-elle en trouvant le bac du bas complètement vide.

Pas de fruits non plus. Elle était prête à parier qu'en revanche, le congélateur était rempli. Elle ouvrit la porte du haut. Bingo, plein à craquer.

Il va vraiment falloir que je lui parle de son régime alimentaire, à celui-là.

Elle ouvrit les placards les uns après les autres à la recherche d'une bouteille de vin, elle avait besoin de boire autre chose que de l'eau. Un sourire fleurit sur ses lèvres lorsqu'elle aperçut un petit cabernet.

Le temps qu'elle mette la main sur deux verres et un tire-bouchon, il faisait déjà noir dehors. Landon devait presque avoir terminé sa lecture. Elle avala deux gorgées avant d'emporter les deux verres dans le salon.

La douce lumière de la lampe faisait briller la couverture du journal de son père. Landon était à la fenêtre et fixait les ténèbres. Il accepta le verre de vin qu'elle lui tendit.

— Est-ce que tu l'as lu ? demanda-t-elle.

Landon avala le vin d'un seul trait.

Elle lui prit le verre vide des mains et le posa à côté du sien sur la table basse.

— Je prends ça pour un oui.

Des loups hurlèrent quelque part dans les bois et elle lut une infinie douleur dans les yeux de Landon.

— Comment as-tu deviné que tu étais des nôtres ? lui demanda-t-il en prenant ses mains dans les siennes. La morsure subie par ton père ne signifiait pas forcément que tu étais de notre sang.

— Après avoir lu le journal de mon père, j'ai repensé à ce que Caine m'avait dit. Il m'avait demandé pourquoi les vampires ne m'avaient pas tuée tout de suite dans la ruelle.

— Je préfère éviter de repenser à ce qui aurait pu t'arriver ce jour-là, l'interrompit Landon en prenant son visage entre ses mains.

Elle sourit et lui embrassa les doigts.

— Quand je suis entrée dans la bibliothèque, je me suis blessé le doigt sur la poignée de la porte. J'ai croisé un homme à ce moment-là et il m'a aussitôt remarquée. C'était l'un des vampires qui m'ont agressée dans la ruelle.

— Il a senti l'odeur de ton sang, les vampires en sont obsédés. Peut-être qu'il a compris tout de suite que, n'étant pas humaine, ton sang n'était pas un poison pour lui. D'après Jachin, les humains des jeunes générations ne sont plus toxiques pour eux.

— Tu m'as dit que les vampires vous avaient créés pour leur servir de proies. Est-ce que tu ne vois pas les pièces du puzzle s'assembler ? Quand le premier vampire m'a sauté dessus, il ne m'a pas mordue, il m'a blessée à la poitrine en me demandant si j'avais envie de jouer. L'autre a renchéri en jugeant que je les avais bien fait courir. Sur le moment j'ai cru à de simples provocations, mais à la lecture des écrits de mon père, j'ai compris qu'ils m'avaient prise pour un lycanthrope.

— C'est un sacré risque que tu as pris en partant

de cette supposition pour rejoindre la meute. Pourquoi as-tu la même odeur que nous ? lui demanda Landon en se penchant au creux de son cou pour s'enivrer de son parfum.

— J'imagine que c'est parce que je suis une métisse. Allez, viens, nous avons encore à parler de beaucoup de choses ensemble.

Landon la suivit jusqu'au canapé et s'installa près d'elle.

— Dis-moi comment tu prends tout ça, lui demanda-t-elle en serrant sa main dans la sienne.

— Je pense que ton père aurait fait une sacrée recrue pour la meute, soupira-t-il.

Kaitlyn lui saisit vivement le menton et le força à la regarder.

— Ah non, ne commence pas ! Je ne t'ai pas fait lire ce journal pour que tu te sentes encore plus coupable.

— Si j'avais été un peu plus attentif... Comment son odeur a-t-elle pu m'échapper alors que j'ai compris que tu étais une Lupréda en humant ton sang tout à l'heure ?

— Caine m'a raconté ce qui s'est passé dans le parc cette fameuse nuit, ainsi que la façon dont tu portes ce fardeau depuis lors.

— Caine a la langue bien pendue, fit remarquer Landon avec ressentiment.

— Il ne veut que ton bonheur et il sait combien tu m'aimes.

— C'est vrai, je t'aime, Kaitie. J'ai toujours su qu'un lien puissant existait entre nous sans parvenir à l'expliquer. C'est pour cette raison que j'ai cessé de collaborer avec la police. Je t'ai vue grandir et puis ces dernières années... mes sentiments se sont mués en quelque chose de plus charnel.

— Je ressens la même chose et c'est pour ça que tout ce que nous avons vécu a été si dur pour moi. Je sais que la mort tragique de mon père demeurera comme une blessure dans notre passé commun, ça fera toujours partie de nous, mais je ne veux pas que cette tragédie se dresse *entre* nous.

Landon ne répondit rien, aussi poursuivit-elle.

— Caine m'a raconté qu'il pleuvait fort cette nuit-là. Tu ne m'as pas dit que la pluie affectait ton odorat ?

Landon fixa leurs mains jointes et massa délicatement les phalanges de Kaitlyn.

— C'est vrai que ça masque les odeurs, mais je n'étais qu'à quelques pas, Kaitie, et…

— Et tu étais couvert du sang de Caine et du tien.

— Tu ne comptes pas me laisser m'apitoyer tranquillement, c'est ça, l'idée ?

— Je pense que tu as largement expié pour nous deux ces dix-huit dernières années, expliqua-t-elle en lui caressant la joue. Ça me fait de la peine d'avoir perdu mon père. Mais je suis également triste en imaginant tout ce que tu as subi pour tenter de contrebalancer ton geste fatal, et je ne t'en aime que davantage.

Landon effleura la bouche de Kaitlyn de ses lèvres.

— J'étais terriblement fier de toi aujourd'hui. Tu as soumis les Luprédas à ta volonté comme toute femelle dominante doit savoir le faire. Ils t'ont mangé dans la main.

— Littéralement, pouffa-t-elle en regardant sa main blessée.

Landon passa un doigt sur la cicatrice à peine visible avant de l'embrasser.

— Tu es la compagne idéale, Kaitlyn McKinney. Idéale.

— Est-ce que c'est une façon de me dire que tu ne

chercheras plus à me ménager ? Je sais que tu retiens chacun de tes gestes, je m'en suis rendu compte quand nous avons fait l'amour, ta poigne était plus sûre, plus ferme. Je voudrais que tu sois toi-même, pas que tu me considères comme une poupée de porcelaine. De la même façon, je veux que tu respectes la vie que je continuerai à mener en ville ainsi que mon boulot auprès des gamins de Handleburg. Et puis j'ai mon métier...

— Compris, l'interrompit Landon en levant la main, les funérailles de ta mère t'ont tenue éloignée des événements récents, mais il faut que tu saches que le nouvel ordre autoproclamé des Garotteurs a été dissous par le gouvernement qui a rétabli dans ses prérogatives l'organisation historique. Kent et Rémy ont sombré, mais leurs liens avec la mafia ont disparu des rapports.

— Je me doutais que tout ne serait pas rose, soupira Kaitlyn, déçue.

— On fait une équipe du tonnerre sur le terrain, et j'espérais que tu accepterais d'être ma coéquipière au sein de mon agence. J'ai apprécié mes collaborations ponctuelles avec la police et j'envisage de rempiler.

Sa proposition la surprit, mais lui plut aussitôt. La perspective de mettre ses idées en commun avec Landon et de collaborer avec des flics qu'elle avait toujours connus l'enchantait. Elle aurait le meilleur des deux mondes.

— Mais est-ce que ton rôle de chef de meute te laissera le temps de tout mener de front ?

— J'ai tué une panthère à l'hôpital, mais il en reste d'autres dans la nature. Garius et les autres Eminences ont été très clairs à ce sujet, en tant que mâle dominant, il est de mon devoir de m'occuper de cette affaire en priorité avant que d'autres attaques n'aient lieu. Lorsque nous n'épaulerons pas la police sur certaines de leurs affaires, nous mettrons à contribution nos contacts pour localiser les Velius. Et nous les débusquerons.

Kaitlyn acquiesça avec conviction.

— Et si on passait aux choses sérieuses maintenant? proposa-t-elle en s'éloignant légèrement de lui, tout en ôtant son T-shirt avec un sourire canaille.

Les narines de Landon vibrèrent lorsque les odeurs de musc et de violette envahirent la pièce.

— Laisse-moi prendre les rênes. Je tiens à te protéger, affirma-t-il.

— Me protéger de toi? demanda-t-elle en dégrafant son soutien-gorge.

Elle jeta sa lingerie au sol.

— Non, inutile de prendre la moindre précaution, ce soir, ajouta-t-elle.

Landon tenta de s'approcher, mais elle se leva juste à temps pour lui échapper.

— Ah, ah, honneur aux dames! dit-elle en déboutonnant son jean après s'être débarrassée de ses bottes.

Landon contempla ce corps nu et fut subjugué par la façon dont la chevelure de feu de Kaitlyn cascadait sur ses épaules d'albâtre. Elle affichait un sourire tentateur, arborant fièrement ses seins conquérants. Image même de la perfection féminine, Kaitlyn était une apparition divine, il lui était impossible de détacher le regard de ce corps sculptural.

— Il faut que je t'encourage un peu, c'est ça?

— Non, c'est inutile, je…

Mais le jean et la culotte étaient déjà tombés au sol.

— Kaitlyn, il faut que tu te rhabilles, gronda-t-il entre ses dents.

Prends-la, murmura le loup. *Tu sens comme moi l'odeur de son désir, c'est son corps qui t'appelle.*

— Je me sens un peu nue toute seule, fit-elle remarquer en chassant ses vêtements du pied, tu ne veux pas m'imiter ?

Elle peut t'accueillir, fais-moi confiance, elle tiendra le coup, je vais prendre soin d'elle, lui promit le loup.

Ferme-la ! rétorqua Landon.

— Voilà ce qu'on va faire. Je vais monter m'allonger sur le lit là-haut, en imaginant tout ce que je pourrai te faire, proposa-t-elle d'une voix provocante.

A peine eut-elle le temps de se retourner vers l'escalier qu'elle fut emportée par une tornade humaine. L'instant d'après, elle était allongée sur le dos dans le lit de Landon.

— Tu ne devrais pas me provoquer comme ça, Kaitlyn, la mit-il en garde en glissant sur elle, le sang des Luprédas coule dans tes veines, mais tu n'es pas aussi résistante qu'une femelle loup-garou.

Kaitlyn ne se laissa pas démonter et, le prenant par surprise, elle le fit basculer sur le dos avant de le chevaucher.

— Qui est-ce que tu traites de mauviette, mon p'tit loup ? s'agaça Kaitlyn.

Landon enfouit sa main dans la chevelure rousse et lui caressa la joue.

— Je sais que ton esprit est en acier trempé et que ton cœur est solide comme un roc, expliqua-t-il, dissipant un peu la colère de la jeune femme, mais si je me laissais aller comme je le ferais avec une femelle de mon clan, je pourrais te faire du mal, Kaitlyn, et je tiens trop à toi pour prendre ce risque.

Les larmes aux yeux, elle lui martela la poitrine.

— Et si moi, je te veux tout entier, si j'ai envie que

tu vibres avec moi, si je n'ai pas envie d'un ersatz d'amant !

Landon se redressa et leurs visages se frôlèrent.

— C'est vraiment ce que tu penses ? Que je ne suis pas entièrement à toi quand nous faisons l'amour ?

Il la prit dans ses bras et la serra contre son torse.

— Eh bien, tu te trompes, ma douce, je perçois chaque odeur, chaque inflexion de nos corps... à m'en rendre fou.

Elle lui ôta vivement sa chemise, croisa son regard sombre et posa les mains sur ses épaules avant de les laisser vagabonder sur les reliefs de ses biceps.

— Je veux t'entendre haleter, lui murmura-t-elle à l'oreille, je veux sentir que tu es là, que chaque centimètre de ton corps vibre au diapason du mien. Ne réfléchis pas, ressens les choses. Faire l'amour est un acte enivrant, je veux que tu te sentes libre.

Elle lui embrassa le menton et pinça son téton entre ses doigts. Il poussa un grondement sourd et leurs bouches se rencontrèrent. Il lui rendit son baiser avec une férocité qui la prit par surprise, mais elle répondit avec fougue. Il la tint serrée contre lui, la ceinturant de ses bras puissants, comme pour se fondre en elle. Lorsque leurs langues se mêlèrent, une décharge d'érotisme pur les traversa. Kaitlyn sentit la tête lui tourner, enivrée par leur étreinte.

Comment arrive-t-il se maîtriser ? s'étonna-t-elle alors qu'elle-même peinait à se refréner.

Une idée lui vint alors, qui lui garantirait qu'il lui ferait l'amour pleinement, sans risquer qu'il lui fasse le moindre mal.

Elle s'allongea sur le lit dans une posture d'abandon absolu, les bras tendus au-dessus de sa tête.

— Je veux bien te laisser prendre les rênes, comme tu dis, mais à une condition.

Landon se leva, ôta son jean et la dévora des yeux avant de s'asseoir près d'elle et de laisser sa main arpenter sa peau si douce.

— Laquelle?

Prise dans l'étau de son regard, elle constata qu'elle avait écarté les jambes malgré elle. Elle les croisa vivement, ce qui fit sourire Landon.

— Je veux que tu me parles en esprit pendant que nous ferons l'amour.

Il se tendit brusquement et sa main cessa aussitôt de la caresser.

— Non.

Elle poussa un soupir de déception en laissant ses doigts errer autour de ses seins.

— Eh bien, on dirait que nous sommes dans une impasse, alors.

Elle sentit le regard avide de Landon posé sur elle tandis qu'elle se caressait. Elle crut même l'entendre déglutir à plusieurs reprises. Afin d'être certaine de son effet, elle se pinça le téton en fermant les paupières, excitée de s'exhiber ainsi face à lui.

Elle sentit aussitôt la main chaude de Landon chasser la sienne et attraper son sein au creux de sa paume brûlante, de façon presque autoritaire. Elle attendit quelques instants, mais Landon demeurait silencieux. L'esprit de Kaitlyn continuait de n'être peuplé que de ses propres fantasmes. Elle poussa un nouveau soupir en laissant sa main vagabonder sur son ventre. Elle voulait établir un échange avec lui, mais avec un mâle dominant, elle savait qu'elle aurait fort à faire.

Landon lui saisit le poignet lorsqu'elle glissa un doigt dans son sexe.

C'est très risqué de me demander de faire ça, il faudrait que je laisse le loup partager mes pensées.

— Je sais, affirma-t-elle en nouant ses doigts avec les siens pour les faire remonter vers sa poitrine, mais je veux t'entendre me parler en esprit chaque fois que tu me toucheras. Cesse de lutter contre la bête, laisse-la prendre le dessus.

C'est du chantage, s'offusqua Landon en agrippant involontairement le sein offert.

Elle éclata de rire en commençant à lui caresser la cuisse.

— Mais quelle belle façon de me faire l'amour. Je serai vraiment excitée d'entendre ta voix dans ma tête pendant que tu m'embrasseras un peu partout. Imagine les perspectives que ça ouvre !

Landon rampa sur elle avec un regard prédateur, planta un genou entre ses cuisses et la maintint contre le matelas.

— Je n'entends rien ! dit-elle sur l'air d'une ritournelle, ravie de faire tourner son amant en bourrique.

— Je ne te touche pas encore, contra-t-il d'une belle voix grave.

Kaitlyn leva la jambe et frotta sa cuisse contre la sienne.

— Maintenant si !

Le genou de Kaitlyn vint effleurer le sexe de Landon.

Tu disais que je devais te parler en esprit uniquement lorsque je *te touche, non ?*

— Ose me dire que tu n'en as pas envie, haleta-t-elle en palpant son torse puissant.

Il lui attrapa la main droite et la plaqua contre le lit. Il fit de même avec la gauche lorsqu'elle fit mine de le toucher.

Bon sang, Kaitlyn, qu'est-ce que tu cherches, à la fin ! s'emporta-t-il d'une voix qui renversa les sens de Kaitlyn.

— Quel est le problème ? Je suis à ta merci, tu peux faire de moi ce que tu veux.

Il baissa la tête pour happer sans ménagement l'un de ses tétons dressés.

— Encore, grogna Kaitlyn, dis-moi à quoi tu penses.

Je veux sentir ton corps contre le mien et le loup en a envie lui aussi, plus encore que moi.

— Pour… pourquoi en a-t-il davantage envie ? ânonna-t-elle tandis qu'il s'affairait sur son autre téton.

Leurs regards se croisèrent et Kaitlyn fut stupéfaite de plonger dans deux orbes d'un vert presque luminescent.

Ça fait bien longtemps que je ne lui ai pas laissé la bride sur le cou. Il rêve de te posséder, entièrement, totalement, bestialement.

Les battements de cœur de la jeune femme s'accélérèrent. Elle s'aida de son genou pour lui faire perdre l'équilibre et il s'effondra sur elle. Elle lui emprisonna les hanches entre ses cuisses.

— Et si on le laissait faire ? proposa-t-elle d'une voix troublante.

Landon fut littéralement saisi par un spasme. Il ne mentait pas lorsqu'il évoquait la violence du loup en lui. La bête ruait contre la prison que formait autour de lui la cage thoracique de Landon, au rythme effréné des battements de son cœur. Il sentit une démangeaison au bout des doigts, là où surgiraient bientôt ses griffes.

Il saisit les montants du lit pour ne pas blesser Kaitlyn.

— Le loup a des besoins très primitifs, murmura-t-il en l'embrassant dans le cou, je...

— Je t'aime, l'interrompit-elle en lui relevant la tête, tu dois faire confiance à ton loup, il est supposé veiller à mon bien-être tout autant que toi. Tu as veillé sur moi, tu m'as protégée toute ma vie durant, et le loup nous a accompagnés pendant tout ce temps. Il m'aime, lui aussi.

Elle passa ses bras autour du cou de son amant et lui murmura à l'oreille :

— Est-ce que tu sens ce cœur sauvage qui bat dans ma poitrine ? Il bat pour toi *et* pour le loup en toi. Laisse-le faire.

Elle lui embrassa la jugulaire et commença à onduler du bassin. Landon s'accrocha de plus belle aux barreaux. Cette façon qu'elle avait de l'accepter tel qu'il était — et même de l'encourager à laisser parler sa nature sauvage — l'excitait comme jamais aucune femme n'était parvenue à le faire auparavant.

Il embrassa Kaitlyn avec toute la passion dont il était capable, la mordit, lui happa la langue, noyé dans le parfum musqué de son désir de femme. Il huma les odeurs florales au creux de son cou et ferma les yeux en se glissant en elle avec douceur.

Le loup grogna de déplaisir en entendant Kaitlyn gémir, mais Landon refusa de le laisser s'en donner à cœur joie. Le dos trempé de sueur, il luttait pied à pied contre la bête, refusant de suivre les conseils de Kaitlyn.

Elle lui caressa le dos en de lents gestes tendres, parfaits contrepoints au combat furieux qui se déroulait dans l'esprit du lycanthrope. *Je la protégerai*, lui jura le loup en trépignant, toujours fermement maîtrisé par Landon.

— Laisse-le me prendre, supplia Kaitlyn en lui enfonçant les ongles dans la peau pour l'inciter à glisser plus profondément en elle.

Le désir qu'elle éprouvait pour lui éperonna le loup-garou qui bascula son bassin en avant en grognant, lorsqu'elle se cambra pour l'accueillir au plus intime de son corps.

— Plus fort, Landon…

Le loup hurla de contentement et ses griffes s'enfoncèrent dans les montants du lit. Landon se tint parfaitement immobile, bataillant contre la bête qui semblait déterminée à lui désobéir.

— Landon…, le supplia Kaitlyn en l'incitant à bouger, inquiète de le voir s'arrêter.

Elle avait confiance en lui, une confiance absolue, sans réserve, et il savait devoir faire la paix avec lui-même pour parvenir à l'aimer comme elle le méritait. Il inspira profondément et libéra le loup. Une douleur vive lui traversa le crâne et il grogna sous l'assaut violent de la force primitive qui s'exprimait enfin librement. Il rétracta ses griffes et glissa ses doigts dans les cheveux trempés de sueur de son amante.

— Je t'aime, Kaitie, avoua-t-il une fois encore, d'une voix rocailleuse.

— Tes yeux brillent comme des émeraudes, lui dit-elle, le regard embué de larmes.

— Le loup que tu devines derrière mes pupilles te chérira et te protégera à jamais.

— Je t'aime, moi aussi, sanglota-t-elle en le serrant contre elle.

Les sentiments de Landon furent comme décuplés par cet instant magique. Comment aurait-il pu imaginer rencontrer un jour une femme capable de le bouleverser à ce point, par la seule force de la confiance absolue qu'elle avait en lui ?

— J'ai des instincts primaires, dit-il en la sentant onduler entre ses bras, je ne serai peut-être pas toujours un amant doux et attentionné.

— Parfait. Je suis heureuse de savoir que tu ne te maîtrises pas complètement, annonça-t-elle avec un sourire en le faisant rouler sur le côté.

Elle le chevaucha de nouveau, saisit son sexe dans sa main et le guida en elle avec un gémissement. Les yeux brillant de désir dans la pâleur de la lune, elle se mit à aller et venir sur la verge dressée, la peau luisante de sueur, la tête rejetée en arrière.

Landon attrapa sa taille fine et la tira vers le bas tout en basculant son bassin vers le haut. Elle cria, le suppliant de continuer. Il avait les nerfs à fleur de peau, et son sang arpentait ses veines comme de la lave en fusion.

Le désir devint tel qu'il fut soudain saisi par le besoin de rouler sur elle et de la prendre avec violence, sans retenue. Non, il devait se refréner, il fallait qu'elle en ait envie, elle aussi.

Kaitlyn cessa de monter et descendre sur la hauteur de sa verge. Elle plaqua ses fesses contre les cuisses de Landon et décrivit des mouvements circulaires avec son bassin, les ongles plantés dans son torse.

— Si tu es prêt pour un peu plus de brutalité, je ne suis pas contre.

Kaitlyn atteignit des sommets d'excitation lorsque Landon roula sur elle. Il lui emprisonna les poignets au-dessus de la tête, contre les oreillers, et la pénétra avec douceur.

— C'est ça que tu veux ?

Elle lui ceintura les hanches entre ses jambes en se mordant la lèvre inférieure.

— Continue.

Landon l'incrusta littéralement dans le matelas, d'un puissant coup de reins. Elle eut le souffle coupé et des fulgurances orgasmiques la traversèrent de part en part.

— Plus fort ! grogna-t-elle.

Landon s'exécuta avec un mâle plaisir, plus fort et plus loin. Ils vivaient une osmose parfaite, leurs peaux s'unissant comme deux morceaux d'acier en fusion.

Il cessa de bouger, son sexe niché au plus profond de Kaitlyn. Elle vibrait, saisie de minuscules spasmes. Lorsqu'elle fit mine de bouger, il grogna ; une vraie bête.

Elle eut l'impression qu'il grossissait en elle, la distendant de l'intérieur. Son ventre était en feu et ses tremblements s'accentuèrent.

— Landon..., supplia-t-elle une fois encore, prête à défaillir.

Landon bougeait à peine, mais elle perçut en elle les pulsations de sa verge. A l'instant où elle se sentit perdre pied, il recula brusquement avant de revenir plus fort encore. Elle l'accueillit en hurlant à s'en briser les cordes vocales. Elle se convulsa, ballottée par les vagues puissantes d'un orgasme gigantesque. Incapable de la moindre pensée consciente, elle se laissa emporter par le plaisir. Elle savait à présent ce que voulait vraiment dire *faire l'amour*.

Landon s'effondra sur elle, le souffle court. Elle lui caressa le dos, la respiration haletante. Ils venaient de vivre une expérience unique, un moment de pur partage, à la fois physique et spirituel. Elle avait trouvé son âme sœur.

Landon bascula sur le flanc et l'attira contre lui. Elle posa sa tête sur son torse, gênée par le pendentif qu'elle chassa d'un geste de la main. Il la serra un peu plus fort et lui embrassa le front en soupirant, sa main se promenant sur le dos de sa compagne.

Elle se sentait en sécurité entre ses bras et, retrouvant peu à peu la maîtrise de ses sens, elle songea combien elle aimerait convaincre Landon d'ôter ce maudit pendentif.

16

Une série de hurlements tirèrent Kaitlyn de sa rêverie. Landon n'était plus dans le lit. Elle se redressa et distingua sa silhouette qui se détachait, nue, sur le clair de lune. Un regard à l'horloge lui indiqua que l'aube serait là dans une petite heure.

Le cœur battant, elle le rejoignit et il la prit dans ses bras en contemplant l'astre nocturne. Dehors, il y avait des loups partout.

— Ils sont cent cinquante, lui murmura-t-il à l'oreille, tandis que les animaux de toutes formes aux pelages variés dressaient leurs gueules vers le ciel.

Ils lançaient des hurlements à fendre l'âme et Kaitlyn comprit brusquement qu'ils rendaient hommage à Landon, leur nouveau chef. Sa place était près d'eux, il aurait dû profiter à leurs côtés de ce bain de lune.

Le chœur sauvage se tut et ils gagnèrent la forêt.

— Tu devrais être là-bas, en compagnie de ta meute. Je veux que tu cesses de porter ça, dit-elle en saisissant le pendentif.

Landon lui prit la main, lui embrassa la paume.

— Je ne peux pas oublier ce que j'ai fait, Kaitie.

— Ce n'est pas ce que je te demande, j'aimerais simplement que tu te pardonnes enfin.

Elle tint entre ses doigts la petite tête de loup qu'elle-même portait autour du cou.

— Le jour où mon père me l'a donnée, il m'a dit que le loup me protégerait. Je ne l'ai jamais quittée depuis.

Elle ôta alors la chaîne de son cou.

— Qu'est-ce que tu fais ? lui demanda Landon.

Elle lui adressa un sourire confiant, tandis qu'un étrange sentiment de liberté l'envahissait.

— Je n'en ai plus besoin, j'ai un vrai loup pour veiller sur moi, maintenant. Mais il ne peut pas me protéger, ni moi ni les siens, tant qu'il est entravé. Cette chaîne que tu portes est un fardeau, elle t'empêche de devenir le mâle dominant qu'ils attendent. James McKinney aurait voulu que tu le fasses. C'est ce qu'aurait voulu mon père, et c'est ce qu'aurait souhaité le policier qu'il était.

— Si je l'enlève, je me transformerai aussitôt, tu t'en rends bien compte ? la mit-il en garde en prenant sa main dans la sienne.

— Je veux te voir dans toute ta splendeur, répondit-elle, laisse-moi le faire.

Il acquiesça et elle lui ôta lentement le bijou. En un instant, ce ne fut plus un homme, mais un loup qui se tint devant elle. Un immense loup portant des taches argentées autour des oreilles et des épaules.

Kaitlyn porta sa main à sa bouche, incapable de contenir son émotion. Des larmes roulèrent sur ses joues tandis qu'elle prenait conscience que c'était lui, le loup peint sur le mur de sa chambre.

La bête s'approcha et s'assit face à elle tandis qu'elle tombait à genoux.

— Tu es si beau ! s'exclama-t-elle en chassant ses larmes.

Elle l'étreignit et ses larmes vinrent se perdre dans l'épaisse fourrure.

— Ne t'avise plus jamais de remettre ce fichu collier, tu m'entends ?

Le loup posa sa gueule sur son épaule et sa patte sur la cuisse de la jeune femme. Lorsqu'elle recula, il lui lécha le visage, provoquant l'hilarité de Kaitlyn.

— Je sais que tu peux me parler en esprit, arrête de jouer les toutous !

Cet amour que je lis dans tes yeux vaut largement toutes les tortures que je me suis infligées. Tu m'aimes sans restriction et ça, c'est un cadeau inestimable.

Elle renifla, et lui embrassa le museau avant de se relever. Elle ouvrit la fenêtre en grand et se tourna vers l'animal.

— Je sais qu'on est au premier étage, mais j'ai vu Caine sauter sans mal du quatrième. Va courir sous la lune. Le mois prochain, je sais que je ne vais pas te revoir pendant des jours, mais il faut que tu rattrapes le temps perdu.

Tu es certaine que c'est ce que tu veux ?

— Allez, file, tu perds un temps précieux ! s'exclama-t-elle avec un large sourire.

Le loup s'élança puissamment par la fenêtre ouverte et Kaitlyn eut à peine le temps de se précipiter à sa suite pour le voir disparaître dans les bois.

Landon retrouva sa meute et courut en sa compagnie un long moment. L'aube approchant, il regagna les alentours du chalet. Il voulait profiter de sa nouvelle liberté, mais sans s'éloigner de Kaitlyn plus que nécessaire.

Il entendit alors la course effrénée d'un animal non loin de lui. C'était gros. Peut-être une biche. Landon s'élança à sa poursuite, bondissant par-dessus les rochers et les souches pour se rapprocher de sa proie. Il devait faire vite, le soleil serait bientôt là.

Lancé dans sa course folle, il fut à deux doigts de percuter une forme qui filait droit vers lui. Il ralentit brusquement, glissant dans l'humus en voyant un loup plus petit bondir droit vers lui. Il avait une magnifique fourrure auburn, un peu comme...

Le loup le percuta de plein fouet et il se retrouva sur le dos. Le rire de Kaitlyn résonna dans son esprit au moment où le soleil perçait les épaisses frondaisons.

Comment est-ce possible? songea-t-il tout en reprenant malgré lui forme humaine. Les épines de pin et les rochers dans son dos étaient un peu douloureux sous le poids de la louve, mais il n'y prêta guère attention. Il attendit qu'elle se transforme à son tour, mais elle se contenta de lui lécher gaiement le visage.

— Arrête! dit-il enfin avant de se dégager de sous son poids.

Un début de panique commença à le gagner lorsqu'il vit la louve aller et venir autour de lui, comme si elle ne prêtait pas réellement attention à sa présence.

— Pourquoi est-ce que tu ne te transformes pas?

La louve cessa son manège et s'assit près de lui.

— Est-ce que tu peux me parler? demanda-t-il d'une voix inquiète.

Elle haussa une épaule.

Landon s'agenouilla et plongea son regard dans celui de l'animal, qui lui lécha une nouvelle fois le visage.

— Je ne comprends pas ce que tu veux, essaie d'être plus claire.

La louve posa alors sa gueule sur son épaule et colla sa tête contre celle de Landon.

Saisi par la peur et l'inquiétude, il la prit dans ses bras et caressa sa fourrure.

— Je t'aime, Kaitie.

Le corps de l'animal ondula et ce furent bientôt des bras humains qui enlacèrent le loup-garou.

— Tu m'as fichu une de ces trouilles ! s'exclama-t-il en la serrant un peu plus fort, j'ai cru que tu étais piégée sous cette apparence, comme André.

Kaitlyn le couvrit de baisers en riant de bon cœur.

— Je ne me suis pas transformée parce que je n'étais pas encore prête à le faire. Je voulais que tu me prennes dans tes bras et que tu m'aimes, même sous ma forme lupine.

— Tu… tu peux contrôler ta métamorphose ? Aucun Lupréda n'en est capable. Comment est-ce arrivé ?

— Je me suis sentie différente après avoir enlevé mon collier. Quand tu as sauté par la fenêtre, j'ai eu l'impression qu'une partie de moi t'avait suivi. Peut-être que je peux changer d'apparence parce que j'ai été mordue par un mâle dominant ?

— Ce n'était pas une morsure de loup, Kaitie, releva-t-il tout en réfléchissant à toute vitesse.

— Non, mais c'était une morsure possessive, c'est elle qui a fait de moi ta compagne Lupréda. Quand tu es parti tout à l'heure, je n'ai eu qu'une envie, c'était de courir avec toi sous la lune. Je suis contente que tu n'aies pas été présent pour assister à ma métamorphose, parce qu'une douleur terrible m'a saisie. Un truc incroyable. Mes os se sont mis à craquer et le temps que je comprenne ce qui se passait, j'étais devenue une louve.

— Tu es une sorte de miracle, Kaitie. Jamais auparavant un loup ne s'était uni avec une humaine — et encore moins avec une humaine ayant du sang Lupréda. Tu portais ton collier depuis l'enfance. En l'enlevant, tu as ouvert la porte à la métamorphose.

La capacité qu'elle possédait à se transformer à volonté laissait présager de grandes choses pour leurs enfants. C'était une nouvelle ère qui s'ouvrait pour les Luprédas.

— Pourquoi ne m'as-tu pas parlé en esprit?

— Je ne sais même pas si j'en suis capable. J'ai essayé, mais ça n'a pas été concluant.

— Je t'ai pourtant entendue rire, rétorqua-t-il en se massant le menton. Peut-être que la télépathie demande plus d'entraînement que la métamorphose elle-même.

Elle l'embrassa.

— Peut-être. Est-ce que tu enseignerais tout ça à une jeune louve pleine d'avenir?

Landon éclata de rire et acquiesça. Sa compagne souhaitait partager sa vie et tous ses secrets, il était comblé.

— Tu sais pourquoi je n'ai pas senti le loup en toi quand j'ai guéri tes blessures?

Elle fit non de la tête et l'encouragea à poursuivre. Il chassa quelques mèches folles et lui caressa la joue.

— Tu avais le goût d'une femelle de la meute, et je souhaitais ardemment que tu sois l'une des nôtres, car je devinais que tu saurais m'accepter malgré ma double nature. La vérité, c'est que j'ai cru que mes sens me jouaient des tours. J'ai cru que j'étais en train de me leurrer.

Il lui embrassa de nouveau la paume et se perdit dans le regard amoureux qu'elle lui lançait.

— Je suis ta louve et je ferai en sorte de combler chacun de tes désirs.

Un sourire dangereux naquit sur les lèvres de Landon.

— Est-ce que c'est une promesse?

Il la souleva de terre et l'allongea contre son torse.

— Allons faire un tour dans le chalet.

— Tu es vraiment insatiable !

Le rire de Kaitlyn résonna tandis qu'elle posait sa tête contre son épaule.

Si vous avez aimé ce roman, ne manquez pas
en septembre, dans la collection *Nocturne*,
le prochain volume de « La prophétie des ténèbres » :
Fatale attirance.

NOCTURNE

Si « Le baiser interdit » vous a séduite, laissez-vous envoûter par le 2e titre de la collection Nocturne : « Sortilège irlandais », également en vente le 1er août.

Du haut du promontoire qu'il vient de gravir, Zeke admire la lande qui s'étend à ses pieds. Il aime tant cette terre d'Irlande, pays de ses ancêtres, où il a débarqué d'Amérique quelques jours plus tôt pour en étudier les mœurs et les coutumes. Mais alors qu'il s'apprête à redescendre, il fait une chute et perd connaissance…
Profondément troublée, Nuala contemple le visage de l'homme qui vient de basculer dans son royaume. Comme il est beau, et comme elle aimerait le garder toujours à ses côtés... Pourtant, elle sait que c'est impossible, car les humains qui séjournent trop longtemps dans le pays des fées courent le risque de ne plus jamais pouvoir retourner dans leur monde. Incapable, cependant, de résister à son désir pour le séduisant inconnu, Nuala caresse son visage avec une infinie douceur, et le réveille malgré elle…

Sortilège irlandais, de Kathleen Korbel

NOCTURNE n°15

NOCTURNE

Votre prochain rendez-vous le 1er septembre

***LE GARDIEN DE L'OMBRE*, de Maureen Child - n° 17**

- *1er volet de la trilogie :* La légende des immortels -

Sortant de l'ombre, l'homme s'approche de Julie et lui ordonne de s'enfermer dans sa chambre pour la nuit. Puis, comme poussé par une force irrésistible, il pose sur ses lèvres un baiser, bref, brûlant, avant de disparaître...
La scène s'est déroulée si vite que Julie croit avoir rêvé. Mais au matin, en déverrouillant sa porte, elle découvre, terrifiée, que ses deux colocataires ont été assassinées. Le mystérieux inconnu réapparaît alors. Plongeant son regard dans le sien, il lui révèle qu'il est un Gardien, un immortel qui protège les humains des démons. Ce qu'il ne lui dit pas en revanche, c'est qu'il a reconnu en elle sa Compagne du Destin. La femme dont parlent les légendes et qui sera capable de l'aider dans sa mission. Mais pour cela, il doit s'unir à elle, et il ne peut pas, il ne *veut* pas lui imposer la vie qui est la sienne...

***FATALE ATTIRANCE*, de Patrice Michelle - n° 18**

- *3ème volet de la trilogie :* La prophétie des ténèbres -

En apercevant la belle inconnue assise seule, dans la boîte de nuit, Caine sent les battements de son cœur s'accélérer dangereusement. Que lui arrive-t-il ? Quel sort lui a donc jeté cette femme pour qu'il ait l'impression, lui le loup sauvage et solitaire, d'être devenu tout à coup une proie fragile et vulnérable ?
Mais alors qu'il tente en vain d'échapper à l'étrange emprise de l'inconnue, Caine croise son regard. Et la candeur qu'il lit dans ses yeux le stupéfie. De toute évidence, elle ignore tout des pouvoirs qui sont les siens. Elle se trompe également sur sa véritable nature. Car elle n'est pas humaine, elle est issue d'une race très ancienne, les Vélius, qu'une guerre terrible oppose aux loups-garous depuis la nuit des temps...

A paraître le 1er septembre

Best-Sellers n° 434 • suspense

Pour te retrouver - Heather Gudenkauf

Calli a été enlevée. Lorsqu'elle découvre que sa fille de sept ans a disparu, Antonia Clark s'effondre dans la chaleur étouffante de l'été. Qui lui a pris sa fille, ce petit être doux et rêveur qu'elle aime de tout son cœur et qui s'est étrangement enfermé dans le mutisme trois ans auparavant ? Elle a pourtant tout fait pour être la meilleure des mères, pour offrir, à Calli et à son frère, un foyer chaleureux. Et pour les protéger. Mais elle a sans doute commis des erreurs. De graves erreurs même. Désespérée, Antonia ne sait plus aujourd'hui à qui faire confiance. Doit-elle continuer à taire les lourds secrets qui pèsent sur sa famille, ou au contraire sortir de l'isolement et accepter l'aide que lui propose un ami d'enfance, le shérif adjoint Louis ?

Best-Sellers n°435 • suspense

Mortelle confidence - Heather Graham

Indigo. C'est le dernier mot prononcé par un inconnu qui s'effondre brutalement sur Jessy Sparhawk, en pleine nuit, un poignard planté dans le dos. A peine remise de ce choc, Jessy est assaillie par de terrifiantes visions de cet homme, animé d'un profond désir de vengeance. Cauchemars éveillés ? Divagations ? Et quel peut bien être le sens de cette confidence mortelle ? Terrorisée, Jessy se confie à Dillon Wolf, le détective en charge de l'enquête qui, immédiatement sensible à son récit, lui offre sa protection. Une protection bien utile car déjà, Jessy aperçoit l'ombre effrayante d'une nouvelle victime.

Best-Sellers n°436 • suspense

Dissimulation - Carla Neggers

Quand elle découvre que Norman Estabrook, l'un de ses amis, est en réalité un véritable traitre, Lizzie Rush, fille d'un célèbre agent secret, se retrouve face à un terrible dilemme. Car malgré ses réticences, elle ne peut passer sous silence le terrible secret qu'elle a découvert. Elle se résout donc à transmettre toutes les informations dont elle dispose au FBI, afin que Norman soit arrêté. Pourtant, en agissant ainsi, elle sait bien qu'elle se met en danger. D'autant que la police souhaite profiter de sa situation privilégiée auprès de Norman pour en apprendre davantage. Et c'est ainsi que bien malgré elle, Lizzie se désigne comme la cible de la vengeance de cet ex-ami .

Best-Sellers n°437 • thriller

Le cercle du mal - Karen Rose

Brisée lors de son adolescence par la mort violente de sa sœur jumelle, ainsi que par le suicide de leur mère, Alexandra Fallon n'a jamais voulu revenir à Dutton, sa ville natale. Mais l'horreur refait brusquement surface treize ans plus tard, lorsqu'un appel pressant émanant de sa ville natale lui demande de revenir au plus vite en Georgie : Hope, sa petite nièce de quatre ans, a été retrouvée enfermée dans un placard, en état de choc... Prête à tout pour venir en aide à Hope, mais aussi pour retrouver la mère de la fillette, Alexandra accepte de coopérer avec Daniel Vartanian, l'agent du FBI chargé de l'enquête. Mais à peine l'enquête a-t-elle commencé qu'une série de meurtres rappelant celui dont a été victime la sœur d'Alexandra vient de nouveau frapper la tranquille communauté de Dutton...

Une nouvelle enquête de l'agent Daniel Vartanian

Best-Sellers n°438 • roman

L'héritage des Selby - Lynne Wilding

Orpheline et enfant unique, Vanessa Forsythe a tout quitté pour suivre Bren Selby, un séduisant Australien qui incarne ce qui lui a toujours manqué. Car en l'épousant, c'est un clan qu'elle intègre. Un clan dont elle perpétue le nom en donnant naissance à un fils. Loin de Londres, la voici désormais maîtresse d'Amaroo Downs, un ranch perdu au milieu des terres inhospitalières de l'ouest australien. Mais les proches de Bren ne voient pas d'un bon œil l'arrivée de cette étrangère sur leurs terres. Avec courage, Vanessa s'en accommode. Jusqu'au jour où un scandale, surgi du passé, menace de détruire son bonheur si fragile. Se peut-il que l'héritage des Selby auquel elle croyait tant ne soit finalement qu'une chimère ?

Best-Sellers n°439 • thriller

Coupable innocence - Nora Roberts

A peine s'est-elle installée dans la maison que sa grand-mère lui a léguée à Innocence, Mississippi, que la célèbre violoniste Caroline Waverly découvre le cadavre d'une jeune femme sauvagement assassinée. Edda Lou a été torturée avant de mourir, et son corps porte la signature barbare du meurtrier : entailles, scarifications. Mais il y a pire encore : ce meurtre, le troisième commis dans la petite ville, est sans doute l'œuvre d'un habitant d'Innocence. Les soupçons se portent sur Tucker Longstreet, le dernier amant en date de la victime, qui avait eu une dispute avec elle juste avant sa mort. Caroline, elle, ne veut pas croire à la culpabilité de Tucker. Mieux même : le personnage la fascine.

Best-Sellers n°440 • historique

Le prince du scandale - Nicola Cornick

Pour sauver l'honneur de sa famille, Catherine Fenton a accepté d'épouser un scélérat, un félon qui soumet son père à un ignoble chantage afin de s'approprier son héritage. Un sacrifice auquel elle se résigne sans hésitation. Jusqu'au jour où elle rencontre le baron Benjamin Hawksmoor, un homme totalement infréquentable dont les liaisons sulfureuses et les dettes de jeu font jaser tout Londres. Subjuguée bien malgré elle par celui que tous surnomment le « prince du scandale », Catherine n'a d'autre choix que de lui résister. Mais Benjamin semble décidé à la conquérir et met tout en œuvre pour lui faire rompre sa promesse…

Composé et édité par les
éditions Harlequin
Achevé d'imprimer en juillet 2010

CPI
Bussière

à Saint-Amand-Montrond (Cher)
Dépôt légal : août 2010
N° d'imprimeur : 100787 — N° d'éditeur : 15145

Imprimé en France